시시한 역사, 아버지

시시한 역사, 아버지

우일문 지음

시시한 사람의 생애가 모여 역사가 된다

아버지의 생애를 들여다보고 싶은 생각이 든 것은 돌아가시기 겨우 한 달 전이었다. 너무 늦었다. 아버지가 시한부 선고를 받고 누웠을 때 아버지에게 어떤 꿈이 있었는지 묻고 싶었다. 그러나 아버지는 곧 의식이 흐려졌다. 그 뒤 8년. 기회 있을 때마다 어머니에게, 숙부에게, 집안어른에게 아버지를 물었다.

아버지 얘기는 나와 내 가족에게만 특별할 것이다. 그러나 그 시대를 견디며 살아온 모든 아버지들에게 겹치는 아픔이 있다. 그걸 피해온 아버지도 있고, 정면으로 맞닥뜨린 아버지도 있다. 자신의 의지와 무관하게 휩쓸린 아버지는 더 많다. 거친 시대를 서럽게 건너온 아버지를 생각해보는 것이다.

아버지는 아버지가 되기 전에 꿈꾸는 소년이었고 청년이었다. 가난한 집의 큰형이 물지게를 지면서 공부해

엘리트 은행원이 돼 본을 보이면서 동생들을 하나씩 서울로 이끌었다. 그러나 한국전쟁은 아버지 삶을 나락으로 내동댕이쳤다.

내가 어렸을 때 아버지는 늘 화가 나 있었는데 그 이유를 알지 못했다. 아버지가 인민의용군에 끌려갔다가 미군 포로가 돼 지옥 같은 포로생활을 했다는 사실은 돌아가시기 얼마 전에야 알았다. 큰당숙과 중부가 전쟁 때 어이없게 사망했다는 것도, 사촌누나가 우리 가족이 된 사연도 그때야 알았다.

내가 아버지와 함께 산 기간은 열세 살 때까지이다. 중학교는 읍내에서 고등학교는 인천에서 대학은 서울에서 다녔고, 결혼 후 세대주로 독립했으므로 아버지를 관찰하거나 얘기를 들을 기회가 많지 않았다. 책에서 아버지 생애의 중반부가 중동무이된 것은 그런 까닭이다. 그때 아버지는 시골 전답에 바짝 엎드려 농사짓는 것 외에 다른 어떤 일에도 관심을 두지 않았으므로 생애에서 달라질 것은 없다. 그렇다고 하더라도 아버지에 대해 아무 것도 모른다는 것은 부끄러운 일이어서 아버지에게 아버지를 물을 때 참 죄송했다.

아버지가 구사일생으로 살아나와 공동체의 일원이 되고자 했을 때 이 사회는 단호하게 거부했다. 시원찮은 국가가 뒤에서 조종했다. 아버지는 가족에게 서운했고, 국가의 조롱과 멸시에 모욕과 수치를 느꼈지만 두려워서 평생 내색하지 않았다. 나도 아버지가 되었고, 50대 중반이 되었다. 내 아이들에게 나는 어떤 아버지일까. 풍요롭지도 자상하지도 못했다. 나는 아버지를 닮고 싶지 않았지만 어느새 아버지 같은 사람이 되었다. 국가는 아버지를 내팽개쳤고, 나는 그 사실도 모른 채 꽤 오래 아버지와 불화했다.

아버지의 비극은 한국전쟁에서 비롯되었다. 역사에 가정은 없다지만 북한이 어린 소년을 인민의용군으로 강제 차출하지 않았다면, 남한이 꿈꾸던 청춘을 가혹하게 멸시하지 않았다면 일어나지 않았을 일이다. 남북정상이 포옹했고, 북미정상이 만났다. 더디지만 비핵화와 한반도 평화를 말하는 지금, 남과 북의 지도자가 전쟁과 전쟁 와중에 일어난 국가 폭력에 대해, 그 뒤에도 오래도록 억울하게 핍박받아온 국민에게 사과하기 바란다.

특별하지 않은 사람들의 생애가 모여 역사가 된다. 그

러나 역사에서 특별하지 않은 사람들의 생애는 지워진다. 국민을 돌봐야 할 국가의 의무도 방기된다. 시시한 삶이어서 그렇다. 시시한 아버지 생애가 아프다.

이 책을 쓴다고 가족 누구에게도 말하지 않았다. 책이 될지 알 수 없었기 때문이다. 책에 가급적 형제들 얘기도 하지 않았다. 그들대로 존중되어야 할 삶이 내 기억의 왜곡으로 불편해질 수도 있기 때문이다. 다만 부모님을 살뜰하게 챙겨온 누나에게는 늘 고맙게 생각해왔다고 말해야하겠다. 휴일이면 늘 어머니에게 가 농사를 도와온 아우에게도 같은 마음이다. 아들보다 더 아들 역할을 해온 매형은 더 고맙다. 나보다 먼저 어머니에게 가자고하는 아내에게도 그렇다. 제수씨가 어머니에게 마음 쓰는 것도 알고 있다.

이 책이 자기 이야기, 생애사에 관심 갖는 계기와 참고가 되기 바란다.

우일문

차례

더 손쓸 방법은 없습니다

아버지는 1932년생으로 2남 5녀의 다섯째로 태어났다. 할아버지는 부잣집 작은아들이었지만, 자식들 양식꺼리도 안 되는 논 두어 마지기 물려받은 게 전부였다.

아버지는 1984년 7월 위암판정을 받았다. 그때 나는 대학 3학년이었는데, 2학기 학보사 편집국장으로 지명받은 터라 바빴다. 이대 근처 염리동에서 자취했지만 집에 거의 들어가지 않아 아버지 발병소식은 그 일주일 뒤에나 알았다. 입원해 계신 서울대학병원에 갔더니 어머니와 누나는 물론이고 아버지 형제들이 다 모여 있었다. 이들은 며칠째 수술을 하자, 말자로 격론을 벌이는 중이었다. 몸에 칼 대는 걸 반대하는 축이 있었고, 현대의학의 힘을 빌어야 한다는 주장도 있었다.

"네 생각은 어떠냐?"

막 도착한 내게 증권회사 부장이던 막내숙부가 급하게 물었고, 학교 선생이던 그 위 숙부가 자초지종을 설명했다.

"난 우리 맏상주 뜻대로 할 거야."

침대에 누운 아버지가 기운 없는 목소리로 말했다.

"위암이면 수술해야죠."

내가 자르듯 말하자 막내숙부가 고개를 저었다.

"위암인지 위염인지 열어봐야 안다잖아. 돌팔이들이."

숙부 말에 은행원인 누나가 울먹이며 말했다.

"위암일 확률이 더 높다잖아요."

"위암 아니면 어떻게 할래? 몸에 함부로 칼 대는 거아냐."

십여 명 모였는데, 수술하지 말자는 주장은 강경했고, 수술하자는 목소리는 작았다. 백부가 나를 가리키며 판관처럼 말했다.

"네 의견을 말해봐."

내가 침을 꿀꺽 삼키고 대답했다.

"수술하지 않으면 위암일지도 모른다는 불안감이 남

잖아요. 절개해봐서 위암 아니라는 정확한 판정만 받아도 마음이 놓이겠는데요."

신학문을 배우는 나 아닌가. 결국 수술을 결정했고, 위암이라는 최종 판정을 받았다. 5년 안에 재발하지 않으면 완치라는 다소 비과학적인 얘기도 있지만, 아버지는 십여 년 환자로 지내다가 스스로 완치 판정을 내렸다. 그러나 2009년 5월 담낭암 판정을 받았다. 주치의는 장남인 내게 그 사실을 알려줬는데, 길어야 6주 남짓이라는 시한부선고와 함께였다.

나는 의사에게 당분간 비밀로 해줄 것을 당부했다. 아버지는 물론이고 어머니와 누나, 동생에게도 알리지 않았다. 워낙 예민한 성격이시라 아는 순간 좌절할 것을 염려해서였다. 아버지와 가족들에게는 담석을 제거하는 가벼운 수술이라고 둘러댔고 병동의 간호사를 다 찾아다니며 주의를 당부했다.

퇴원 후 몇 차례 병원을 방문해 상태를 살폈는데 그때마다 주치의는 환자에게 담낭암임을 알렸는지 물었다.

"환자도 자신의 상태를 알 권리가 있습니다. 의사는 환자에게 알릴 의무가 있고, 환자는 자신의 상태를 받아들이고 마지막 정리할 시간이 필요합니다."

매주 통원진료를 받았는데, 아무런 조치를 취하지 않았음에도 6주차가 될 때까지 더 이상 악화되는 조짐이 보이지 않자 주치의는 고개를 갸웃했다. 아버지는 그렇게 1년 3개월간 아무런 고통도 없이 일상생활을 하셨다.

그런 어느 날 어머니가 다급한 목소리로 전화하셨다.

"119 불러 금촌 병원에 왔다."

어이쿠야. 올 것이 왔구나. 눈앞이 캄캄해졌다. 병원으로 달려갔더니 큰 병원 가보라고 해 담낭암 수술한 일산 백병원으로 갔다.

아버지를 살펴본 주치의가 보호자를 찾았다.

"여태 생존해 계셨단 말입니까? 놀라운 일인데요. 환자는 알고 계신가요?"

"아직 모르십니다."

주치의 눈이 화등잔만큼 커졌다.

"더 손쓸 방법은 없습니다. 모시고 돌아가서 잘 말씀드리고 마지막을 준비하도록 하세요."

주치의는 차가버섯이니 특효약이니 이런저런 비방에 현혹되지 말기를 신신당부했다. 주치의가 처방해준 약은 마약성 진통제였다. 고통 정도에 따라 한 알, 두 알, 세 알씩 복용하라고.

시골집에 모시고 와 쉬시게 하고 어머니를 손짓해 밖으로 불렀다.

"작년에 이미 담낭암이었어요. 6주밖에 못 산다고 해 일단 비밀로 했던 건데 일 년 넘게 건강하셨던 거예요. 의사가 더 이상은 가망이 없다네요."

어머니가 휘청했다.

"내일 가족들 다 모이라고 해서 말씀드리는 게 좋겠어요. 서울 숙부도 오시라고 하고. 내가 연락할 테니 오늘만 꾹 참고 비밀로 해요."

그러나 어머니는 10분을 버티지 못했다. 사무실로 돌아오는 중에 울음 섞인 목소리로 전화하셨다.

"아버지가 다 아셨다."

차를 돌려 다시 시골집으로 갔다. 아버지는 희미하게 웃으셨다. 내가 그쯤 눈치도 없을 줄 알았나, 하는 표정. 사실은 내가 떠난 뒤 아들과 무슨 얘기를 길게 했느냐며 다그치셨고, '내가 모를 줄 아나' 하며 넘겨짚으신데 어머니가 속수무책으로 당하신 것.

한편으로는 속이 시원했다. 1년 넘게 혼자서만 전전 긍긍하던 차였지 않나.

"농협에 좀 가자."

아버지가 들어서자 직원들이 모두 일어나 맞았다.

"어르신 건강 좋아 보이세요!"

아버지는 활짝 웃으며 그럼, 그럼 했다. 아버지는 연말에 갚으면 되는 영농자금을 미리 갚겠다고 했다. 한 푼도 쓰지 않아 약간의 이자만 물면 되었다. 오래전, 쓰지도 않을 영농자금을 왜 매년 받아놓느냐고 여쭤본 적이 있다. 어머니가 대신 대답했다.

"너희들 급하게 목돈 필요할 때 해주려고 그러지."

아버지는 당신 통장의 현금을 모두 어머니 통장으로 옮겨 넣었다.

"내가 이 사람에게 경제권을 빼앗겼다네."

시골집 인근 아무개 딸인 창구 직원은 까르르 웃었는데 어머니의 어두운 표정을 읽지 못한 탓이다. 아버지일 보는 사이 어머니와 농협 하나로에 들러 장을 봤다. 아직 연락도 안 했고 아버지는 불러들일 것 없다고 했지만, 어머니는 누나와 남동생, 숙부 등 가족에게 내일 점심상을 차려낼 생각이다.

"내일 다시 올게요."

아버지가 봉투를 내밀었다.

"차 바꿔라. 아범 차 타고 다니다가 명대로 살겠냐."

하이고, 아버지. 이제 명은 다하셨는데요. 한 달 견디기도 힘드실 거예요. 암세포가 온몸에 퍼졌다고 하잖아요. 눈물이 터질 것 같아 얼른 출발해 집 안 보이는 모퉁이에 차 세워놓고 한참 울었다. 환장하게 더운 7월 중순이었다.

사표

파주출판도시에 위치한 사무실에 도착하자 내가 오전에 어머니 전화 받고 달려 나간 걸 아는 편집부 직원들이 몰려왔다.

"괜찮아. 일들 해."

"좀 전에 사장님이 찾으셨어요. 무슨 일로 나갔는지 말씀드렸는데도 자리 비운다고 못마땅한 눈치시던데요."

그 양반 내가 비상근인 거 모르시나. 앞으로 더 자주 자리를 비우게 될 터였다.

"이 달 안에 자리 정리할 거야. 그런 줄들 아셔."

작정했던 것은 아니다. 못마땅해하는 사장 얼굴 떠올리자 불현듯 사표 낼 생각이 났다. 다들 놀라는 눈치를 보였다. 말 낸 김에 얘기하려고 사장실에 갔으나 자리에 없었다. 옆 방 총무이사에게 갔다.

"어 웬일이에요? 내 방에 다 오고. 앉아서 잠깐 기다리세요."

사장 부인인 총무이사는 얼굴 한번 보기 어렵다며 곧 차라도 한잔 하자는 얘기를 주제로 친구와 통화 중이었는데 십 분쯤 더 걸렸다.

나는 인문분야 책을 주로 내는 출판사 비상근 기획위원으로 6개월째 근무 중이었다. 회사에서 일주일에 한 번만 출근해 회의에 참석하는 비상근을 제안했고 내가 요구한 급여의 일부만 지급하겠다고 했다. 채용하자니 그다지 신뢰가 가지 않았고 버리자니 아까운 계륵이었을까. 어쩌면 경력이 만만치 않은 입사 지망자에게 한껏 예를 갖춘 거절 방식이었는지도 모르겠다.

회사에서 구인광고를 낸 것은 아니다. 일면식도 없는 사장에게 무작정 이력서와 자기소개서를 보냈다. 일주일쯤 지나서 편집팀장에게 전화가 왔다.

"사장님이 이제야 메일을 열어보셨다고요. 어휴 경력이 화려하시네요. 한번 뵙자고 하십니다."

사장에게 내가 보낸 서류를 전달받았다고 했다. 내 이력이나 소개서가 대단한 비밀은 아니지만 이렇게 돌려도 되는 건가. 회사 홈페이지 공식 계정도 아니고 사장에게 직접 보냈다면, 결정될 때까지는 소문 내지 맙시다, 하는 뜻 아니겠나. 선수끼리 왜 이러시나. 그런 이유로 잠시 갈등했다. 그러나 그런 자존심이 밥 먹여주지는 않는 것, 바로 약속 잡고 만났다. 사장은 외출 중이었고 30분쯤 늦게 나타났다. '꽃중년'이라 할 만큼 준수한 외모를 가졌는데 말 시작할 때마다 에, 어 등 무의미하나 권위적인 발화습관을 가졌다.

"비상근도, 제안하신 급여도 좋습니다. 대신 사무실에 책상 하나 놓아주세요."

그렇게 비상근 지위로 상근을 시작했다. 매주 기획안 한 건씩을 제출하는 조건이었다. 다음 날부터 출근했다. 사장이 몇 안 되는 직원을 모아놓고 근엄하게 연설했다.

"에, 여러분께 훌륭한 선배를 모셨다는 얘기를 하려고 합니다. 어험."

얘기인즉슨 기획위원 아무개는 사랑과 화합으로 후배들을 이끌어줄 것이며, 편집부 여러분은 선배에게 잘 배우라는, 들으나마나한 얘기였다. 사장은 영업부 통해 내가 만든 책의 판매부수를 조사했을 것이고, 전 직장에서 역사교양서를 기획해 10만 부 넘는 베스트셀러를 만들었고 1만 부 넘긴 책도 여럿이어서 나에 대한 기대가 각별했을 것이다.

결론부터 얘기하면 사장의 기대에 부응하지 못했다. 매주 한 건의 기획안을 제출했으나 대부분 퇴짜 맞았고 세 권의 책을 출간했지만 기대에 미치지 못했다. 그때 나는 다섯 명 저자의 완성된 원고 여섯 건을 확보해두고 있었다. 원고를 처음부터 내미는 미련을 떨 생각은 없었다. 아직 사장 성향을 알지 못했으니까.

수십 건의 기획을 제안했고 대부분 거절당했다. 거절당한 기획 중 두 건은 나중에 다른 출판사에서 출간돼 각 5만여 부, 3만여 부 판매됐다. 채택돼 낸 책 세 권 중 한 권은 재쇄 찍어 3000부, 두 권은 초판 2000부에 그치고 말았다. 실패다. 세 권이 채택된 것은 다른 출판사에서 나온 5만여 부 실적을 보고 난 뒤였다. 사장은 입맛이 썼을 것이다.

"우 위원 무슨 일이에요?"

전화 통화를 마친 총무이사가 다가와 앉았다.

"아버지가 위중하십니다. 병원에 자주 모시고 가야 해 자리 지키기 어렵습니다. 사장님이 방에 안 계셔서요. 월말까지 자리 비우겠습니다."

월말까지는 일주일도 안 남았고, 내 업무 특성상 인수인계할 것도 없었다. 내가 내민 사직서를 받아든 총무이사가 눈도 마주치지 않고 담담하게 말했다.

"알았어요."

일어나 목례하고 자리로 돌아왔다. 잠시 후 편집팀장이 메시지를 보내왔다.

"저희끼리 약속했는데요. 위원님과 오늘 술 한잔 하기로요. 괜찮으시지요?"

다른 약속이 있었지만 취소했다.

누나, 동생, 숙부에게 차례로 전화해 아버지 상황을 알리고 다음 날 점심 때 아버지에게 와달라고 했다. 누나가 화난 것을 겨우 참으며 차가운 목소리로 말했다.

"그걸 왜 비밀로 해? 너만 자식이야?"

나라고 그러고 싶었겠나. 애초 담낭암 진단 받고 시

한부 판정 받았을 때, 아버지 놀라지 마시라고 비밀로
한 것이다. 퇴원할 때까지만 그럴 생각이었다. 그러나 퇴
원하고 몸 상태가 좋아지는 것처럼 보이니 굳이 얘기
할 필요가 없어진 것. 내일 점심 때 보자고 우물쭈물 대
답하고 말았다. 동생은 울음을 삼키며 겨우, 알았어 형,
했다. 고등학교 교장으로 퇴직한 숙부는 상황을 길게
물으셔서 30분간이나 통화했다.

"네가 마음고생이 심했겠구나. 내일 가마."

　직원들과는 겨우 6개월 남짓 함께 지냈지만 정이 많
이 들었다. 근속년수도 평균 5년으로 출판업계로 봐서
는 꽤 오래 근무한 편. 회사가 직원을 대하는 태도나 급
여 등 복지 수준으로 봐서도 놀라운 일이다. 그 이유가
무얼까?

　팀장이 안 좋은 얼굴로 사장실에서 나오면 팀원들이
우르르 몰려가 소곤소곤 위로를 했다. 점심은 늘 함께
먹었고, 다정하기가 형제자매 이상이었다. 서로를 위하
는 마음이 너무 정겨워 처음에는 많이 낯설었지만 나
도 곧 그 일원이 되었다. 이 분위기를 이끄는 것은 팀장

이었고, 서로 동화되었다. 직원들은 동료들 만나는 게 반가워 출근길이 즐거웠다. 내가 이들의 고용주라면 큰 시너지를 얻을 수 있는 뭔가를 도모해보련만 회사 생각은 달라 보였다. 몰려다니면서 회사 험담이나 한다고 생각하는 것 같았다.

파주병원 장례식장 좋더라

"일산까지 갈 것 없다. 파주병원이 장례식장 공사를 다시 해서 깨끗하고 손님 치르기 좋더라."

무겁게 둘러앉은 밥상머리에서 아버지가 툭 뱉은 한마디에 다들 숨도 동작도 멎었다.

"좀 지저분하더니 공사를 새로 한 모양이군요. 일산 백병원은 너무 복잡하더라고요."

숙부는 심상하게 받았다. 저 연륜에서나 주고받을 수 있는 대화다. 두 분은 아무렇지도 않게 먼저 세상 뜬 동창이며 선후배 이야기를 허허 웃거나 공허하게 한동안 이어갔다. 얼마 안 남은 아버지의 생사에 대한 이야기는 끼어들 여지도 없었고, 가족 누구도 용기내 말을 꺼내지도 못했다. 심지어 훌쩍이지도 못했다.

식사 마치고 숙부 내외는 돌아가셨고, 누나와 매형, 아우와 제수, 우리 내외는 어머니와 함께 고추밭에 가 붉은 고추를 땄다. 보통 7월 중하순에 첫물을 따는데 양은 많지 않다. 일요일마다 시골집에서 밭일을 도와온 터라 다들 능숙하다. 고추를 따면서 아버지 증세를 감춘 내게 질타가 쏟아졌다. 어머니 한숨이 먼저였다.

"저렇게 갈 줄 알았으면 몸에 좋은 거, 맛있는 거 더 해 드릴걸."

아버지는 어머니가 해준 음식이 가장 맛있다고 늘 말씀하셨다. 그냥 하는 말이 아니라 진심이었고, 덕분에 어머니 정성은 늘 넘쳤다.

"그만 좀 해. 처남은 왜 생각이 없었겠어. 아버님이 워낙 예민하시니까."

매형 목소리다. 누나가 자꾸 구시렁거리는 모양이다. 누나는 여태 내게 화나 있다.

"그건 그래. 우리가 다 알고 있었으면 아버지가 벌써 눈치 챘겠지."

이번에는 아우다. 어머니가 정리했다.

"따지고 자시고 할 거 없어요. 아범이 감춘 것도 어떻게 생각하면 잘한 거야. 그렇더라도 나한테는 귀띔할 일이지."

어머니가 아쉬워하셨지만 사실 어머니가 그 비밀을 간직한다는 건 어림없는 일이다. 평소 입을 재게 놀리는 분은 아니지만, 부부간에 어떻게 모르는 척, 걱정 없는 척 지낼 수 있겠나. 그렇더라도 어머니가 가장 먼저 아셔야 하는 건 맞겠지. 이래저래 유구무언이다.

"어, 아버지 오셨네. 왜 나오셨어요?"

누나가 애써 밝은 목소리를 크게 냈다. 아버지는 고개를 끄덕이며 신경 쓰지 말고 하던 일들이나 하라는 듯 손을 저으셨다.

"아저씨. 잠깐 오세요."

밭 아래쪽 길 건너 논두렁에 서넛이 둘러앉은 걸로 보아 오후 곁두리 핑계로 술을 마시려는 중이다. 좀 전에는 일가 형님 혼자였는데 지나가는 사람을 불러 앉혔을 것이다. 곁두리는 새참의 다른 말인데 그 동네 어른들은 지금도 곁두리라고 한다.

"난 됐어. 어서들 들어."

아버지는 경운기 연장통에 연장 대신 늘 소주 두 병

을 넣어 다니셨다. 허리 뻐근해질 때쯤 지나가는 누구라도 붙잡아 한두 잔씩 하시는 것. 며칠 전이었다면 마다않고 반갑게 한잔 하셨을 것을.

생각해보니 언제부터인가 아버지가 막걸리 드시는 걸 본 적이 없다. 집에 항상 소주 두어 박스가 쟁여 있다. 막걸리 주전자 들고 논밭에 심부름 다니면서 주전자 꼭지 빨아보지 않은 아이는 없다. 너무 많이 마셔 개울물을 채워 넣었다는 얘기는 대부분 막걸리무용담에 도취해 자가 발전한 '뻥'이지만 몇 모금씩 마신 걸 모르는 어른도 없다. 내게도 당연한 추억인데, 성인이 돼 보니 소주로 바뀌었고 어른들 대부분이 그랬다. 막걸리 보관이 용이하지 않았던 탓인지 모르겠다. 기껏 우물에 넣어두는 것 말고는 달리 보관방법도 없었고, 그나마 페트병으로 나온 것은 1978년부터이니 상할 염려 없는 소주가 제격이었을 테지. 그 뒤로는 취향과 습관이 그리 정해진 것이고.

품을 사 여럿이 일할 때는 어머니가 끼니 때마다 밥과 국, 찬을 담은 플라스틱함지박을 머리에 이고 날랐다. 새벽에 일꾼들이 집에 와 아침을 먹었고, 덩달아 어린 우리 삼남매도 새벽밥을 먹어야 했다. 아침상 치우면 어머니는 9시 무렵 오전 곁두리를 내가야 했고 점심을 내간 두어 시간 뒤 오후 곁두리를 내갔다. 해 떨어지면 그 일꾼들이 집으로 몰려와 저녁을 먹었다. 아침과 점심, 저녁상에는 닭을 잡거나 돼지고기라도 볶아야 했지만 곁두리는 대개 국수를 삶았다. 곁두리로 삼립빵을 사다 주는 집도 있었으나 성의 없다고 입길에 올랐다.

나도 그렇지만 젊은이들이 싹 빠져나간 고향에는 기계화 바람이 불었고, 품을 살 일도 없어졌다. 품을 사진 않더라도 어머니가 '시다바리'로 논일에 투입돼야 해 밥할 사람이 없었다. 이때부터 중국집 오토바이가 논두렁을 달리기 시작했다. 면소재지 식당에서도 밥을 해 날랐다. 곁두리는 슬그머니 찐 감자나 삼립빵으로 돌아갔다.

며칠 뒤 어머니가 전화하셨다.

"밤새 아프셨어. 약을 드시라고 해도 참으시겠다고."

의사는 참을 수 없을 때 진통제를 복용하라고 했다. 물론 어머니에게도 아버지에게도 의사 처방을 알려드렸다. 처음에는 반쪽, 고통이 심해지면 정도에 따라 한 알, 두 알, 세 알… 그러나 아버지는 약 복용을 늦추려는 거였다. 필사적으로 고통을 참아내야만, 약 쓰는 걸 늦춰야만 그만큼 당신 생명이 연장된다고 믿고 싶어 밤새 고통스러워하신 것이다.

다른 때 같으면 119라도 불러 병원에 갔을 것이다. 그러나 진통제 말고는 손 쓸 방법이 없다잖나. 희망 따위는 없고 고통을 완화하는 것만이 유일한 의지처 아닌가. 고통은 점차 심해질 거고.

"반쪽만 드시라고 해요. 그걸 참는다고 뭐…"

결국 더 참을 수 없어 약 반쪽을 드셨고 고통은 완화됐다. 고통을 온몸으로 받아 안으며 약 안 드시고 완강하게 버틴 걸로 아버지 생명은 하룻밤 연장됐을까.

"환자마다 조금씩 차이가 있는데요. 처음에는 이삼일 간격일 때도 있고 하루 이틀 간격일 때도 있어요. 그러다가 하루에 몇 차례씩 고통이 옵니다. 고통이 시작되면 한 달쯤으로 생각하세요. 더 많이 자주 고통스러워하시면 입원하시고요. 저희 병원에 오실 필요는 없습니다."

아버지 수술을 집도한 주치의에게 전화했더니 사무적이나 명확한 답이 돌아왔다. 아버지 증세와 검사결과

등이 담긴 시디를 챙겨 마지막 입원할 병원 담당의사에게 전해주라고 했다.

한 달. 그 기간 아버지가 의지할 것은 마약성 진통제뿐이다. 횟수와 개수가 늘어날수록 아버지 시간은 줄어든다. 희망 따위 없는 세월만 남았다. 삶이, 연명이 희망이라면 그렇다. 아버지는 무슨 생각을 하실까?

죽음을 앞둔 아버지는 어떤 삶을 살아왔을까. '행장(行狀)' 생각이 났다. 한 사람의 평생 행적을 적은 글이다. 이름난 사람이 죽으면 친구나 제자 혹은 누군가가 행장을 써 남겼다지 않나. 아버지가 세상에 무슨 업적을 남겼거나 가족 아닌 다른 사람들에게 기억될 만한 의미가 있다고 여기지는 않지만 이름 석 자에 새겨진 고단함은 있지 않겠나. 내 형제들, 내 자식들만이라도 기억할 수 있으면 족한 일이다.

눈을 감고 가만 생각해보니 아득해졌다. 평생 농사꾼으로 살아왔다는 것 말고 아버지에 대해 무엇을 얘기할 수 있나. 내 '아버지'라는 세 글자말고는 아는 게 없었다. 마음이 급해져 시골집으로 달려갔다.

진작 여쭤볼 걸 그랬다

　내가 아버지에게 들은 얘기라고는 당신이 경기상고를 나왔다는 것뿐이다.

　"경기도립상업학교를 줄여서 다들 도상이라고 했어."

　어려서부터 귀에 딱지가 앉도록 들은 얘기다. 1923년 설립 당시에는 경기공립갑종상업학교였다. 중고 과정을 합친 5년제로 한국인과 일본인이 함께 공부했는데 해방 뒤인 1946년 경기공립상업중학교로 교명을 바꾸면서 6년제가 됐다. 아버지는 1947년에 이 학교에 입학했다. 임진강가 촌에서 나무 해 팔면서 국민학교를 마친 아이가 서울 명문중학교에 덜컥 합격한 것은 경사가 아닐 수 없다. 아버지도 '도상' 얘기할 때는 으레 기분이 한껏 좋아지셨다.

아버지가 중학교 4학년이 됐을 때 학제가 바뀌어 각각 3년제 경기상업중학교, 서울상업고등학교로 교명이 바뀌었고 아버지는 서울상업고등학교 학생으로 신분이 바뀌었다.

"서울상고 배지를 달았지만 우린 다 도상이라고 했어. 남들도 그렇게 불렀고."

경기상업중학교는 전쟁 중인 1952년 청운중학교가 됐고, 서울상업고등학교도 한참 뒤인 1968년에 경기상업고등학교로 이름을 되찾았다.

십 수 년 전 시골집에 갔더니 아버지가《京畿商高 80 年史》를 보고 계셨다.

"어, 아버지 동창회 나가세요?"

내가 알기로는 국민학교 동창들 몇 말고는 교류가 없는 분이다. 중고등학교 동창 얘기를 들어본 적도 없다. 뉴스에 경기상고 출신 인사가 나오면 먹먹하게 바라볼 뿐이었다.

"누가 줬어."

아마도 금융권에서 일하는 막내 숙부가 직장 동료 중 경기상고 출신에게서 구해주었을 것이다. 아니면 우연히 어느 동창이라도 만난 걸까. 그 당시에는 별로 궁금하지 않아 더 여쭙지는 않았다.

80년사 옆에는 《道商人》이라는 2006년판 동창회원 명부도 놓였다. 아버지뿐 아니라 이 학교 졸업생들은 '도상'이란 말이 자랑인 게 분명했다. 일제강점기 시절 개교한 학교여서 자랑일 리는 없겠고 오랜 역사를 자랑스러워하는 거겠지.

"아버지는 몇 회 졸업이에요?"

내가 동창회원 명부를 끌어당겨 펼쳤다.

"내가 졸업이 좀 늦었지."

아버지가 한숨처럼 나직하게 말하고는 밖으로 나가셨다. 찾아보니 1956년 3월 25일 29회 졸업이다. 1947년에 중학교 입학했는데 9년 뒤 고등학교 졸업이다. 3년이 비었다. 짐작 가는 바 있다. 앞으로 그 사정을 여쭙고 기록하려는 것이다.

시골집에 가니 어머니는 밭에 나가셨는지 안 보이고 아버지만 안방에 누워 계셨다.

"바쁠 텐데 왜 자꾸 와."

목소리에 기운이 하나도 없다.

"어젯밤 많이 아프셨다면서요. 지금도 아파요?"

"괜찮아. 안 아파."

"많이 아프면 약 드세요. 약 아낀다고…."

아버지에게 들키지는 않았지만 말하다가 울컥했다. 약 아낀다고 더 오래 사시지도 않아요, 아버지는 곧 돌아가신다고요. 고통이라도 덜하게 제발 약 드세요….

나는 아버지의 삶을 들어보려고 한다. 그러나 아버지나 나나 서로 곰살맞게 대해본 적이 없어서 서두를 어떻게 잡아야 할지 막막했다.

"평생 여기서 농사짓고 사셨다는 거 말고 아버지에 대해 아는 게 하나도 없어요."

오른팔을 머리에 올리고 누워 있던 아버지가 고개를 살짝 돌려 나를 바라보셨다.

"무슨 소리야?"

"도상 나왔다는 얘기는 들었지만요. 도상이 그때는 무지 센 학교였다면서요? 국민학교 때 공부 잘하셨어요?"

항상 자랑으로 여기시는 '도상' 얘기로 시작하기를 잘했다. 아버지 얼굴이 환해졌다.

"공부는 장위동 삼촌이 잘했어. 시험만 보면 백점, 늘

일등이었지. 촌놈이 경성농업중학교 입학시험을 치렀는데 수석을 했거든."

아버지를 물었는데 당신 동생 얘기를 했다. 어른들은 그렇다. 스스로를 자랑하거나 뽐내지 않는다. 염치없는 행동으로 여긴다. 서울 장위동에 사는 숙부는 칠남매 중 다섯째인 아버지 바로 밑의 동생이다. 고등학교 교장으로 정년퇴직했는데 아버지와 장위동 숙부 말고 다른 형제자매는 모두 돌아가셨다.

"아버지 성적은 어땠냐고요?"

"못하지는 않았으니까 도상 합격했겠지."

내가 알아본 바로는 국민학교 때 일, 이등하던 아이들이나 도상에 합격할 수 있었다. 그러나 아버지는 당신이 공부 잘하는 아이였다는 말씀은 끝내 하지 않으셨다. 서울 유명중학교 수석 합격한 아우를 두고 도상 겨우 합격한 처지를 자랑할 수는 없으셨던 모양이다.

"큰아버지는요? 산업은행 다니셨잖아요. 학교는 어디 나오셨어요?"

칠남매 중 위로 딸 둘은 일찌감치 시집가 입을 덜었고, 아들 오형제 중 맏이인 백부를 묻는 것이다.

백부는 70년대 중반 전용기사가 운전하는 자가용을
타고 다녔다. 그때는 중형차도 없었는지 자가용은 포니
자동차였다. 자가용이 우리 집 마당에 서 있는 것만으
로도 나는 위세 등등했을 것이다. 선하게 생긴 기사를
처음 봤을 때 내게 껌을 주었다. 껌을 씹어보지 못한 것
은 아니지만 구멍가게 하나 없는 촌에 사는 아이에게
껌이 오죽 귀한가.

　"기사 아저씨가 주셨어요."

　자랑스레 얘기하자 백부는 기사를 힐끗 쳐다보고 나
서 들으라는 듯 말했다.

　"고맙다고 인사는 했누?"

　심상한 한마디가 기사 마음에 닿았을 것이다. 사회
생활을 잘해보기로 마음먹었는지 올 때마다 잊지 않
고 우리 삼남매에게 껌을 한 통씩 사다줬고, 눈치 빠른
나는 그때마다 백부에게 보고했다. 당시 백부가 꽤 높
은 직책으로 근무하던 양식기협회 운전직 사원이었을
그 기사는 꽤 오래 포니자동차를 몰고 벌초 때나 휴일
에 시골집에 다녀갔다. 설이나 추석 때 온 기억은 없는
걸로 봐 명절에 부려먹지는 않은 것 같은데 휴일에 공적

업무가 아닌 사적인 일로 근무하는 것은 지금 같으면
용납할 수 없는 착취요 '갑질'이라고 하겠는데 그때는
당연하게 여겼나보다.

당나귀 정씨가 원수?

　아버지는 자칭 타칭 보학자(譜學者)였다. 우리 집안 족
보는 물론이고 다른 집안에 대해서도 관심이 많아 아
버지에게 집안 내력을 물으러 오는 타성바지도 많았다.
시간 날 때마다 족보를 들여다보셨는데 교정을 보기도
하고, 우리 집안의 세보를 따로 만들기도 했다. 한글은
한 글자도 없었지만 아버지 옆에서 그림책 보듯 족보 들
여다보면서 설명 듣는 걸 싫어하지는 않았다. 내가 국민
학교 다니던 어느 해에 족보를 새로 제작했는데 편집위
원으로 대구에 며칠씩 다녀오기도 했다. 족보를 제작하
는 출판사가 대구에 있다고 들었다.
　단양 우씨의 시조는 현(玄) 할아버지이다. 당나라 사

람인데 고려 건국 초에 귀화했다. 당나라가 망하고 송나라가 서던 시기이므로 정치적 망명일지도 모르겠다. 단양 지방에 정착해 살면서 지방관을 지냈다고 전한다. 단양 우씨는 고려 고종 때인 1200년대 중반 6세 중대 할아버지가 문하시중에 오르면서 번창했는데 '한손에 막대 쥐고 또 한손에는 가시를 쥐고 / 늙는 길을 가시로 막고 오는 백발을 막대로 치려 했더니 / 백발이 제가 먼저 알고서 지름길로 오는구나'라는 〈탄로가〉를 지운 당대 명신 우탁 할아버지가 손자다. 중대 할아버지가 문하시중에 오를 때 단양을 본관으로 정했다는 얘기도 있고, 탁 할아버지의 손자이며 대사헌과 찬성사를 거친 10세 현보 할아버지가 공양왕 때 단양부원군에 봉해져 이때 우씨의 본향이 단양으로 정해졌을 것이라는 얘기도 있다.

고려 때 명문가였던 단양 우씨가 역성혁명을 일으켜 조선을 세운 이성계의 참모 정도전 때문에 쇠락했다는 얘기도 있지만 반쯤만 맞는 얘기인 것 같다. 조선 건국에 협조한 우씨도 있었고 단양 우씨 10개 파 중 내가 속한 정평공파는 그리 큰 고난을 당한 것 같지는 않다.

위축되기는 했을 것이다.

우리 집안이 경기도 파주시 탄현면 만우리 일대에 집성촌을 이루게 된 것은 17세 급 할아버지 묘소가 만우리 마동산에 있는 걸로 보아 1500년대 중후반 임진왜란 발발 이전인 것 같다. 그 이전에는 경기도 문산 내포리 인근에 우씨들이 모여 살았다. 같은 정평공파 17세로 우리 급 할아버지와 육촌 간이던, 성리학자로 퇴계 제자이며 임진왜란 때 의병장으로도 이름이 높은 우성전 할아버지가 수원현감이 돼 내포리를 떠난 것도 그 무렵이다. 같은 집안에서 과거 급제하고 승승장구로 출세한 성전 할아버지와 달리 우리 할아버지는 가까운 만우리로 솔거하였지만 그 후손 중에 이렇다 할 벼슬아치는 나오지 않았다. 쇠락한 양반들이 그렇듯 헛기침이나 하다가 슬금슬금 농사꾼이 되었을 것이다.

어릴 적에 마을에 우씨 말고는 다른 성씨가 많지 않았다.

"오빠. 엄마가 빨리 집에 오래."

친구 여동생이 우리 집에 놀러온 제 오빠를 찾아온 적 있었다.

"당나귀 정자 쓰는 집안과 우리 집안은 혼인하지 않는단다."

친구가 돌아간 뒤 툇마루에 앉아 있던 할아버지가 불쑥 말씀하셨다.

"어, 쟤가 정씨인데. 왜요?"

"우리 집안은 저 녀석 조상 때문에 홀딱 망했단다. 개성에서 높은 벼슬 지내며 떵떵거리고 살던 집안이 농사나 짓고 사는 게 저 녀석 조상 때문이야."

그때는 몰랐지만 할아버지는 스스로 580년 전에 망한 고려 유민이이라고 생각한 모양이다. 정도전과 단양 우씨의 얘기는 대대로 할아버지에게까지 전해져왔을 것이다.

몇 년 뒤 중학교 1학년 한문 시간이었다. 선생님이 칠판에 '鄭'자를 써놓고 무슨 자인지 아느냐고 물으셨다. 예습해온 아이들 몇이 손들었고 나도 번쩍 들었다. 선생님이 나를 지목했다.

"당나귀 정자입니다."

선생님이 살짝 웃으며 다시 물었다.

"학생은 어떻게 당나귀 정자인 줄 알지?"

"돌아가신 할아버지에게 배웠습니다."

환갑도 지났을 만큼 연세 많은 백발 한문 선생님은 꽤 흥미로웠던 것 같다. 내게 가까이오더니 가슴에 붙은 명찰을 들여다보고 엷은 미소를 지었다.

"단양 우씨군. 정도전에 대해서도 들어봤나?"

"우리 집안을 망하게 한 원수라고 들었습니다."

선생님이 웃음을 참는 듯 입을 꾹 다물었다.

"여기 봉화 정씨 있으면 손들어봐."

반에 정씨가 두엇 있었지만 봉화 정씨는 없었다.

"다행이다. 여기 네 집안 원수 후손은 없구나. 하하하."

그날 한문시간은 단양 우씨와 정도전 얘기로 꽃을 피웠다. 돌이켜보면 선생님이 무슨 말씀을 하셨는지 자세한 기억은 없는데, 지금은 우씨가 희귀성이 됐지만 고려 때만 해도 최고 명문가 집안이었다고 해 내가 으쓱했던 것 같다. 집안내력이나 역사에 대해 관심 없던 아이들도 나를 대단하게 보는 것처럼 느껴졌다.

그 당시 한문 선생님에게 들은 얘기였는지 나중에 내가 찾아본 것인지 가물가물하지만 정도전은 나라이름 정(鄭)을 쓰는 봉화 정씨이다. 정씨가 당나귀로 불리는

데는 두어 가지 설이 있다.

하나는 한자 '정(鄭)'자가 당나귀를 닮았다는 것인데 나로서는 어디가 닮았다는 것인지 도통 알 수 없다. 또 하나는 귀락당 이야기다. 좋은 집에 사는 인품이 훌륭한 정씨 집에서 '귀락당(貴樂堂)'이라는 당호를 걸었다. 풀어보면 '귀하고 즐거운 집'이다. 그러나 누구나 이 정씨를 좋아하지는 않았던 모양이다. 누군가 이 당호를 거꾸로 읽어 '당락귀'라고 했고 이는 금세 당나귀가 됐다. 그 뒤 이 집안을 멸시하거나 조롱할 때 '당나귀 정씨'가 됐다는 것이다.

억울하게 당나귀 정씨가 된 봉화 정씨와 혼인하지 않는다는 할아버지 말씀을 따를 생각은 없다. 다만 정적이었을 것이고 갈등이 있었을 것으로 이해한다.

정도전과 단양 우씨의 천출시비*

조선왕조의 설계자 삼봉 정도전, 그가 없었다면 조선왕조가 성립될 수 있었을까? 일개 변방의 무장이었던 이성계가 감히 면류관을 쓸 야망을 품을 수 있었을까? 무릇 왕조의 창업은 한 사람의 능력으로 가능한 것이 아니지만 영웅의 야망을 촉발시키는 단초는 걸출한 책사의 작은 행보에서 비롯되기도 한다. 정도전은 바로 그 창업의 열쇠를 틀어쥐었던 인물이고 더불어 만세의 주춧돌까지 놓았던 기린아였다.

그럼에도 불구하고 정도전은 평생 천출의 멍에를 뿌리치지 못한 비운의 정객이었다. 건국 이전 정적들로부터 태생이 비천하다는 공세에 시달렸던 그는 조선의 창업과 함께 우현보의 자식과 손자를 도륙해 버렸다. 그 여파로 현재까지 봉화 정씨와 단양 우씨는 철천지 원수 가문으로 남았다. 또 당사자 정도전은 당대에 이방원 일파에 쿠데타 과정에서 목숨을 잃은 뒤 완전히

---

* 이상각, 《조선노비열전》, 유리창.

천출로 규정되었고, 후세의 양반들로부터 송익필, 서기와 함께 삼노(三奴)라는 칭호를 받기까지 했다.

이성계의 장자방

정도전은 고려 말 충청북도 단양에서 태어났다. 아버지는 청백리로 알려진 정운경이었다. 정도전의 가계는 안동현 봉화현의 호장이었던 고조 정공미로부터 비롯된다. 증조 정영찬은 비서랑 동정(秘書郞同正)을 지냈고, 조부 정균은 검교 군기감(檢校軍器監)을 지냈는데 두 벼슬은 일종의 명예직인 산직(散職)이었고 실직에 오른 것은 아버지 정운경이 처음이었다. 정운경은 충숙왕 때에 진사(進士)를 거쳐 공민왕 때 형부상서(刑部尚書)가 되었는데 수령 재임시 선정을 베풀어《고려사》열전 양리전(良吏傳)에 등재되기까지 했다.

이런 아버지의 뒤를 따라 개경으로 올라온 정도전은 성균관에 들어가 이색에게 성리학을 배웠다. 훗날 정적이 된 정몽주를 비롯해 이숭인, 김구용, 박상충 등이 그의 동문이었다. 1360년(공민왕 9년) 19세 때 성균시에 합격하고 부인 최씨와 혼인했다. 1362년(공민왕 11년)

진사시에 급제하여 충주의 사록, 전교주부 등을 거쳐 1365년 통례문지후가 되었지만 신돈의 등장과 함께 벼슬을 버리고 낙향했다. 철저한 성리학자로 성장한 그로서는 승려가 국가 대사를 좌지우지하는 꼴을 보기 싫었던 것이다. 이듬해 부친 정운경과 어머니 우씨가 사망하자 3년상을 치르며 정계에서 멀어졌다.

1371년(공민왕 20) 공민왕이 신돈을 축출하고 유학자들을 등용하자 그는 정7품 성균박사로 정계에 복귀했다. 1374년(공민왕 23) 9월 공민왕이 비명에 죽고 나서 우왕이 즉위하자 이인임과 염흥방, 임견미 등 세족들이 정권을 잡으면서 그동안 추진되었던 개혁정책이 백지화되고 친명 정책도 철회되었다.

"중원의 정세가 바뀌었는데 언제까지 원나라 타령만 하고 계실 겁니까?"

"정치란 바른 소리로만 되는 게 아니다. 성균관 출신이라고 구신들을 무시하는가."

열혈 남아였던 정도전은 수시로 고위 관료들에게 친명 정책의 복원과 개혁을 요구하다가 미운털이 박히고 말았다. 이듬해 북원의 사자가 고려에 들어오자 임견미는 북원을 배척하는 정도전에게 영접을 명하고 이를 거부하자 나주로 유배했다. 당시 34세였던 정도전은 유배지 나주목 회진현 소재동의 천민 거주지 부곡에서 민초들의 삶을 경험하면서 정치의 궁극적인 과제는 백성들의 행복이라는 점을 깨달았다.

2년 뒤 유배는 풀렸지만 복직이 허락되지 않자 정도전은 삼각산에 삼봉재를 짓고 개혁사상의 전파와 후계자 양성에 주력했다. 점차 그를 따르는 무리가 늘어나자 당국의 압력을 받은 집주인이 집을 철거해 버리는 바람에 정도전은 부평과 김포 등지를 전전하며 연명해야 했다. 그로 인해 부조리한 현실을 타파하고 새로운 세상을 열겠다는 열망이 끓어올랐다.

"이 썩은 왕조를 무너뜨리고 언젠가 꼭 백성들을 위한 나라를 만들고야 말겠다."

1383년 가을, 47세의 정도전은 동북면도지휘사 이성계를 만나기 위해 함주로 향했다. 개혁을 넘어 혁명을 꿈꾸던 정도전이 신흥 무장 세력의 기수인 이성계를 선택한 것이었다. 백성이 주인 되는 나라는 왕권국가가 아니라 신권국가여야 한다는 것이 그의 생각이었다. 그런 면에서 불패장군 이성계는 상징적인 국왕으로 내세우기에 안성맞춤이었다.

그 후 여러 차례 이성계와 만나 정치적으로 각성시킨 정도전은 그의 후원으로 조정에 들어갔다. 1385년(우왕 10년)에 전의부령으로 정몽주와 함께 명나라에 다녀온 뒤 종3품직인 성균좨주로 승진해 왕의 교서를 짓는 지제교가 되었고, 외직인 남양부사를 거쳐 성균관 대사성에 이르렀다.

그로부터 3년 뒤인 1388년 요동정벌군의 대장이 된 이성계는 위화도 회군을 계기로 우왕과 최영을 제거하고 권력을 장악했다. 이때 정도전은 조준과 함께 결기로 똘똘 뭉친 신흥사대부 세력을 이끌면서 이성계를 적극 후원했다. 그 와중에 실시한 전제개혁과 군제개혁은 고려 사수파를 제거하기 위한 연막작전이었다. 비로소 정도전의 본심을 파악한 정몽주, 이숭인, 우현보 등이 필사적으로 그를 견제했다.

"삼봉의 모계에는 분명 천민의 피가 흐르고 있다. 그런 자의 말을 믿어선 안 된다."

"공맹을 배우는 학자로서 어찌 치사하게 신분을 들

먹이는가. 내 의견을 비토하려면 정당한 이유를 대라."

"아무튼 삼봉과는 함께 정치를 논할 수 없다. 그는 유학자이기 전에 천출이다."

정적들은 그렇듯 정도전의 정책보다는 의심스런 출신성분을 물고 늘어졌다. 특히 그의 어머니 우씨의 일족인 우현보와 아들 우홍수 등은 구체적인 증거를 들이대며 그를 압박했다. 정도전이 그 증거의 부당함을 내놓으며 맞서자 정몽주는 그가 천한 혈통을 감추기위해 본 주인을 제거하려 한다며 목소리를 높였다. 그것은 일면 치사했지만 왕조를 지키려는 처절한 자기희생이기도 했다. 장자방이 없는 유방, 제갈량 없는 유비는 하등 두려울 게 없었다. 그를 쫓아내면 우유부단한 이성계를 다루는 것은 손바닥을 뒤집는 것보다 쉬운일이었다.

과연 이런 그들의 공세는 주효해서 정도전, 조준을 비롯한 개혁세력이 줄줄이 유배되었고 이성계는 거의 대권을 포기한 채 병석에 누웠다. 그 위기의 순간에 태종 이방원이 이성계의 문병을 온 고려 사수의 주역 정몽주를 일거에 척살했다. 그와 함께 고려 유신세력은 힘을 잃었고, 이성계를 바지사장으로 앉힌 다음 안정된 신권 제국을 만들고자 했던 정도전의 계획도 뒤틀려버렸다.

그 후 우여곡절 끝에 조선이 개창하자 정도전은 개국1등 공신 봉화백으로 문하시랑찬성사(門下侍郎贊成事) 겸 판의흥삼군부사(判義興三軍府事)에 올라 정권과 병권을 장악했다. 태조의 절대적인 신임을 바탕으로 그는 숭유억불(崇儒抑佛)의 국가이념을 정립한 다음 새나라의 문물과 제도, 정책을 마련했다. 이어서 한양 천도와 신도시 계획, 심지어 서울 4대문의 이름과 궁궐 각 전각의 명칭까지도 손을 댔다.

정도전이 꿈꾸었던 나라는 민본정치를 중심으로 하는 이상적인 유교 국가였다. 일찍이 《맹자》를 통해 역성혁명의 정당성을 발견한 뒤 민심이 천심이라는 사실을 믿어 의심치 않았던 그는 군주제의 한계를 극복하기 위해 재상 정치를 생각해 냈다. 만백성 가운데 실력으로 선출된 재상이 합의를 통하여 정치를 주도하고, 위로는 임금을 받들고 아래로는 신하와 백성들을 다스린다면 이상적인 유교정치가 이뤄질 것으로 판단한 것이다.

정도전이 야심만만한 이방원이나 이방간을 고립시키고 신덕왕후 강씨 소생의 이방석을 태자로 옹립한 이유도 그 때문이었다. 하지만 그의 계획은 1398년 이방원이 일으킨 제1차 왕자의 난으로 산산조각 났다. 그의 이름은 적자를 물리치고 서자를 옹립하려 했던 역신으로 기록되었고 모든 서훈이 취소되었다. 그를 미워한 태종은 서얼들이 고위관직에 오르지 못하게 하는 악법을 제정하기까지 했다. 조선 왕조 내내 그의 이름은 금기어가 되었다.

정도전의 명예가 회복된 것은 사후 500여 년 만인 1865년(고종 2)이었다. 1871년(고종 8) 고종은 그에게 문헌(文獻)이라는 시호와 유종공종(儒宗功宗)이라는 편액을 내렸다. 그러고 보니 고종의 할아버지 남연군은 사도세자의 넷째인 서자 은신군의 양자였다.

기록과 추정

고려 말 삼봉 정도전과 악연을 맺었던 단양부원군 우현보(禹玄寶)는 단양 우씨 후예이다. 그의 할아버지는 '탄로가'*로 잘 알려진 역동 우탁이다. 시조만 보면 인자하고 장난스러운 노인의 모습이 그려지지만 실제로는 충선왕 때 흰옷을 입고 도끼를 멘 채 대궐에 들어와 충간했던 대쪽 같은 선비였다.

단양 우씨 일족은 고려 말 충성과 절의로 똘똘 뭉친 구세력의 대표적인 가문이었다. 더구나 우현보의 손자 우성범은 고려의 마지막 임금 공양왕의 부마였다. 이런 명문세가가 조선의 개국과 함께 그야말로 풍비박산이 나버렸다. 공양왕이 이성계에게 선위 형식으로 왕위를 강탈당한 뒤 우현보는 광주에 유배되었다가 이듬해 석방되었지만 손자 우성범은 개성 남문 밖에서 처형되었다. 개국 선포 뒤에는 아들 우홍수, 우홍명, 우홍득이 이색의 아들 이종학, 최을의, 이숭인, 김진양, 이확 등과 함께 장살되었다. 정도전 지우기에 골몰했던 태종의 추종자들은 《태조실록》에서 이 사건의 배후에 정도전이 있었다고 기록했다.

"손흥종, 황거정 등이 우홍수 형제 3인과 이숭인 등

---

* "한 손에 가시 들고 또 한 손에 막대 들고/늙는 길 가시로 막고 오는 백발 막대로 치렸더니/백발이 제 먼저 알고 지름길로 오더라."-우탁의 '탄로가(嘆老歌)'

5인을 곤장으로 때려 죽여서 모두 죽음에 이르게 하고는 황거정 등이 돌아와서 곤장을 맞아 병들어 죽었다고 아뢰었다. 정도전이 임금의 총명을 속이고서 사감(私憾)을 갚았는데, 임금이 처음에는 알지 못했으나 뒤에 그들이 죽은 것을 듣고는 크게 슬퍼하고 탄식했다."

그와 함께 실록은 정도전의 단양 우씨에 대한 사감이 무엇이었는지까지 상세히 밝혀 놓았다. 과거 우현보의 일족에 승려 김진(金口)이라는 자가 있었는데 노비수이(樹伊)의 아내와 간통하여 딸 하나를 낳은 뒤 환속한 다음 수이를 쫓아내고 자신의 처로 삼았다. 훗날 그는 딸을 선비 우연(禹延)에게 시집보냈는데 그들 사이에서 태어난 딸이 정운경과 혼인하여 아들 셋을 두었다. 정도전이 그 맏아들이다. 이대로만 보면 단양 우씨는 정도전의 외가이다.

한데 단양 우씨 가문에서는 정도전의 어머니가 가문의 여식이 아니라 노비라고 주장하고 있다. 그렇다면 정도전은 단양 우씨의 노비가 된다. 이 복잡한 등식에 앞서 외조부 우연의 과거까지 개입해 문제가 더욱 난해진다. 고려의 멸망을 지켜보았던 두문동 72현의 한

사람인 차원부의 생애를 기록한 《차무절공유사》에서
는 정도전의 외조부 우연의 정실이 중랑장 차공윤의
딸이었고 정도전의 외조모는 비첩이었다는 것이다. 실
록과 전설, 유사를 모두 합쳐 보면 무엇이 진실인지 갈
피를 잡을 수 없다.

우씨 일문의 근거지였던 단양의 도담삼봉에는 정
도전의 태생에 관련된 전설이 전해 내려오고 있다. 정
운경이 젊었을 때 이곳을 지나다가 한 관상쟁이로부
터 10년 후에 혼인하면 재상이 될 아이를 가질 것이라
는 말을 들었다. 과연 그가 10년 뒤 그곳에 돌아왔을
때 우연히 한 여인과 인연을 맺고 사내아이를 얻었다.
아이의 이름을 길에서 얻었다 하여 도전(道傳)이라 지
었다. 도전은 훗날 부모가 인연을 맺은 곳이 삼봉이므
로 자신의 호를 삼봉(三峰)이라고 했다. 훗날 정도전이
관직에 나갔을 때 승진이 더뎠던 이유가 김진의 인척
인 우현보 측에서 자신의 신분을 소문냈기 때문이라
고 판단했다. 그리하여 앙심을 품은 정도전이 쿠데타
에 성공해 권력을 얻자 세 아들과 이숭인 등 5인을 죽
였다는 것이다.

이런 기록과 전설은 사실 여부에 따라 당사자의 선악이 극명하게 갈린다. 정도전의 외가가 단양 우씨라면 같은 일가의 모략과 폄하에 분노하지 않을 수 없다. 반대로 그의 신분이 노비였다면 그는 자신의 천한 핏줄을 은폐하려 했던 패악한 존재가 된다. 기실 이런 갈등의 뿌리는 고려에서 조선으로 전이되는 역사 속에 감추어져 있다. 고려의 천민이 조선의 명사가 되고 고려의 명문가문이 노비가 된 일은 허다하다. 명장 서희의 자손은 유학자 서기가 등장하기까지 천한 노비였다. 송익필이나 반석평, 정충신도 마찬가지다. 변혁기에 신분은 춤을 춘다.

실로 정도전과 단양 우씨 사이에 벌어진 천출 시비는 그가 다름 아닌 정도전이었기 때문에 벌어진 일이다. 그의 인물이 보잘것없었다면 우현보 가족에 대한 처분은 조선 시대에 벌어진 수많은 무고와 고변, 음모 속에 벌어진 사건의 하나에 불과했을 것이다. 조선 역사에 이런 씨족간의 분쟁은 드문 일이 아니다. 심온의 청송 심씨와 박은의 반남 박씨, 송익필의 여산 송씨와 안당의 순흥 안씨, 정철의 창원 정씨와 최영경의 화순

최씨 등의 관계가 봉화 정씨와 단양 우씨의 그것보다 결코 가볍지 않다.

양쪽 가문을 오랫동안 등 돌리게 만든 원죄는 기실 정도전이나 우현보가 아니라 태종 이방원에게 있다. 그는 재위 내내 처가인 민씨 일문을 가혹하게 숙청했을 뿐만 아니라 사돈인 소헌왕후 심씨 일문까지 멸문시키는 등 상식으로는 이해할 수 없는 조치를 취했다. 새 왕조를 반석 위에 올려놓기 위함이라지만 그의 편향적인 성정이 작용했을 거라는 의심을 지울 수 없다. 정권을 쟁취하기 위해 군사를 일으킨 다음 이복동생 방석과 방번을 제거하는 과정, 권좌에 오른 뒤 계모 강씨가 묻힌 정릉을 파헤치고 합장을 원하던 태조의 소원마저 냉정하게 저버린 인물이 바로 태종이었다.

그런 면에서 태종은 자신의 최대 정적이었던 정도전을 짓밟기 위해서라면 무슨 짓이든 할 수 있는 사람이었다. 당대 최고 권력자의 농간으로 빚어진 씨족간의 분쟁이 벌써 600여 년, 당사자들의 백골이 진토 되어 넋조차 사라진 마당에 후손들이 족보를 펴 보이며 서로를 외면한다면 전주 이씨들만 웃을 일이다.

소년 물장수

조선조에서 단양 우씨 일부는 정치활동이 상당히 위축되었지만 정도전의 봉화 정씨 일족도 편안하지 않았다. 그것을 가지고 21세기 대명천지에 원수니 뭐니 하는 것은 가당치 않다.

할아버지는 1898년 무술년생, 할머니는 1897년 정유년생이다. 1897년은 조선의 국호를 대한제국으로 바꾸고 완전한 자주독립국임을 선포한 해다. 말만 자주독립국이지 일본, 미국, 러시아, 영국, 프랑스, 독일 등 열강들이 한꺼번에 몰려와 철도, 금광, 전기, 수도 등 이권 침탈이 극심했다.

정치적으로 매우 어수선한 시기였지만 임진강가 시골마을 부잣집 둘째 도련님으로 태어난 할아버지는 평화로운 어린 시절을 보냈다. 할머니도 김해 김씨 가문에서 정숙하게 자라 현모양처 꿈을 꾸었다. 두 분은 1914년 열여섯 살, 열일곱 살에 결혼했다. 할아버지는 결혼과 함께 양식 대먹을 논밭을 조금 물려받았다. 방 두 개와 외양간, 넓은 안마당과 우물, 장독대가 있는 초가집 한 채를 열 살 많은 형이 지어주었다. 입에 풀칠하는 정도의 양식 소출 말고는 다른 소득이 없었으므로 아이들이 태어날 때마다 더 가난해졌다.

할머니는 열여덟 살인 1915년에 첫딸을, 스물한 살인 1918년에 둘째딸을 낳았다. 그 밑으로 아들 다섯도 모두 이 집에서 태어났다. 50여 년 뒤 누나와 나, 아우도 이 집에서 태어나 내 나이 열 살 때까지 살았다. 초가집에서 조금 큰 기와집으로 이사했는데 아이 걸음으로도 몇 분 거리 한동네였다.

가난한 집에서는 입을 더는 게 큰일이었으므로 큰고모와 작은고모는 학교 문턱에도 가보지 못한 채 밥 짓고 옷 짓는 것만 배워 일찌감치 '치웠다'고 들었다. 큰고모는 서울 창신동에서 어렵게 살았는데 생전에 몇 번 뵙지 못했다. 작은고모는 연천군 전곡에 사셨는데 땅한 뙈기 없는 집으로 시집가 뼈에 사무치게 가난한 삶을 살았다. 큰고모부도 작은고모부도 내가 태어나기 전이나 아주 어렸을 때 돌아가셨는지 뵌 기억이 없다.

1923년 칠남매 중 셋째인 큰아들이 태어났을 때 스물다섯 살 식민지 청년 할아버지는 아무 희망도 없었을 것이다. 소년 시절에 나라를 빼앗겼지만 애국심이나 정의감을 습득할 기회조차 없어 나라를 구해야겠다는 생각은 해본 적도 없었을 것이고. 그저 운명이려니 납작 엎드려 살았을 것이다.

백부는 옆 마을 금산리에서 한학자 조석훈 선생이 운영하는 서당에 다녔는데, 그 무렵 탄현면사무소 소재지에 탄현공립보통학교가 개교했다. 백부는 신식학교에 가고 싶었지만 1학년으로 입학하기는 시시했다. 서당에서 천자문이나 욀 나이는 지났고, 신식학교에 가 공부하지 않으면 출세는 꿈도 꿀 수 없을 것 같았다. 그래서 문산공립보통학교에 나이와 실력에 맞는 학년으로 편입하기로 마음먹었다. 문산공립보통학교는 임진면(지금 문산읍) 문산리에 있는데 탄현면 만우리 집에서 어른 걸음으로도 두 시간 넘게 걸린다.

"거기를 어떻게 다닌단 말이냐?"

할아버지는 난감했다.

"오라버니에게 부탁해보세요."

할머니가 말했으나 할아버지는 처가에 아이를 맡긴다는 게 마뜩치 않았다. 그러나 위로 딸 둘은 이미 치웠다지만 큰아들 밑으로도 사내아이가 젖먹이까지 셋이나 있다(몇 년 뒤 막내가 태어나 아들만 다섯이다). 겨우 전답 몇 마지기 가지고 농사나 지으라고 할 수도 없는 노릇이었다.

할아버지는 며칠을 고심하다가 큰아들 손을 잡고 임진면 문산리 사는 처남에게 갔다.

"이 아이를 맡아 보통학교에 넣어주시오."

빚 받으러 온 사람처럼 당연하다는 듯 툭 던졌지만 할아버지로서는 어려운 부탁이었을 것이다. 느닷없는 매부 출현에도 처남은 놀라지 않았다. '말은 제주로 사람은 서울로' 보내라는 속담 그르지 않다. 촌사람이 출세해 서울에 자리 잡으면 집안 조카 불러올리는 게 상식이던 시절이다. 6·25 전쟁이 끝날 때까지 임진면은 파주군청 소재지였다. 번화한 군청 소재지에 사는 외삼촌이 촌에 사는 조카 거두는 건 당연했다.

열두 살 소년은 문산공립보통학교 4학년에 편입했다. 서당이 정규학교는 아니었지만, 편입학 절차가 까다롭지 않았다. 일본어도 어느 정도 익혔고 산술책도 구해 공부한 덕에 질문에도 술술 답할 수 있었다.

"국어만 할 줄 알면 다른 과목은 금세 따라갈 수 있다."

일본인 선생은 좋은 학생이 왔다며 백부를 반겼다.

외삼촌댁이지만 공밥을 먹지는 않았다. 겨우 열두 살이지만 물지게를 져 밥값을 했다. 서당 다닐 때도 지게를 지고 가 하학길에 나무를 한 짐씩 해 부엌에 부려놓은 왕년 나무꾼이었다.

"그렇게까지 할 것 없다. 그 시간에 한 글자 더 외거라."

외삼촌이 말했지만 굳이 말리는 눈치는 아니었다. 외삼촌 집의 우물은 수량이 많지 않았다. 생활용수는 물론이고 식수도 부족해 좀 멀리 있는 공동우물에서 물을 길어 와야 했다. 바지게와 달리 물지게는 균형 맞추기가 쉽지 않아 처음에는 많이 흘렸지만 곧 익숙해졌다. 비틀비틀 걷다가 똑바로 걷다가 경보선수처럼 잰걸음으로 달렸다. 이웃 몇 집 물도 대줘 푼돈을 손에 쥘 수도 있었다.

할아버지는 큰아들 월사금은 어떻게든 마련했지만 하숙비를 대지는 못했다. 물론 외삼촌이 하숙비 받을 생각으로 조카를 받아들인 것은 아니었다. 먹이고 재우는 건 당연한 일이라고 여겼지만, 열두 살 조카가 물지게를 지고 나섰을 뿐이다.

부모의 가난을 잘 알고 있는 열두 살 장남은 부모를 원망하지 않았다. 전통사회의 장남답게 어서 출세해 부모를 편안하게 모시고 싶었다. 독립심으로 치면 부잣집 도련님으로 태어난 할아버지 윗길이었다. 어리광이나 부릴 열두 살 나이에 어른 흉내가 아니라 어른 한 몫이었다.

보통학교를 마친 백부는 촌사람들은 들어보지도 못한 5년제 경성공립농업학교(서울시립대 전신)에 합격했다. 친척들이 집안의 경사라며 십시일반으로 돈을 만들어 줘 입학금을 낼 수 있었다.

"어른들이 도와주신 것 잊지 않겠습니다. 반드시 성

공해서 금의환향하겠습니다."

백부는 주먹을 불끈 쥐고 다짐했다. 40여 년 뒤 백부는 이 다짐을 잊지 않고 집안 묘원을 조성하는 데 거액을 쾌척했다.

그러나 서울에는 기댈 친척도 거처할 곳도 없었다. 어렵사리 재동 부잣집 가정교사로 입주해 부모의 시름을 덜어주었다.

1943년 백부 나이 스무 살 때 모처럼 집에 와 부모님께 인사드리고 어린 동생들을 불러 앉혔다. 밑의 동생이 열일곱 살, 그 아래가 내 아버지로 열한 살, 그 아래는 여덟 살, 막내가 다섯 살이었다.

"부모님 말씀 잘 듣고 있지? 형이 바빠 동생들 자주 보지 못해 미안하구나."

백부 말은, 책가방 집어던진 둘째는 부모님 도와 농사일에 성심을 다해야 할 것이며 셋째는 국민학교 마치면 형의 뒤를 따라 경성농업학교로 진학해야 한다는 것이다. 넷째, 다섯째도 명심하여 공부 열심히 해 형들의 뒤를 따라야 한다는 것이다. 형이 다 보살펴 줄 것이니 아무 걱정 하지 말라고도 했다. 동생들은 형 말대로 뒷일 걱정 없이 서울 유학 꿈에 부풀었다.

셋째인 아버지는 1등을 놓치지 않는 학생이었는데 두 살 차이 나는 넷째는 성적이 더 좋았고, 막내도 형들 못지않아 학교를 빛낸 우씨 삼형제였다는 얘기를 나중에 들었다.

"형님, 난 농업학교 말고 상업학교 가고 싶어요. 담임 선생님이 수리를 잘하니 상업학교 가면 좋겠다고 하셨거든요."

"그것도 괜찮아. 도상이라고 좋은 학교가 있어. 거기 가서 은행원으로 출세하면 되겠구나."

뭣 모르는 다섯 살 막내까지 형제들은 출세를 위해 비장한 결의를 했다. 형제들은 나라가 해방될 것이라고는 꿈에도 생각하지 않았다. 일본인에게 설움 받지 않으려면 공부 열심히 해서 '하이칼라'로 출세하는 수밖에 없다고 굳게 믿었다.

할아버지는 헛기침이나 할 뿐 자식들의 진로에 일언반구도 없었다. 국민학교 월사금이나 겨우 내줄 뿐 상급학교 진학에 대해 할 수 있는 것이 아무것도 없었기 때문이다. 붙잡아 앉힐 수도 등 떠밀어 내보낼 수도 없

는 막막한 처지여서 그렇다. 정신적으로든 경제적으로
든 희망 따위 가져보지 못해서 그렇다. 시시한 가장이
었다.

징용과 해방

경성공립농업학교를 마친 백부는 조산식산은행에 취
직해 은행원이 됐다. 조선총독부 농업관련 관리가 될
생각도 없지 않았지만, 은행 쪽이 조선인 차별이 덜하
다는 얘기를 들어서였다.

조선식산은행은 농업금융기관으로 출발했으나 중일
전쟁 이후 군수산업금융기관으로 성격이 바뀌었다. 조
선의 농업과 산업을 수탈하여 식민지를 공고히 하고,
일본인의 조선 투자를 원활하게 하며, 아시아 전역을
망라하는 대일본제국의 꿈을 이루기 위한 금융전초기
지가 조선식산은행이다.

백부가 조선식산은행의 그런 성격을 알고 있었는지
는 들은 바 없다. 다만 '개천에서 용 난' 격의 엘리트 청년으로서 오로지 입신양명만이 희망이고 꿈이었을 것이다. 그러나 꿈은 꿈꾸는 자만의 것일 뿐 현실은 늘 배반하기 마련이다.

이 무렵 일제는 징병제를 공포했고, 조선인 학생에 대한 징병 유예를 폐지했다. 이어서 대학, 전문학교, 중학교 재학생 중에 학도병에 지원하지 않은 학생에게 징용영장을 발부했다. 이듬해인 1944년 2월 8일에는 총동원령을 내리고 전면 징용을 실시했다. 1944~1945년에만 20만 명이 징집되었고 이 중 4500여 명이 전쟁터로 갔다.*

백부도 이 소나기를 피할 수는 없었다.

"아우들은 어려서 괜찮지만 저와 둘째 중 하나는 징용에 나가야 할 것 같아요. 피할 수는 없으니 차라리 자원하는 게 좋겠어요. 제가 다녀올게요."

1944년 9월, 백부가 스물한 살, 중부가 열여덟 살이었다. 백부는 장남으로서 책임감이 강한 사람이다. 보통학교도 다니다말아 문자도 깨치다 만 어리바리한 동생을

---

* 하일식, 《연표와 사진으로 보는 한국사》, 일빛.

사지로 몰아넣을 수는 없는 노릇이다. 부모로서는 청천
벽력이었을 것이다. 해방 몇 달 전이었지만 땅에 엎드려
사는 농투성이가 해방이 올지 천둥이 올지는 알 수 없
었다. 전쟁이 한창이라는데 징용이라니.

"안 갈 수는 없는 것이냐?"

황국신민으로서 당연히 할 도리라고 말하지 않은 것
은 다행이다. 조선인으로서 그 정도까지는 아니되 일제
의 백성으로 살아온 세월이 서른여섯 해다. 시키는 대
로 일본식으로 이름도 바꿨을 것이다.

"다녀오면 승진한다는 약조도 받았습니다. 피할 수
는 없어요."

할아버지가 이래라저래라 할 입장도 아니다. 반드시
출세하여 쇠락한 집안을 일으켜 세우겠다는 것이 백부
의 뜻이다. 명문학교를 고학으로 마치고 그 어렵다는 식
산은행에 취직한 아들 아닌가. 최근 한두 해 사이에 좀
늘어나기는 했지만 조선인이 식산은행에 입사했다는
것만으로도 뉴스거리였다. 그런 아들 앞에서 할아버지
의 뜻이나 주장은 없거나 미미했다.

"아무 걱정 말게. 지점장님이 특별히 요로에 청을 넣

어 두셨네. 자네는 전장으로 가지는 않을 걸세. 내지에서도 얼마든지 천황폐하에게 충성할 기회가 있으니까. 자네 같은 젊은이는 얼른 돌아와 금융계에서 활약해야 하네."

은행에서는 전별금을 두둑하게 챙겨주며 격려했다.

백부는 실제로 전장으로 배치되지 않고 오카야마 현 다마노 시 미쓰이 조선소에 중대장으로 배치됐다. 당시로서는 엘리트인데다가 위세 당당하던 식산은행 측의 로비도 먹혀서 징용자 중 관리자로 뽑혀갔을 것이다. 기록을 보면 당시 조선소, 탄광 등으로 끌려간 조선인 징용자들의 지옥 같은 생활이 밝혀지고 있는데, 백부는 관리자로 사무실에서 서류작업만 했다고 했다. 혹 조선인 징용자를 매섭게 다룬 감독 역할은 아니었을까. 피할 수 없는 소임이 있었을 것이다. 혹은 다른 진실이 있을 수도 있겠다. 어린 시절 큰집 안방에 걸린 일본군 장교 복장에 일본도를 찬 전신 사진은 사진관이거나 실내에서 찍은 것이었다. 일본군 복장을 입혀 조선인 징용자에게 위압감을 주려던 것이었을까.

백부가 관부연락선을 탄 지 10개월 만에 해방이 되었

다. 경천동지의 새 세상이 펼쳐졌을 것 같지만 임진강가 촌마을은 무더운 한여름일 뿐이었다. 병색 완연한 큰할아버지가 밭은 해수기침을 하느라 목울대 심줄이 팽팽해졌다.

"벌써 한 달이나 지났는데 조카는 소식 없느냐?"

지난해 백부가 징용에 자원한다고 했을 때만 해도 크게 내색하지는 않았지만 집안에 살길이 생길지도 모르겠다고 함박웃음을 지었다. 제 힘으로 경성농업을 마치고 식산은행에 취직한 조카는 싹수가 다르다고 생각했다.

"아우 때문에 집안에 화가 미칠지도 모르지요."

일찍 장가들어 서른도 되기 전에 자식을 넷이나 본, 백부보다 다섯 살 많은 큰당숙이 미간을 찌푸리며 할아버지를 바라보았다.

"그 입 다물지 못 하겠니!"

큰할아버지가 버럭 소리 질렀고, 할아버지는 울상이 되었다. 저물녘 매미소리만 살판났다. 동갑내기 작은당숙과 중부가 꼴지게를 지고 작대기로 장난질을 치며 오다가 마당가 어른들의 심각한 표정을 보고 움찔했다.

"친일파 잡아들여야 한다는 소리도 나오던데."

큰당숙이 중얼거리며 자리에서 일어났고 어른들은 못 들은 척했다. 큰당숙은 해방 뒤 탄현면 면서기가 되었다.

얼마 뒤 백부는 무사히 돌아와 한국식산은행(54년 한국산업은행으로 바뀜)으로 이름이 바뀐 은행에 복직했다는 편지를 보내왔다. 일본인 직원은 모두 돌아갔으며 조선인끼리 조선 금융산업을 일으키겠다는 포부로 열심히 일하고 있다고 했다. 자신의 자원 사실은 그리 자랑할 만한 게 아니라고도 적었다. 청운의 뜻을 품었던 때와는 생각이 달라진 것이다. 살길이 달라졌으므로 당연하다. 이제는 쉬쉬할 일이 됐다.

이 일로 백부가 스스로 친일파라고 여기는 것 같지는 않다. 누구나 얘기하듯 어쩔 수 없는 선택이었다고, 오히려 강제동원 피해자라고 생각하고 있었다. 90년대 중반 백부가 징집되었던 오카야마의 한 고등학교 학생들에게 편지가 왔다. 학생들이 당시 다마노시 신문에 징용소감을 쓴 것을 찾아내 수소문했다는 것이고 답장을 보내자 학생 몇과 인솔교사가 백부를 찾아왔다. 나는 징용소감을 어떻게 썼는지 궁금했지만 학생들은 자신들의 조국 일본이 조선인 노무자를 얼마나 괴롭혔는지 그 진실을 밝히고 싶다며 백부를 인터뷰하고 초청도 했다. 그러니까 관리자 혹은 감독 위치에 있던 백부가 피해자 대표가 된 것이다. 성실한 인터뷰는《사실과 진실》이라는 소책자로 나왔다.

백부는 2004년 봄 노환으로 돌아가셨다.

'정년 이후' 전 양식기 수출협회 부이사장 우○○ 씨*

전 양식기 수출협회 부이사장 우○○ 씨
"일제징병-징용희생자협 설립이 필생사업"
자신도 피해자… 매일 정장차림 집 지하사무실 '출근'
전국 누비며 100여 명 규합… "연내 창립총회 목표".

서울 강남구 역삼동에 사는 우○○ 씨(72)는 40여 년간의 회사생활을 5년 전에 마감했다. 그런데도 그는 아직도 출퇴근을 한다. 출근지는 그의 집 지하실. 그는 양복과 와이셔츠, 넥타이를 깔끔하게 착용하고 아침 9시까지 사무실로 내려간다. 방 1개 크기만 한 사무실에는 책상과 전화기 1대, 그리고 의자가 3개 놓여 있다.

사무실에는 우씨뿐. 혼자인데도 양복 상의를 벗지 않고 바른 자세로 일을 하다가 오후 5시 30분에 퇴근한다. 위층에 올라가 식사를 하고 다시 내려와 일을 하는데 그때는 캐주얼복으로 갈아입는다. 저녁은 '정규

---

*《조선일보》 1995. 10. 30.

근무시간'이 아니기 때문.

우씨가 5년째 이처럼 현역 때와 다름없는 출퇴근을 하면서 벌이고 있는 일이 있다. '태평양 전쟁 강제연행 희생자 협의회'를 만드는 일. 일제 때 징병-징용 당했던 희생자들을 찾아내 현재 100여 명의 회원을 확보했다. 올해 안에 창립총회를 여는 것이 목표다.

그는 1944년 9월 식산은행(산업은행의 전신) 철원지점 근무 중 일제에 징용 당했다. 끌려간 곳은 일본 오카야 현 다마노시의 조선소. 그는 조선소 지하비밀공장에서 어뢰를 만드는 일에 동원돼 갖은 고초를 당했다. 해방 후 우씨는 산업은행에 복귀해 28년간 근무했다. 이후 개인사업에 실패한 뒤 11년간 양식기 수출협회 부이사장, 3년간 무역회사 고문으로 일하는 평범한 샐러리맨 인생을 살아왔다.

그런데 5년 전, 결코 기억하고 싶지 않은 '악몽'을 떠올리게 하는 일이 발생했다. 아오키라는 다마노시 코우난 고등학교 교사가 우씨를 찾아왔다. 다마노의 학생들이 조선소 징용사건을 규명하는 운동을 전개하고 있는데, 우씨가 일본에 와서 증인이 돼달라는 부탁이었다. 학생들이 조선소 관련 자료를 수집하다가, 징용 당시 다마노시 지역신문에 징용소감을 기고한 우씨를 찾아낸 것이다.

우씨는 흔쾌히 승낙하고 90년 9월 일본에 갔다. 학생들을 데리고 조선소 곳곳을 돌아다니며 '그날의 현장'을 낱낱이 설명했다. 조선소 행정 사무실에서 우편물에 스탬프를 찍어대던 '마쓰바라'(징용 당시 우씨의 일본 이름)의 모습도 떠올랐다. 그는 다마노 시민들이 주최한 심포지엄에도 참석해 진상을 폭로했다.

"피해자인 한국인들도 관심을 두지 않았던 사실을 일본인들이 밝혀내려고 애쓰고 있더군요. 창피하다는 생각까지 들었어요."

우씨의 지하 사무실은 귀국 후 탄생했다. 그는 지하 사무실을 임시본부로 하고, 평소 알고 지내던 조선소 징용자 9명을 모았다. "죽기 전에 보람 있는 일을 하자" 며 그들을 설득, 태평양전쟁 때 강제로 끌려간 희생자들의 단체를 만들기로 했다. '120 동지회', '태평양전쟁 희생자유족회'와 같은 관련 단체들을 수소문해 희생자들의 주소를 수집했다.

주소록을 들고서 희생자들을 찾아 광주, 인천, 철원, 여수 등 전국을 돌아다녔다. 농사짓는 사람, 노인정에서 장기 두는 사람, 몸이 불편해 집에 누워있는 이들…. 이미 세상을 떠난 사람도 많았다.

지하 사무실 전화료가 월 10만 원 이상 나올 만큼 전화연락도 많이 했다. 그렇게 해서 100여 명을 확보했다. 그중 30명을 창립위원으로 위촉, 매달 셋째 주 수요일 서울 압구정동 엄지다방에서 모임을 갖고 있다.

"이제 남은 것은 창립대회입니다. 그동안은 제 용돈으로 충당해왔지만 한계에 다다랐어요."

지난 93년에는 정림산업이라는 폐유처리업체 사장이 우씨에게 명함을 만들어주고 사무실 전화료와 가스사용료를 지원했으나, 회사의 부도로 1년 만에 중단됐다. 우씨는 비용을 마련하려고, 조선소 징용사건을 소재로 한 일본책을 번역해 출판사에 맡겼으나 책이 나오기 전에 출판사가 망해버렸고 원고도 없어져버렸다. 그는 요즘 다시 그 책을 번역하고 있다. 500장 중 200장 번역이 끝났다.

"협의회가 발족되면 일제에 의해 왜곡된 사실들을

바로잡는 작업에 전념하려 합니다. 우리 희생자들이 죽기 전에 협의회를 만들어놓으면, 다음 숙제는 후세들이 풀어주겠죠."

우씨는 몸은 늙었지만 마음만은 흐트러지지 않게 하려고 매일 정장차림으로 지하사무실에 출퇴근한다고 말했다.

전쟁이 났다

일요일 새벽부터 군용차가 거리를 질주하더니 "장병들은 누구를 막론하고 빨리 원대 복귀하라!"는 시끄러운 방송차량이 거리를 누볐다. 이날 낮에는 인민군이 쳐들어왔다는 소문이 돌았고, 다음 날은 '괴뢰군(傀儡軍) 38전선(三八全線)에 긍(亘)한 불법남침(不法南侵)'이라는 신문 호외가 나부꼈다.

6월 24일 밤에 육군본부에서는 장교클럽 낙성식을 축하하는 파티가 열렸는데 서울 인근의 지휘관과 고급 장교들, 미 군사고문단, 육군 수뇌부가 모두 참석해 밤 늦게까지 흥청거렸다. 게다가 농번기를 맞아 전후방 장병 절반 이상이 휴가를 받아 외출한 상태였다.*

그러니까 전선은 듬성듬성 구멍이 났고 육군 수뇌부는 만취 상태에서 전쟁을 맞은 것이다.

첫날 시민들은 별일 아닌 것으로 여겼다. 38선에서 양측의 충돌이 하도 잦은 탓도 있고, "전쟁 나면 점심은 평양에서 저녁은 신의주에서 먹을 것이니 아무 걱정 마라"는 정부의 호언장담도 한몫 했다.

아버지가 다니던 서울상업고등학교 풍경도 26일 등교 시간까지는 여느 때와 다르지 않았다. 그러나 수업 시작종이 울리면서 분위기가 급변했다. 동두천에서 기차 통학하는 학생이 조퇴를 신청한 것이다.**

"우리 국군이 밀리는 바람에 인민군이 동두천 코앞까지 왔다고 합니다. 우리 가족 모두 아침에 피난길에 나섰습니다. 저도 어서 가야 가족들을 만날 수 있습니다."

인민군이 38선이 아니라 동두천 가까이까지 왔다는 얘기는 삽시간에 전교생에게 퍼졌다. 전쟁이 진짜로 일어났고 인민군이 남진하고 있는 것이다. 뒤숭숭한 가운

---

* 임영태,《산골 대통령 한국을 지배하다》, 유리창.
** 《경기상고80년사》.

데 그날은 정규수업을 마쳤다.

이날 이승만은 도쿄의 맥아더에게 인민군의 침공사
실을 알리고 원조를 요청했다. 그리고 27일 새벽 2시 특
별열차를 타고 대구까지 갔다가 혼자만 도망친 사실이
머쓱해졌는지 열차를 되돌려 대전 충남도지사 관사에
여장을 풀었다. 이날 새벽 4시 신성모 국무총리가 주재
한 국무회의는 서울을 수원으로 옮기기로 결의했고 6
시에 총리가 직접 방송을 통해 이를 발표했다. 서울이
안전지대가 아니라는 것을 알고 공포에 휩싸인 시민들
은 피난보따리를 싸기 시작했다.

오후가 되자 수원 천도설은 오보라는 방송이 나왔다.
"대한민국 공보처는 아침에 수원 천도 운운한 것은
오보라고 밝혔습니다. 공보처에 따르면 정부는 대통령
이하 전원이 평상시와 같이 중앙청에 집무하고 있고 국
회도 수도 서울을 사수하기로 결정하였습니다. 일선에
서도 충용무쌍한 우리 국군이 한결같이 싸워서 오늘
아침 의정부를 탈환하고 물러가는 적을 추격 중이니
국민은 군과 정부를 신뢰하고 조금도 동요함이 없이 직
장을 사수하시기 바랍니다. 이상 대한민국 공보처에서

전해왔습니다."*

이 방송은 오후 내내 나왔는데 혹자들은 이승만이 직접 방송한 내용이라고 오해하기도 했다. 피난민 1호로 가장 먼저 도망친 대통령으로서, 또 정부의 공식방송이란 면에서 오해받을 만도 했다. 하지만 방송내용은 모두 거짓이었다. 서울 사수는커녕 대통령은 물론이고 대통령 피난소식을 들은 정부 각료도 모두 서울을 떠났고, 채병덕 육군참모총장은 한강 인도교 폭파를 명령해 서울을 아수라장으로 만들었다.

최근에 밝혀진 더 놀라운 사실은, 정부가 일본 야마구치현에 6만 명 규모의 망명정권을 세우려고 계획했다는 것이다.**

이 계획은 일본 외무성을 통해 야마구치현에 전달됐는데 전보 받은 날짜가 1950년 6월 27일이다. 맥아더의 인천상륙작전 등으로 이 계획은 실현되지 않았지만 이승만 정부의 면모를 알게 해주는 씁쓸한 사건이라 하지 않을 수 없다.

---

* 김성칠, 《역사 앞에서》, 창비.
** 〈KBS〉 뉴스. 2015. 6. 24.

방송이 어떻든 풋소리는 점점 가깝게 들려 서울은 전운에 휩싸였고 피난민 행렬이 줄을 이었다. 각급 학교도 이날 오전수업만 하고 학생들을 귀가하도록 했다.

아버지가 집에 돌아오니 경성농업중학교 2학년 숙부가 대문 밖에서 기다리고 있었다. 곧이어 식산은행 다니는 백부도 집으로 돌아왔다. 형제는 징용 다녀와 복직한 뒤 바로 결혼한 큰형 집에 얹혀살고 있었다.

"어서 짐 꾸리거라. 시골로 가자."

형제들이 다 인정하는 가장 똑똑한 숙부가 말했다.

"남들은 북에서 남으로 피난 가는데 우리는 북쪽 고향으로 간다고요?"

백부가 혀를 끌끌 찼다.

"부모님이 거기 계시잖니. 둘째와 막내도 있고. 피난을 가더라도 부모님 모시고 가야지. 우리끼리만 살길 찾아 떠나야 하겠니?"

효성 지극한 전형적인 장남 큰형의 한마디에 숙부는 움찔했을 것이다.

칠남매 중 여섯째인 이 숙부는 시골에서 탄현국민학교를 마치고 백부가 다닌 경성공립농업학교가 이름을 바꾼 6년제 경성농업중학교에 수석으로 합격했다. 당시는 해방 후 새 나라를 건설하는 과정에서 실업우대정책으로 실업중학교가 전기, 인문중학교가 후기였다. 그러나 숙부는 인문계 경기중학교에 가고 싶었다.

"이미 합격했으므로 등록하지 않으려면 포기각서를 써야 해."

숙부는 학교 입장에 따라 포기각서를 쓰고 경기중학교에 응시했으나 낙방하고 말았다. 경성농업중학교 수석 합격생이 낙방이라니. 수긍하기 어려웠지만 현실이었다. 눈앞이 캄캄해졌다. 고민 끝에 학교를 찾아갔다.

"포기각서 쓰고 경기중학교에 응시한 것은 건방진 행동이었습니다. 저를 입학시켜 주십시오."

학교는 격론 끝에 전학 등의 사유로 학교를 중도에 그만두지 않겠다는 약속을 받고 이 당돌한 수석합격생을 받아들이기로 결정했다. 학교로서는 궁여지책이었을 것이다. 수석합격생을 다른 학교에 빼앗기는 것은 면이 서지 않는 일이었는데 제 발로 돌아왔으니 따끔하게 훈육하는 걸로 체면치레를 한 셈이다.

백부 내외와 세 살 아들, 돌잡이 딸과 고등학교 1학

년 아버지와 중학교 2학년 숙부는 이고 질 수 있는 만큼 보따리를 싸 서울역으로 나갔다. 경의선은 평안북도 신의주까지 연결되는 열차이고, 며칠 전까지만 해도 정상 운행되었다. 그러나 6월 25일 전쟁 발발 후 문산-개성 간의 열차운행이 중단되면서 서울-문산 노선만 운행했다. 서울로 오는 상행선은 그야말로 피난민 열차답게 미어터졌지만 하행선은 널널했다. 북쪽으로 가려고 마음먹은 사람이 없지 않았지만 그 경우는 피난이 아니라 소신 행보였을 것이다. 그러나 인민군이 남쪽으로 진군하는 마당이니 인민군에 입대하려는 사람들은 남쪽에서 기다리다가 합류하면 될 터였다. 북쪽으로 가는 사람들은 예술인이거나 학자거나 전문적 영역을 개척해온 공산주의자들이었다.

아버지와 형제들은 금촌역에 내려 세 시간도 더 걸려 시골집에 도착했다. 젊은이 빠른 걸음으로 두 시간이면 족한 거리였지만 짐이 많았고, 어린 것들이 있어 어쩔 수 없었다.

시골은 폭풍전야라고 할까. 라디오 통해 인민군이 38

선을 넘었다는 뉴스는 들었고 간혹 멀리서 폿소리가 들렸지만 전투는 없었다.

할아버지와 할머니는 감자를 캐고 있었다. 삼태기에 감자를 담아 헛간으로 나르다가 형제들을 보고 환히 웃는 스물네 살 중부는 한 해 전에 결혼했고 몇 달 뒤 아이 아버지가 될 것이다. 할머니는 둘째며느리와 함께 막 캔 감자를 삶아냈다.

불화의 시작

아버지는 고등학교 1학년, 숙부는 중학교 2학년에 전쟁을 만났다. 나는 전쟁 13년 뒤에 태어났다. 박정희가 휴전선을 지키던 국군 총부리를 남으로 향하게 하고 쿠데타를 일으킨 지 이태 뒤다. 어린 시절은 무료하고 평화로웠다.

내가 태어날 때 서른한 살이던 아버지는 자상한 사람이 아니었다. 이유는 알 수 없었지만 늘 화가 나 있었다. 그렇다고 폭력을 행사하지도 않았다. 농사꾼답지 않게 늘 뉴스를 듣고 신문을 정독했으며 틈나는 대로 붓글씨를 썼다.

두 살 위 누나가 먼저 국민학교에 입학했고, 나도 학교 가고 싶다고 졸랐으나 뜻대로 되지 않았다. 누나는 학교 다녀오면 바른 자세로 앉아 교과서를 소리 내 읽었고 나도 누나 옆에서 읽는 흉내를 냈다. 누나도 재미있는지 한 단락 읽고 나서 내게 따라 읽으라고 했다. 같은 내용을 다섯 번도 읽고 열 번도 읽었다. 사실은 읽은 게 아니라 외운 거였다. 재미있는 놀이였다.

드디어 나도 가슴에 손수건 달고 국민학교에 입학했다.

"새 공책에 자기 이름을 써볼 거예요. 다 쓴 사람은 손 들면 선생님이 가서 볼게요."

아뿔싸, 나는 내 이름을 쓸 줄 몰랐다. 한동네 살던 짝이 선생님 보기 전에 얼른 내 이름을 삐뚤빼뚤 써주었다. 나는 내가 이름을 쓸 줄 모르는 것보다 내 짝이 내 이름까지 쓸 줄 안다는 것에 경악했다. 자기 이름도 쓸 줄 모르는 아이가 칠십 명 중 스무 명쯤은 되었던 것 같다. 유치원 따위는 있는 줄도 몰랐으니까 부모나 형, 누나가 가르쳐주었을 텐데 짝 이 자식은 형도 누나도 없다. 이름뿐이 아니었다. 동그라미도 세모도 이 자식은 척척 그리는데 나는 도대체 연필을 쥐어본 적도 없어서 그마저도 짝이 다 그려주었다. 입을 앙다물고 아무렇지도 않은 척했지만 이 상황을 받아들이기 어려웠다. 집에 와 그 열패감을 속사포처럼 쏟아냈을 것이다. 울었는지도 모르겠다. 어머니는 깜짝 놀랐고 아버지는 어머니를 노려보았다.

"네가 누나 교과서도 다 읽으니까 이름도 쓰는 줄 알았어."

농사일에 바쁘기도 했겠지만 무심한 시절이다. 3학년 누나도 집에 돌아오자마자 동생 이름 쓰는 법도 안 가르쳐줬다고 혼찌검이 났다. 그러나 그때 누나는 내게 좋은 감정이 아니었다. 누나가 교과서 읽을 때마다 따라 읽는 내가 처음에는 귀여웠으나 어른들이 어린 동생만 칭찬하자 심통이 나 있었던 것이다.

그날 오후부터 밤까지 나는 쓰기, 그리기를 마스터했다. 누나 교과서로 받아쓰기도 했던 것 같다. 누나가 막 배우기 시작한 구구단 외우기 조기학습도 이때 시작됐을 것이다. 다음 날 짝 자식이 대신 해주려다가 내가 쓱쓱 그리는 걸 보고 깜짝 놀라 바라보던 표정이 떠오른다.

그해 가을이었을까. 1학년짜리가 무슨 경시대회에 나가야 했다. 담임 최 선생이 학교 앞 당신 자취방에서 3개월쯤 나를 데리고 살면서 경시대회 준비를 시켰다. 어머니가 가끔 반찬을 날라다줬다. 스물여섯 살 처녀 선생과 여덟 살짜리 남자아이가 함께 산 것인데 학교 변소에는 '떡 친다'는 낙서가 떡칠되었다. 그 과외 덕인지 대회에서 우수한 성적을 받았다. 1학년 때부터였는지 그 뒤였는지 '자유교양대회'도 매번 학교 대표로 나갔다. 을지문덕, 강감찬, 이순신 같은, '자유교양도서'라는 이름의 위인전을 돈 내고 사서 읽고 내용에 대해 시험도 보고 독후감도 쓰는 건데 호국정신 이어받아 애국자 되라는 박정희 정권다운 교육정책이었다.

국민학교 1학년 겨울방학 때 아버지가 불렀다.

"글씨 공부 좀 하자."

시골에서 가끔이나마 먹을 가는 사람은 아버지밖에 없었다. 아버지가 글씨 쓰는 것을 늘 봐왔고, 존경해오던 차였다. 신문지를 반듯하게 펼쳐놓고 아버지가 가로세로획을 몇 개 그었다.

"힘을 주는 듯 마는 듯 가볍게 긋고 붓 끝을 살짝 돌리면서 마무리하는 거야."

잘 따라했던 것 같다. 아버지도 흡족한 듯 미소를 짓

던 기억이 있다.

"서두르지 말고 천천히 써."

아버지가 붓글씨를 가르치려고 마음먹은 것은 내가 글씨를 너무 못 썼기 때문이다. 그러나 나는 내가 글씨를 멋지게 쓴다고 생각했다. 아버지가 휘휘 휘갈겨 쓰는 글씨를 흉내 낸 것이기 때문이다. 정자로 또박또박 쓰는 걸 유치하게 여기고 글씨를 예쁘게 쓰는 누나를 우습게 여겼다. 글씨 쓰면서 무슨 생각을 하나. 빨리 쓰는 게 잘 쓰는 거라고 믿었다.

붓을 잡은 지 한 시간도 안 돼 아버지가 폭발했다. 귀싸대기에 불이 번쩍 일었고 아버지는 붓을 팽개치고 나가버렸다. 억울했다. 아버지 글씨 흉내 낸 것이 잘못이란 말인가.

선생님에게도 글씨 지적을 여러 번 받았지만, 나는 공부를 잘했고 6년 내내 반장, 어린이회장을 지냈다. 장학사가 학교 시찰 나올 무렵이면 선생님들은 학교 꾸미느라 바빴기 때문에 선생님 대신 회초리 들고 수업을 진행하기도 했다. 그 권력은 근사했고 달콤했다.

한국전쟁 때 문산에서 금촌으로 피난 온 문산중학교

에 입학했다. 애초 아버지는 나를 서울로 전학시킬 생각이었다. 당신도 서울에서 공부했고, 사람은 서울에서 공부해야 출세할 수 있다고 믿었으니까. 서울에는 아버지 형제가 세 분이나 있다. 그러나 어린 나이에 눈칫밥 먹이는 게 안타까웠는지 차일피일하다가 기회를 놓치고 말았다. 국민학교 때 보내야 했으나 중학교 입학하고 보니 법이 바뀌어 위장전입 말고는 아이만 전학시킬 방법이 없어진 것이다.

중학교 입학 며칠 전 예비 소집일. 안내와 당부가 끝나고 해산하기 전에 우락부락하게 생긴 선생이 마이크를 잡았다.

"각 학교 어린이회장을 지낸 학생은 앞으로 나오기 바란다. 다른 학생들은 집으로 돌아가도 좋다."

아이들이 교문으로 몰려나갔고, 나는 남았다. 관내 수십 개의 국민학교가 있었을 텐데 달랑 나 혼자였다.

"너는 어느 학교야?"

"탄현국민학교입니다."

"뺀질뺀질한 새끼들은 미꾸라지처럼 빠져나가고 깡촌놈 혼자 남았구나. 따라와."

깡촌놈이 경쟁자도 없이 혼자 남아 신입생 선서를 하게 되었다. 그 덕에 인지도가 생겨 반장이 되었고 권력은 조금 연장되었다. 이때부터 자취생활도 시작됐다.

그해 봄 소풍 때 백일장이 있었고 시를 써 장원을 해 공책 한 권을 받았다. 학교 대표로 군 단위였는지 도 단위였는지 백일장에 나가 또 장원을 했다. 이쯤이면 아버지에게 자랑할 만도 해서 주말 집에 간 길에 상장을 꺼내놓았다.

"중학교 간 지 얼마 되지도 않았는데 벌써 무슨 상을 받아왔냐?"

어머니가 환하게 웃으며 상장을 아버지에게 건넸다. 아버지는 상장을 일별하더니 휙 던지고 나가면서 소리를 버럭 질렀다.

"그까짓 시가 다 뭐야? 쓸데없는 짓 하지 말고 공부해!"

내가 공부를 하지 않겠다고 선언한 것도 아니고 단지 시를 써 상을 받아왔을 뿐이다. 월말고사도 1등을 했다. 뭐가 문제란 말인가. 아버지 행동에 어머니도 깜짝 놀랐다. 중2병이란 말은 최근에 생긴 것 같지만 나도 그

때 무서울 것 없는 중1이었다. 아이들이 나를 시인이라고 불렀고, 나도 시인이 되겠노라고 이미 큰소리친 터였다. 그날 이후로 나는 꽤 오래, 꼭 가야 할 명절이나 어른들 생신 아니면 시골집에 가지 않았다. 시골집에 가더라도 입을 굳게 닫고 살았다. 그날 내 꿈에 큰 상처를 입었다.

위원장 동무, 큰당숙

대통령이 벌써 도망갔는지, 서울이 인민군 수중에 떨어졌는지 시골에서 알 수는 없었지만 세상은 이전과 다르게 돌아갔다. 군대가 들어오지는 않았지만 면사무소를 무슨 위원회가 접수했다는 것이다. 면서기였던, 아버지의 사촌형, 서른두 살 큰당숙은 매일 면소로 불려나가다가 인공 치하에서 다시 면서기가 됐다. 원한 것은 아니되 어찌어찌 그냥 눌러 앉게 됐다는 것이 맞겠다. 서울에서 왔다는 양복쟁이가 조직을 새로 짜느라 동분서주했는데, 몇몇 젊은이들에게 붉은 완장을 채워주고 호위병처럼 데리고 다녔지만 사납거나 까다로운 사람은 아니었다. 주민들을 대하는 태도도 사근사근했다. 모시는 사람의 행동거지가 그러니 완장들도 주민들에게 함부로 굴지는 않았다.

"세상이 또 바뀌었어."

큰당숙이 탄식처럼 말했는데 일제에서 해방된 지 겨우 5년이다.

"아우는 징용 다녀오느라 고생했는데…"

사촌간인 큰당숙과 백부는 책임감이 남다른 큰집 작은집의 장남들이었다. 작은집이 큰집에 붙어 있다시피 해서 한 지붕 아래 사는 형제나 마찬가지였다.

"누구든 하나는 가야 했으니까요."

"갔다가 못 온 사람도 많다고 하던데. 조선소라고 했지?"

"군대로 끌려가지 않은 게 다행이었지요. 남양으로 간 사람들은 대개 못 돌아온 모양이에요."

큰당숙은 무슨 말을 더 할 듯 입을 움찔거리다가 그만두었다.

"이따가 저녁은 다들 올라오시라고 해. 애들도."

큰할아버지는 자주 아우 식구들을 불러 저녁을 함께 했다. 할아버지는 삼형제인데 첫째인 큰할아버지는 첫번째 아내를 결혼하자마자 잃고 다시 장가들어 아들

둘과 딸 하나를 두었다. 막내인 작은할아버지는 스물다섯 살에 세 살 위인 아내를 잃고 방황하다가 다시 장가들어 아들 하나와 딸 하나를 뒀는데 고향에 정나미가 떨어졌는지 식솔을 이끌고 인천으로 가 살았다. 인천으로 가서도 방랑벽은 끊이지 않아 가족들은 버려두고 만주로 일본으로 돌아다녔다는데 독립군을 따라다닌다거나 일본군을 따라다닌다거나 종잡을 수 없는 소문만 들려왔다.

저녁상은 왁자지껄 유쾌했고 전쟁 중인가 싶게 평화로웠다. 사실은 아무도 전쟁을 실감하지 않고 있었다. 아버지 형제들이야 전쟁을 피해 시골집에 왔다지만 서울에서도 시골에서도 인민군은 구경도 하지 못했다. 다만 면소에 인민위원회 간판 달렸다는 것이 인공 치하로 바뀌었음을 말해줄 뿐이다. 면장이나 지서장 등은 일찌감치 달아났거나 자리를 피했으니 위원회도 치안담당 내무서도 무혈입성이었다.

"어디로 피난 갈 생각은 말아. 찍혀서 좋을 것 없으니까."

큰당숙의 말에 백부가 움찔했다. 평화 가운데도 위협

은 있는 법이어서 국으로 엎드려 있어야지 튀지 말라는 말이다. 애초 시골집에 올 때는 부모님 모시고 나갈 생각이었다. 그러나 대가족이 움직일 형편이 되지 않는 데다가 전황도 알 길이 없어 이러지도 저러지도 못하는 중이었다.

백부 처지에서는 소나기는 피하고 볼일이었다. 해방될지 모르고 징용에 자원했었지만, 결과적으로는 몸을 피해 안 간 편이 훨씬 나았다. 이번 전쟁도 어떻게 진행될지 알 수 없지만 멀리 피해 있는 것이 나을 것이다.

시골에 엎드려 땅이나 일구며 살던 사람들은 일제 치하였거나 해방이었거나 다시 인공 치하가 됐다 한들 달라진 게 없었다. 위험하거나 위협적이지 않은 상황이라면 잔소리라도 덜 하는 쪽이 좋겠지만 전이나 그 전이나 지금이나 뭐가 달라졌는지는 아무도 몰랐다. 더 좋아진다는 것이 무엇인지도 모르겠고 바라지도 않거니와 이대로나 내버려두면 참 좋겠다 싶은 것이다. 그러나 뭔지 알 수 없는 불안감에 가슴이 답답하기는 했다.

면서기로 눌러앉은 큰당숙은 바지사장 꼴이지만 만우리 인민위원회 위원장이 됐다. 이 소식을 들은 집안

사람들은 모두 탄식을 내뱉었다. 생전 망할 것 같지 않은 일제도 쫄딱 망해 달아났고, 해방이 돼 우리 민족끼리 잘살게 됐다더니 전쟁이 터져 인공 치하가 됐다지만 언제 또 나랏님이 바뀔지 도무지 믿을 수 없는 세상이 되지 않았나. 아무 책임도 맡지 않아야 했지만 모자는 씌워졌고, 시키는 대로 고분고분 말 들어야 했다.

리 위원장 큰당숙은 상부 지시로 가가호호 방문하여 소출을 점검하고 전선으로 보낼 곡식이며 세금을 할당해야 했다. 이때 서울은 식량을 구할 길 없어 형식적이나마 시원찮은 배급제가 시행됐지만 농촌에서는 감춰 둔 곡식을 찾는 일이 면 행정의 전부라고 해도 과언이 아니었다.

"일제 앞잡이가 하던 짓 아닌가 말여. 자네는 그렇게 안 봤는데."

"저도 죽을 노릇입니다. 어르신. 조사해오라는 걸 전들 어쩌겠습니까."

애먼 큰당숙에게 으르딱딱거리며 비난이 쏟아졌지만 큰당숙인들 용빼는 재주가 있을 턱이 없다. 동네 머슴으로 온갖 구박을 당하며 살던 젊은 것들 중에 붉은 완장을 찬 이도 있어서 가슴에 쌓인 포한을 풀려고 노인들 뺨을 올려치는 일도 비일비재했고, 그 자리에서는 꼼짝도 못하다가 큰당숙에게 삿대질하며 거품을 무는 일도 흔했다. 이래저래 큰당숙은 공공의 적이 되어 갔다.

이때 탄현면 만우리는 80여 가구가 사는 큰 마을이었는데 그중 60가구 이상이 우씨인 집성촌이었다. 임진왜란 이전 문산 내포리에서 시조로부터 17세, 내게는 11대 할아버지가 솔거해 자리 잡았다. 그 후 11대 할아버지의 다른 친척들이 하나둘씩 들어와 집성촌이 됐지만 현대에 와서까지 가까운 친척은 아니다. 이 마을 우씨만 해도 네 집안 정도로 나뉜다. 같은 본관, 같은 파 우씨여도 남이라는 얘기다. 같은 고조할아버지를 둔 자손끼리만 친척으로 여긴다. 큰당숙이 '같은 우씨끼리 너무하네.' 하고 투덜거렸지만 집안이 다른 우씨들도 마찬가지였을 것이다. 밖에서는 희성인 우씨 만나면 헤어진 형제 만난 것처럼 반가울지 몰라도 이 마을에서는 매일 지지고 볶아 넌덜머리나는 이웃일 뿐이다.

7월 초 군 내무서에서 사람이 나왔다. 파주군의 민주청년동맹 간부와 민주여성동맹 간부 등이 동행했다.

"서울은 지금 난리가 났어요. 하하하."

지도위원 격인 양복쟁이와 면 인민위원장, 각리 위원장 등이 둘러앉았다.

"전선출동을 자원하는 궐기대회, 대중연설회 등이 매일 학교, 직장 등에서 열리고 있어요. 인민의용군에 자원하려는 청년학생들이 너무 많아서 걱정일 정도예요."

양복쟁이 지도위원이 벌떡 일어나 박수를 쳤고 다른 참석자들도 늦을세라 얼른 박수 치며 일어났다.

좌익 고등학생

민청 간부들은 파주군 각 면 순회지도 중이었다. 인민군은 개전 3일 만에 서울을 장악하고 남진 중이었지만 생각처럼 쉽지 않았다.

북한은 7월 1일 최고인민회의 상임위원회 명령으로 전시동원령을 발동하여 전쟁수행에 필요한 자원 확보에 나섰고, 같은 날 군사위원회 4차 회의는 '무장 대오를 강화하고 남한 민중을 전쟁 승리를 위한 투쟁에 적극적으로 조직 동원하여 미국과 이승만 정권을 더욱 고립 악화시키는 획기적인 계기로 의용군을 조직한다'는 내용의 '인민의용군을 조직할 데 대하여'를 의결하였다. 또 7월 6일에는 '18세 이상으로 하되 빈농과 청년을 많이 끌어들이고 보도연맹에 가입한 변절자들은 의무적으로 의용군에 참가'시키라는 '의용군 초모사업에 대하여'를 당의 결정으로 내려 보냈다.

서울은 이런 결정이 하달되기 전부터 지하에 있던 청년 남로당원, 좌익 학생 등이 앞장서서 의용군 입대를 결의하였다.

지금은 대부분 비무장지대에 속한 장단군이 고향인 큰외숙부는 당시 불광동에 있던 대신고등학교 졸업반이었는데(이해 4월 6년제 인문계 대신중학교에서 3년제 대신중학교, 대신고등학교로 분리) '의용군에 입대하여 남한을 해방시키고 영웅이 돼 돌아오겠다'는 편지를 보내왔다. 집안이 발칵 뒤집힐 일은 아니었다. 이미 1년 전에 좌익사범으로 잡혀가 유치장 생활을 여러 날 하고 훈방 조치된 적이 있었기 때문이다.

이때 1936년생 어머니는 '개성고녀'로 불리던 개성공립고등여학교 1학년에 막 입학했다. 장단에는 중학교가 없었고 장단역에서 경의선 열차 타고 봉동역 지나 개성으로 통학한 것이다.

"국민학교 마치고 중학교까지 보낸 거 보면 외할아버지 교육열이 대단하셨나 봐요?"

얼마 전 시골집에서 어머니와 옥수수 껍질 벗기면서 물었더니 손사래를 치셨다.

"교육열이 다 뭐냐. 아들이고 딸이고 간에 보통학교나 마치면 사람구실 한다고 생각하셨어."

"어, 큰외숙부는 고등학교도 나오셨다면서요?"

"졸업은 못했을 거야, 졸업반일 때 인민군 나간다고 했으니까."

"그럼 어머니는 어떻게 개성고녀를?"

"그해, 6·25 나던 해 큰오빠가 나를 데리고 개성에 가 시험 보게 했어. 아버지 모르게."

"그래도 입학한 거 보면 외할아버지가 가만 계셨네."

"그러시더구나. 사실 큰오빠도 아버지 모르게 입학시험 보고 중학교 다녔거든. 입학금을 어떻게 장만했는지 기억나지 않지만 학교 다니면서 집에 손 벌리는 걸 보지 못했어. 어떻게든 몇 차례는 해주셨을 것 같지만."

그러나 어머니는 입학한 후 학교를 몇 번 가지 못했다고 했다. 어머니 집이 역전이어서 기차 타고 두 정거장이면 거뜬했지만, 외할머니가 몹시 아프셔서 살림을 도맡아야 했다고 했다. 외할아버지는 인삼밭을 크게 했는데 한창 바쁠 때는 일꾼 여러 명이 숙식을 함께했기 때문에 그 밥을 해댔던 것이다. 그러고는 전쟁이 일어난 것이다.

"난 어디 가서 개성고녀 다녔다는 얘기 한 번도 한 적 없어. 학교생활도 기억나지 않고."

이쯤에서 대한민국 정부수립 과정을 살펴보자. 1945년 일본의 무조건 항복으로 해방을 맞았으나 38선을 기준으로 북쪽은 소련이, 남쪽은 미국이 맡아 군정이 시작됐다. 신탁통치가 결정되고 유엔에서 남북한 총선거를 실시해 통일정부를 세우기로 결정했으나 소련은 한국에서 외국군 동시 철수를 주장하며 총선거를 반대하여 1948년 5월 10일 남한만의 단독선거를 치르고 이해 8월 15일 이승만 단독정부를 세우기에 이르렀다. 이것이 분단을 고착시킨 한국현대사 비극의 출발점이다.

1948년 정부수립 후 국가보안법이 제정, 공포되었다. 이 법에 따라 국민보도연맹이라는 관변단체가 창설됐는데 '좌익 사상자를 계몽·지도해 대한민국 국민으로 받아들이는 것'이 조직 목적이라고 밝혔지만 속내는 따로 있었다. 단독정부 수립을 반대한 세력을 통합, 관리하여 이들을 효과적으로 통제하면서 좌익세력을 붕괴시키려는 의도였다. 전쟁이 일어나자 군경이 전선으로 달려가는 대신 먼저 보도연맹원을 소집해 학살한 것을 봐도 그렇다. 좌익사범은 사상이 그렇다는 것이지 당장 적의 무장 세력은 아니지 않은가. 보도연맹원을 학살하자 오히려 인공은 남한 정부의 악랄성을 선전하면서 의용군 모집에 성과를 올리기도 하였다.

큰외숙부가 얼마나 철저한 마르크스 사상을 가졌었는지는 모르겠지만 스무 살도 안 된 고등학생일 뿐이었다. 그러나 외숙부는 망설이지 않고 인민군을 따라나섰다. 그것이 보도연맹원 학살에 대한 분노는 아니었을까. 혹시 외숙부도 '맹원증' 가진 보도연맹이었을까.

"형이 그리한 거 보면 세상이 바뀐 거예요."

외할아버지를 도와 인삼농사를 짓던, 큰외숙부와 두 살 차이 나는 작은외숙부는 철석같이 믿고 존경하던 형의 입대 소식을 듣고 남하 중에 마침 고향에서 숨을 돌리던 인민군 부대를 찾아갔다. 미처 말릴 사이도 없었다. 병약했던 외할머니는 보통학교도 다니다 말고 엎드려 농사짓던 작은아들까지 인민군에게 갔다는 말을 듣고 까무러치고 말았다. 외할머니에게 좌익이 좋다 나쁘다는 개념은 없었다. 옆에 있어야 할 아들들이 사라진 상실감이 정신을 놓게 만든 것이다.

"자, 우리 탄현면은 서두를 것은 없습니다. 우리 영용한 인민군대가 곧 부산을 점령해 남한을 완전히 해방할 것이고 여기만 해도 후방이어서 우리 당은 면민 여러분을 믿고 있습니다."

민청 간부 말에 참석한 이들은 모두 안도하는 분위기였다. 이 마을 사람들은 인민군이든 국군이든 코빼기도 본 적 없다. 전쟁 났다는 소문을 들었을 뿐인데 며칠 새 인공 치하가 됐다. 인민군이 어디까지 남하해 갔는지는 모르겠지만 임진강가 탄현면은 후방이 됐다고 했다.

"다만 당에서 인민의용군을 조직할 것을 명령했으므로 천천히 준비하면 됩니다. 곧 각 면별로 할당인원이 나옵니다. 그전에 각리 별로 18세 이상 청장년을 확보했다가 지시가 내려오면 즉각 조직해 주시기를 당부하러 저희들이 내려온 겁니다. 우리 탄현면이 가장 모범이 돼 주실 것으로 믿겠습니다."

분위기는 다시 무거워졌다. 민청 간부는 지도위원, 면 위원장 등 몇 명과 귓속말을 주고받은 뒤 타고 온 트럭을 타고 돌아갔다.

"인민군대의 일원으로 조국 해방을 위해 싸우는 것만큼 영광된 일이 어디 있겠습니까? 각 마을로 돌아가면 명단부터 작성하세요. 마을에 보도연맹원이 있다면 반드시 의용군에 입대하여 반성하도록 해야 합니다. 가난한 사람 중에 청장년도 입대하여 영웅이 될 기회를 선사합시다. 금산리 조씨나 만우리 우씨 등 집성촌은 종중회의를 열어 스스로 입대할 청장년을 결정하도록 하세요. 언제까지나 민주적으로 우격다짐 없이 일을 진행합시다."

지도위원 말을 곱씹으며 큰당숙은 터덜터덜 마을로 돌아왔다.

'우격다짐 없이? 누가 순순히 내가 가겠소, 하고 나올 거라고 믿는 걸까. 다들 내빼 난처해지지는 않을까.'

땅은 밭갈이하는 농부에게

며칠 뒤 군에서 또 사람이 나와 일장연설을 했는데, 토지개혁에 관한 지침 하달이다. 7월 3일 노동당 중앙위원회는 '해방지역에서 토지개혁을 실시할 데 대하여'를 채택하고 다음 날 최고인민위원회 상임위원회를 열어 '해방지역에서의 토지개혁 실시에 대하여'라는 명령을 채택했다. 이에 따라 서울을 비롯한 남한 점령지역 전체의 인민위원회에 빠른 토지개혁 실시를 명령한 것이다.

"토지개혁의 목표는 단 하나요. 땅은 밭갈이하는 농부에게!"

북한을 접수한 김일성에게 가장 시급한 일은 정치세력 규합과 함께 북한 인구의 80퍼센트를 차지하는 농민의 지지를 얻는 일이었다. 농민 중에는 소작농과 빈농이 80퍼센트였고, 지주는 4퍼센트에 불과했지만 전체 농지의 58.2퍼센트를 차지하고 있었다.*

  김일성을 중심으로 만주에서 활동한 동북항일운동 세력인 갑산파, 중국공산당과 밀접한 관계를 가진 조선의용군 김두봉 등의 연안파, 소련 국적의 한인 2세로 구성된 소련파, 박헌영 중심의 남로당파 등은 연립내각체제인 북조선임시인민위원회를 구성하고 김일성을 위원장으로 선출하였다. 이들이 가장 먼저 한 일이 토지개혁이다. 북한의 토지개혁은 친일파를 일소하는 역할도 했다.
  '북조선토지개혁에 대한 법령'은 1946년 3월 5일 북조선임시인민위원회 법령으로 공포되었고, 법령에 따른 토지개혁은 3월 7일부터 4월 1일까지 북한 전역에서 동시다발적으로 실시됐다. 그야말로 속전속결, 번갯불에 콩 구워먹은 격이다. 토론해 가면서 밀고 당길 일은 아니었으나 정권의 단호한 의지를 만방에 보여준 일대 사

---

* 정상철, 〈북한의 토지개혁〉.

건이었다.

총독부 등 일제 기관이나 일본인이 소유한 토지, 친일파와 민족반역자가 소유한 토지는 모조리 몰수했고, 5정보 즉 1만 5000평이 넘는 토지를 소유했거나 자기 힘으로 경작하지 않고 소작을 준 지주의 토지도 몰수했다. 이렇게 몰수한 토지는 농업노동자, 소작농, 빈농에게 가족 수나 노동력에 따라 점수를 매겨 무상 분배했다. 토지를 몰수당한 지주 중에 원하는 사람은 다른 지역으로 이주시켜 토지를 분배해 줬다. 농민들의 환호와 지지를 이끌어낸 영리한 정책이었다.

대명천지에 토지를 뺏긴 친일파와 지주들은 김일성을 저주하며 남쪽으로 넘어와 '반공'을 외쳤고 이는 남한 사회에 적잖은 영향을 끼쳤다. '반공'과 '안보'가 우익 정당의 생명줄이 됐고, 반대파에게는 '종북', '빨갱이' 등의 색깔 모자를 씌워 가볍게 제압했다. 분단과 그로 인해 파생한 막무가내 이데올로기는 남한 정치가 후진성을 면치 못하는 가장 큰 이유가 된다.

북한의 친일파 처리에 대한 자료를 찾다가 의외의 자료를 보았다. 중국이나 북한에서는 해방 후 몇 년 동안에 친일파 숙청 작업을 완성했다*는 게 일반적인 평가였다. 그렇지 않았다. 북조선임시인민위원회는 '민족반역자 친일파에 관한 규정' 부칙 조항에서 '현재 나쁜 행동을 하지 않은 자와 건국사업에 협력하는 자에 한하여서는 그 죄상을 감면할 수도 있다'고 했고, 김일성은 인민위원 선거를 앞두고 "친일파와 민족반역자 처리 규정에 있어서 지나치게 기계적인 해석을 피하고 해방 이후 건국 사업에 적극 노력하며 개과천선한 사람들에 대해서는 관대하게 처리할 것"을 요구했다.**

실제로 일제 말기 광산을 경영하며 일제에 적극 협력한 정준택은 1948년 국가계획위원회 초대 위원장, 1972년 정무원 부총리를 역임하며 광산 전문가로서의 실력을 유감없이 보여줬다. 일제말기 함흥 교통국장을 지낸 한희준은 북조선임시인민위원회 교통국장을 지냈다. 토목 기사로 일제 관리를 지낸 리윤식은 북한 도로건설에 큰 공을 세웠다. 친일파라고 해도 '기술자'들은 선별해 등

---

* 류연산, 《일송정 푸른솔에 선구자는 없었다》, 아이필드.
** 김종수, 〈사례연구-북한의 '친일파' 처리〉.

용했음을 알 수 있다.

토지개혁으로 농민의 막강한 지지를 이끌어내 재미를 톡톡히 본 김일성으로서는 남한 점령지의 토지개혁이 당연한 수순이었을 것이다. 당시 남한 농민인구도 74퍼센트를 육박했다.

"1947년 2월 1일자 〈로동신문〉에 실린 '김제원애국미운동을 농업증산운동으로 전환하자'라는 기사 주인공 김제원 동무를 소개하겠습니다. 김제원 동무는 황해도 재령에 사는 가난한 농민이었습니다. 자기 땅은 없었고 남의 일만 죽어라고 하다가 1946년 3월 토지개혁을 통해 땅을 분배 받고 감격하여 더 열심히 농사를 지었지요. 그해 11월 첫 수확을 하였는데 가족 먹을 것만 남겨놓고 쌀 30가마니를 당에 헌납하였습니다. 땅을 나눠준 당의 은혜를 잊을 수 없었던 것입니다. 북한의 농민들은 김제원 동무의 애국미 헌납에 감명 받아 너도나도 애국미를 헌납하였습니다. 더 많은 애국미를 헌납하려는 갸륵한 정성은 농업생산증강운동으로 발전하였고, 이들이 헌납한 애국미는 김일성종합대학, 만경대혁명학원 등을 설립하거나 지원하는 데 크게 이바지하였습니다. 김일성 수상께서도 그를 여러 차례 만나 격려하였으며 김제원 동무는 조선민주주의인민공화국 최고인민회의 대의원이 되어 농민으로서는 크나큰 은혜와 영광을 입고 공화국 정책에도 의견을 낼 수 있게 되었습니다. 여러분도 누구나 김제원 동무가 될 수 있는 것입니다."

김제원은 전쟁 때 사망한 것으로 알려졌다. 그러나 영웅 김제원은 우뚝 솟은 별이 되었다. 그가 살던 마을 대홍리는 1961년부터 김제원리가 되었고, 해주농업대학은 1990년에 김제원대학으로, 김제원리의 각종 학교, 병원 등도 그의 이름을 땄으며 1998년에는 고향마을에 그의 반신상을 세워 영원히 기억하게 했다.

김제원의 영웅적 미담을 소개한 이유는 명확했다. 토지를 나눠주는 것은 애국을 담보로 한다는 것, 충성을 다하라는 것이다. 인공 당국은 리 단위로 '농촌위원회'를 만들라고 지시했다.

"빈농이나 토지가 없는 농민들로 구성하시오. 농촌위원회가 우리 면의 토지개혁위원회 지시를 받아 몰수할 토지를 선정하고 분배 원칙도 정할 것이오."

그러나 우씨 집성촌에서 농촌위원이 되겠다고 나서는

사람은 없었다. 사실은 당국이 정한 몰수대상인 미군정 소유 토지도, 엄청난 토지를 소유한 지주도 없었다. 큰 당숙은 이래저래 골치 아팠다.

백부는 그사이 서울 직장에 한번 다녀왔다. 그러나 은행에는 낯선 사람들만 우글거렸고 은행 업무가 제대로 돌아가는 것 같지도 않았다.

"피난 가지 않았어? 왜 돌아왔나?"

백부를 발견한 선배가 다른 사람이 보지 못하도록 백부를 밀어내 거리로 나왔다. 평소 좌익 성향이어서 피난 가지 않고 남은 사람이다.

"지주 목록만 뽑고 있다네. 자네는 여기 얼씬거리지 말게. 나야 어차피 묶인 몸이지만."

분위기와 말투로 보아 선배는 자신의 선택에 확신이 없어 보였다.

"생각보다 진공이 빠르지도 않고, 미군이 평양을 폭격했다는 소문도 있어."

미군 B29기가 평양을 처음 폭격한 것은 6월 29일의 일이다. 그 뒤로도 한반도 상공에 수시로 출몰해 폭격하는 바람에 인민군의 남하가 늦는 것이다. 전투현장에서는 다 아는 사실이지만 인민군이 굳이 밝히지 않았기 때문에 서울에 남은 사람은 소문으로나 듣는 것이고, 임진강가 촌에서는 그 풍문조차도 들을 수 없었다.

백부가 돌아와 큰당숙에게 그런 분위기와 소문을 전했다. 큰당숙은 약간 놀라는 눈치였지만 이내 고개를 떨어뜨렸다.

"그런들 저런들 우리가 뭘 할 수 있겠어. 시키는 걸 안 한다고 할 수도 없고."

"눈치 못 채게 차일피일 버텨보세요. 괜한 올가미 쓰시지 말고. 세상이 또 바뀔지도 모른답니다. 미국이 참전했다는 소문도 있고요."

큰당숙은 한숨을 크게 내쉬었다.

"빌어먹을 세상이야."

네가 가라, 인민의용군

7월 20일 대전이 인민군 수중에 떨어졌다. 정부는 나흘 전에 대전에서 대구로 옮겨 갔다. 남한의 절반 이상이 인공 치하가 된 것이다. 파주군 탄현면은 명실상부한 인민공화국 후방이 되었다. 면 인민위원회를 분주히 오가는 큰당숙은 바빴지만 아버지 형제들이나 다른 사람들은 불안하고 무료했다.

며칠 뒤 큰할아버지가 동생과 아들, 조카 등 사내들을 불러들였다. 채 열 살이 안 된 조카나 손자는 열외였다. 작은할아버지 식구는 인천에 있었으므로 참석하지 못했고 큰할아버지와 할아버지, 큰당숙과 작은당숙, 큰당숙 아들인 육촌형 둘, 백부와 중부, 아버지와 숙부 둘 등 모두 열한 명이 큰집 사랑방에 좁게 앉았다.

"어이쿠. 다들 어른 한 몫이구나."

큰할아버지 말씀에 열두 살 작은숙부와 열한 살 작은육촌형 자세가 더욱 의젓해졌다.

"어느새 이렇게들 컸습니다, 형님."

"인천 조카도 스물 넘었지?"

큰할아버지가 묻자 큰당숙이 재빠르게 대답했다.

"그 동생이 스물둘 됐습니다. 딱 좋은 나이입니다."

큰할아버지가 에헴, 헛기침을 했다. 할아버지가 아쉽다는 듯 입맛을 다시며 말했다.

"그 녀석 인천에서 내무서원 다닌다니 오히려 좋아할 텐데요."

큰당숙이 엉거주춤 자리에서 일어났고 모두의 시선이 큰당숙에게 쏠렸다. 그러나 스물네 살 동갑내기 중부와 작은당숙은 고개 숙인 채 킥킥거리며 장난을 치느라 큰당숙이 일어난 줄도 몰랐다.

"거 얌전히 앉아 있지 못하겠니?"

어른들 앞이라 큰소리는 아니지만 야무지게 주의를 준 큰당숙이 좌중을 둘러봤다.

"오늘 중요한 결정을 해야 합니다. 단도직입적으로 말

쏨드리면 우리 중에 한 사람은 의용군에 나가야 합니다."

큰할아버지와 할아버지가 동시에 끄응, 깊은 한숨을 내쉬었다. 두 분은 미리 들어 알고 있는 눈치였다.

"인민위원회는 열여덟 살에서 서른다섯 살 사이의 청장년을 의용군 적령으로 보고 있습니다."

철딱서니 없는 열두 살, 열한 살 작은숙부와 작은육촌형은 안심했다는 듯 마주보고 웃다가 큰당숙의 사나운 눈초리에 움찔 고개를 숙였고, 조금 철이 든 열다섯 살 동갑내기 숙부와 큰육촌형은 자세를 고쳐 앉았다. 열여덟 살 아버지와 스물네 살 동갑내기 중부와 작은당숙, 스물일곱 살 백부는 큰당숙을 바라보았다. 큰당숙도 서른두 살이다.

"장남들은 집안을 지켜야지."

큰할아버지 한 마디에 큰당숙과 백부는 제외되었다.

"네가 면서기도 다니고 위원장도 해먹는데 빼줄 수는 없는 것이냐?"

할아버지 목소리가 약간 떨렸다. 큰당숙이 은근하게 집안에 도움을 줘왔다는 사실은 동네사람도 다 알고 있어서 쉬쉬할 일도 아니었다. 쌀, 보리 등을 사먹어야 하는 서울이나 큰 도시 사람들은 전쟁통에 점방 문이 열리지 않아 고초를 겪는다는 소문이 돌았다. 이런 비상시국에는 모든 게 자급자족인 농촌 사람들 형편이 훨씬 나았다. 서울에서 떵떵거리고 살던 사람들이 식량을 구하러 시골 친척에게 와 굽신거리는 일이 흔했다.

그렇다고 광에 쟁여놓은 곡식이 안전하지는 않았다. 인민위원회가 수시로 조사 나와 헌납을 강요했고, 광이 허술하거나 빈 집은 논밭을 다니며 소출을 예상해 세금을 매겼다. 그 일을 하는 사람이 면서기이자 리 위원장인 큰당숙이다. 대놓고 따지는 사람도 있었고, 나서지는 못해도 뒷말이 없을 수 없었다.

"그럴 힘이 있으면 여북 좋겠습니까? 그동안 버틴다고 버텼지만 한 사람은 나가야 한다고, 집안에서 결정해 내보내라는 지시입니다. 아들이 수두룩한 집인데 아무도 안 나가냐고 누가 군 위원회에 따진 모양이고 면으로 그 지시가 내려왔어요."

불안한 침묵이 흘렀다. 스물네 살 작은당숙이 옆에 앉은 동갑내기 중부에게 속삭였다.

"우리가 나가야 될 모양이지?"

중부도 고개를 끄덕였다.

"우리 중에 하나겠지."

워낙 숨소리도 들리지 않을 만큼 정적이 감돌던 터라 둘의 속삭임을 모두가 들었다. 큰당숙도 아우들을 야단치지 않았고, 큰할아버지와 할아버지는 동시에 밭은기침을 했다. 백부가 고개를 들어 좌중을 둘러보았다.

"사촌 아우는 벌써 어린애가 둘이고 우리 둘째도 제수씨가 임신 중에 있습니다. 가정을 돌봐야 하는 가장인데 전쟁터에 나가라고 하기는….."

그렇다면 누가 나가야 한단 말인가. 생각하고 자시고 할 것도 없었다. 좌중의 시선이 모조리 스포츠머리 고등학생 아버지에게 쏠렸다. 아버지는 화들짝 놀라 입을 벌렸으나 무슨 말을 하지는 않았다.

백부가 말을 할 듯 말듯 잠시 뜸을 들이다가 이왕 자신이 뱉은 말 매조지겠다는 표정으로 자세를 고쳐 앉았다.

"가정을 이룬 것도 그렇지만 두 아우 다 어려서부터 농사일 거드느라 공부가 시원찮았습니다. 나가서 삽질이나 짐꾼 등 막일하는 거라면 잘들 하겠지만 그게 아니잖습니까. 말귀도 어두울 거고요. 셋째는 어려서부터 영리해 공부도 잘했고 눈치도 빠릅니다. 어려운 일이 닥쳐도 능히 헤쳐 나갈 겁니다."

백부는 아예 아버지를 바라보고 말을 이었다.

"저 형들은 보통학교도 제대로 안 다녔잖니? 모내는 일이나 나무하는 건 너보다 훨씬 낫겠지만 의용군은 군인 아니냐? 단체생활도 해보고 제식이라도 해본 네가 가서 눈치껏 생활하다가 돌아오는 게 낫지 않겠니?"

아버지로서는 청천벽력이었을 것이다. 당신보다 훨씬 건장한 형들을 두고 당신 차례가 될 거라고는 꿈에도 생각하지 않았다. 왜 나냐고, 형들이 나가야 할 것 아니냐고 따질 분위기도 아니었다. 이 집안의 가훈이 가화만사성(家和萬事成) 아닌가. 집안이 화목하다는 것은 부모의 권위에 토 달지 말고 복종하라는 뜻이다. 부모를 대신한 손위 형제의 권위에 반기를 들지 말라는 뜻이다. '자효쌍친락(子孝雙親樂), 가화만사성(家和萬事成), 자식이 효도하면 양친이 즐겁고 집안이 화목하면 만사가 이루어진다'는 유교적 가부장 질서를 강조하는 《명심보

감》의 세뉘다. 열여덟 살, 고등학교 1학년 소년의 운명은
그렇게 결정됐다.

"그래서 가겠다고 대답하셨어요?"

"할아버지도 별 말씀 없으셨고, 다들 나만 쳐다보는
데 싫다고 할 분위기가 아니었어."

"서운하지는 않으셨어요?"

"서운했지. 억울했고."

아버지 눈에 눈물이 맺혔다.

"서운했다는 말, 평생 아무에게도 안 했어. 형님 말씀
에 일리가 없는 것도 아니었고."

피하지 못한 소나기

　며칠 뒤 아버지는 가족들의 눈물의 배웅을 받으며 떠났다. 1950년 8월 2일이다.

　"아우들은 따라가지 마. 젊은이들은 곡직불문 트럭에 싣는다는 소문도 있어."

　아버지 형제들이 면사무소까지 함께 가겠다며 나서자 큰당숙이 말렸다. 전황이 인민군에게 불리해진 것이 분명했다. '탄현면인민위원회' 간판이 걸린 면사무소 정면에는 못 보던 초상화 두 점이 걸려 있었다.

　"김일성 장군과 스탈린 대원수이십니다."

　묻지도 않았는데 누군가 큰소리로 말해주었다. 김일성과 스탈린의 초상화는 중앙청 전면에도 걸려 있고 기관이나 큰 건물에는 예외 없이 걸렸다. 서울에서는 집집

마다 걸어놓도록 초상화를 나눠줬으나 시골은 아직까지 초상화 얘기는 없었다.

면소 마당에서 징발된 트럭을 타고 떠나는 아들을 보낸 할아버지가 물었다.

"어디로 가는 겁니까?"

"안전한 후방에 가서 훈련을 받고 부대에 배치됩니다. 아무 걱정 마세요. 얼마 지나지 않아 훈장 주렁주렁 달고 조국 해방의 영웅이 돼 돌아올 겁니다."

안전한 후방이 어디인지 말하지는 않았지만 배웅 나온 가족들은 장단이나 개성으로 가지 않겠느냐고 수군거렸다. 그 뒤로 가족들이 아버지 소식을 알 길은 없었다. 자식을 일곱이나 낳고도 건강했던 53세 할머니는 셋째 아들을 이상한 조국에 바치고는 앓아누웠다.

1950년 9월 하순이 되자 기세등등하던 면 지도위원이며 위원장 등이 감쪽같이 사라졌다. 세상이 또 바뀌었다는 것이다.

"형님도 어디 좀 나갔다가 오시는 게…."

큰당숙은 사색이 됐지만 어디로 숨지는 않았다.

"내가 좌익도 아니고 시키는 대로 했을 뿐인데 뭘."

그러나 서슬 푸른 부역자 색출이 시작됐고, 큰당숙도 부역자명단에 올랐다. 부역자를 처단하자는 목소리가 하늘을 찔렀다.

"우리 아이는 잘못이 없어요. 면서기 다녔던 죄로 마을 실정을 잘 안다고 불려 다녔을 뿐입니다."

큰할아버지가 애원하자 담당자가 갱지 한 장을 던져 주었다.

"여기에 마을 사람들 도장을 받아 오세요. 마을 사람들이 부역하지 않았다고 인정하면 체포하지 않습니다. 가족은 도장 찍어도 소용없습니다."

큰할아버지가 열다섯 살 큰손자를 데리고 나섰다.

"글쎄 애 아버지가 무슨 큰 잘못을 했겠나. 그것들이 시키는 대로 심부름만 했을 뿐이지."

사람들은 그럼요, 그럼요 하면서도 급한 일이 있다거나, 도장을 분실했다며 슬그머니 자리를 피하기 일쑤였다. 열다섯 살 육촌형은 동네사람들이 눈길조차 피하는 걸 두 눈 부릅뜨고 똑바로 목격했다.

"잡혀가기 전에 어디든 가 있거라. 소나기는 피하는 거야."

큰당숙은 잡혀가지도 않았고 도망가지도 못했다. 저녁에 누가 불러 나갔다가 밤새 돌아오지 않았는데, 이른 아침에 시신으로 발견됐다. 몽둥이찜질을 당한 흔적이 역력했다. 1950년 10월 22일(음력 9월 12일)에 일어난 일이다.

"분명해. 그놈들이야. 복수해야 해."

집안 청년들이 저마다 주먹을 그러쥐고 분기탱천했으나 예순두 살의 큰할아버지가 버럭 소리 질렀다.

"시끄럽다. 어서 내다 묻어!"

그렇다고 술 한 잔 붓지 않고 매장할 수는 없는 노릇이다. 객사한 시신은 집안에 들이지 않는 법이어서 마당에 상청이 차려졌다. 열다섯 살, 열한 살, 일곱 살 육촌형들에게 거친 베로 상복을 해 입혔다. 막내 세 살짜리에게는 건만 씌워 형들과 나란히 세웠으나 건을 벗어 던지고 깔깔거리며 뛰어다녀 보는 이 마음을 더 아프게 했다. 마을 전체가 흉흉한 가운데 다음 날 장사 지냈는데 큰할아버지는 밥 한 숟가락도 뜨지 않았고 밖을 내다보지도 않았다.

얼마 뒤 옆 마을 청년이 폐병으로 죽었다는 소문이

났다. 서둘러 장사지낸 거 보면 병으로 죽은 게 아니라는 얘기도 돌았다. 곧잘 어울리던 집안 청년들은 서로 눈도 안 마주치고 각자 논으로 밭으로 산으로 어른들을 피해 다녔다. 큰할아버지가 어느 날 밤 옆 마을 원로와 통음했고, 몸을 가누지 못해 업혀왔다. 그 뒤로 큰당숙에 대한 얘기도 옆 마을 청년에 대한 얘기도 금기가 되었다.

편지 한 장 없어 아버지 소식은 알 수 없었지만 집안은 일상을 되찾아갔다. 백부는 직장으로 돌아갔고, 경성농업중학교 수석 입학했던 숙부는 모교로 돌아갈 형편이 안 돼 중학생, 고등학생이 뒤섞인 피난학교에 다녔다. 큰아들을 잃은 큰할아버지는 시름시름 앓았다.

인민군도 국군도 구경 못한 마을에 난데없이 코쟁이 미군 해병대가 들어왔다. 최단거리로도 600미터 폭을 가진 임진강이 가로막혀 북진할 수 없는 엉뚱한 곳으로 진격해온 데다가 남한지역인지 북한지역인지도 모르고 우왕좌왕하다가, 여기가 아닌가봐, 하고는 며칠 만에 문산 쪽으로 떠났는데 그사이 아녀자들은 문 밖 출입도 못하고 떨어야 했다.

가을 마당질도 끝났고 김장도 넉넉하게 해 여름의 시름과 악몽이 잊힐 무렵 웃음기 사라진 집안에 경사가 있었다. 중부의 아이, 사촌누나가 태어난 것이다. 1950년 12월 25일(음력 11월 17일)이다. 이미 일곱 살이 된 딸과 다섯 살배기 아들을 둔 동갑내기 작은당숙이 제 일처럼 기뻐해줬다. 모처럼 기력을 회복한 할머니도 할아버지와 마주보고 넉넉하게 웃었다.

"셋째는 살았는지 죽었는지."

"무소식이 희소식이라잖아."

양주의 웃음기는 금세 사라졌다. 갓 태어난 손녀가 자지러지게 울자 할머니가 방으로 뛰어 들어갔다.

"젖을 물려라, 젖을 물려."

중공군이 국민당 정부를 타이완으로 몰아내고 압록강을 건너왔다. 미국이 유엔군을 모아 공세를 펼치며 인천상륙작전을 통해 서울을 수복하자 중국은 남한 군대가 아닌 미군과 유엔군이 38선을 넘으면 중국에 대한 선전포고로 간주하겠다며 침을 튀겼으나 맥아더는 들은 체도 않고 평양을 박살냈다. 중국은 1950년 10월

타이완에 총공세를 펼칠 생각이었으나 미해군 7함대가 타이완해협에 포진하는 바람에 울화통이 터졌다. 게다가 맥아더가 압록강을 넘어올지도 모른다는 걱정도 해야 했다.

중공군은 항일전쟁과 국공내전으로 다져진 일당백의 용사들이었지만, 동경 미군사령부는 과소평가했다. 에드워드 아몬드 미10군단장은 '그까짓 세탁부나 청소부 몇 명 때문에 진격을 멈출 수 없다'고 호언장담하며 7사단 3개 대대를 함경남도 장진호까지 보냈다가 궤멸당하는 수모를 겪었다. 미국에서 세탁이나 청소하는 중국인이 많은 것을 빗댄 인종차별적 발언이지만, 장진호 전투는 미군이 가장 수치스럽게 여기는 전투다. 중공군은 낮에는 산악지대에서 매복하고 밤에 습격하는 방식으로 전과를 올리며 1950년 12월 6일 평양을 탈환하고 이듬해 1월 4일 서울을 일시 재점령하는 등 무섭게 몰아쳤다.

목총 든 인민의용군

트럭에 웅크리고 앉은 18세 소년은 눈을 감았다. 일
제 식민지 백성으로 태어난 것은 소년의 뜻이 아니었다.
해방이 되었다고 만세를 불렀고 대한민국 국민이 되었
지만 소년이 기여한 바도 없었고 무엇이 어떻게 좋아진
것인지도 몰랐다. 고등학생이 되었고 드디어 꿈을 꾸기
시작했는데 다시 나라가 바뀌었고 바뀐 나라의 군인이
되라는 것이다. 어이없는 것은 바뀐 나라도, 바뀌기 전
의 나라도 같은 민족이고 심지어는 형제자매끼리도 갈
려 있다. 물론 이 나라 뒤에는 미국이, 저 나라 뒤에는
소련이 조종하고 있다는 것쯤은 알고 있다.

고등학교 1학년 교실에도 좌익은 있었다. 그들은 혁
명을 꿈꾸었지만, 소년은 은행원으로 출세하겠다는 꿈

이 전부였다. 큰형은 벌써 은행원이 되었고 둘째형은 형제들을 대신해 농사짓고 있지만 넷째도 경성농중에 수석 입학했으니 그대로만 크면 은행원이 될 수 있을 터였다. 셋째와 넷째에 이어 탄현국민학교에서 공부를 가장 잘해 '우씨 형제들, 쟤네 뭐냐?' 소리 듣는다는 막내도 서울 어느 학교든 원하는 데 진학할 수 있을 것이다. 오 형제 중 넷이 은행원이 되면 볼만할 것이다.

아버지의 꿈은 왜 은행원이었을까. 아홉 살 위 형 백부가 해방 이전부터 은행원이었던 것이 영향을 끼쳤을 것이다. 전통사회에서는 과거 급제하여 공무원으로 출사하는 것이 입신양명이었지만 일제 36년을 거치면서 욕먹는 관리보다는 욕 덜 먹고 안정적인 직업을 선호하는 분위기도 있었을 것이다.

부잣집 자식이었다면 학문이나 예술 등 다른 꿈을 꿀 수도 있었겠지만 고학생 처지에서는 언감생심이다. 은행원이 되고 싶어 하는 이유를 뒷받침하는 자료가 있다. 1946년 12월 조선은행 조사부 자료에 의하면 당시 공무원 봉급은 425원, 교사는 2440원, 회사원은 1850원, 백화점원은 2445원, 은행원은 2630원으로 나타났다.*

가난한 집 공부 잘하는 아이들이 선호할 만한 직업 아닌가.

1950년 8월 2일 탄현면인민위원회 마당을 출발한 트럭은 두어 시간 달려 개성 변두리 어느 학교 운동장에 도착했다. 교실은 막사가 되었고 운동장은 연병장이 된 임시 훈련소이다. 도착하자마자 짠지에 된장국일망정 보리밥을 고봉으로 퍼줘 점심을 잘 먹었다. 거적 깐 교실에서 잠시 쉬게 하더니 저녁 먹고 나서는 급히 재봉질한 티는 나지만 그런대로 깨끗한 군복을 치수에 맞춰 내줘 갈아입게 했다. 그러나 옷감이 두꺼워 더웠다.

다음 날 아침 밥 먹을 때 보니 인원이 엄청나게 많아져 줄이 길었다. 곧이어 운동장에 집합했는데 다들 어디서 나왔는지 500명도 넘는 인원이 바글바글했다. 1개 대대 병력으로 함께 한 달간 훈련 마치면 중대 혹은 소대 별로 전선에 배속돼 선배들과 함께 용감무쌍하게

---

* 임영태, 《대한민국50년사》, 늘녘.

미제와 이승만 도당을 무찌르게 될 것이라고 교관들이 침을 튀겼다. 30여 명씩 나눠 소대를 편성하고 4개 소대를 하나로 묶어 중대가 됐다. 출발할 때도 아는 사람은 없었지만, 그나마 트럭에서 얼굴 익힌 사람들과도 모두 헤어졌다.

그날은 성분조사를 한다며 인적사항을 묻고 적느라 바빴다. 일제 때도 조선인은 노무병이나 최전방 총알받이용이었다. 총구를 거꾸로 들이댈지도 모른다는 이유였다. 일본 해군은 아예 조선인 병사를 받지 않다가 항복 직전에 전사자가 하도 많아 할 수 없이 일부 충원한 사실이 있다.

"너는 고등과 다니다 왔네. 부잣집 아새끼였겠구먼."

"빈농입니다. 서울에서 고학했습니다."

"기레? 여기 이름과 주소를 써 보라우."

아버지는 시키는 대로 이름과 주소를 썼다.

"다시 쓰라우. 우리 공화국은 한자를 안 써."

다시 한글로 이름과 주소를 쓰자 소대장이 가볍게 탄성을 뱉었다. 주변에서 보고 있던 인민군들도 마찬가지였다.

"글씨 참 잘 쓰는구나. 어디서든 꼼짝 말고 내 옆에 있으라우. 내 비서로 임명하겠어."

곧바로 아버지는 성분조사 보고서 작성에 투입됐다. 불러주는 대로 받아 적는 것이지만 우쭐한 기분이 들었을 것이다. 밤에는 훈련병들에게 목총 하나씩 지급됐다.

다음 날부터 훈련이 시작됐다. 오와 열을 맞춰 서는 것부터가 난제였다. 아버지야 중고등학교 때부터 오와 열을 맞춘 단체생활을 해봤지만, 국민학교도 안 가본 이가 많아 '앞으로나란히'부터 가르쳐야 할 판이다. 소대장과 병사 두 사람이 교관과 조교였는데 다행히 아버지가 속한 소대 소대장은 사나운 사람은 아니었다.

"잘들 해보자우. 뭐가 어렵니."

학교에서 체육도 하고 운동장 조회도 지겹게 경험한 아버지는 여기서도 발군이었다. 시범조교로 뽑혀 나가기 일쑤였고, 기합 받을 때는 열외가 많았다. 아버지보다 어린 사람은 없어서 귀여움도 받았다던가.

"밥 잘 주겠다, 야단맞을 일도 없어서 그때만 해도 편했어."

60년 뒤 아버지는 이렇게 회고했다. 그러나 거기까지만이었다. 고난은 아직 오지 않았던 것이다.

훈련소 생활 사나흘 지났는지 아무튼 일주일은 안 됐을 때 미군 폭격기가 훈련소를 발견했다. 여지없이 폭탄이 떨어졌고, 아수라장이 되었다. 마침 훈련소 밖에 있던 아버지 소대는 참변을 면했으나 그대로 줄행랑을 쳐야 했다. 허름한 배낭이지만 나름대로 완전군장이어서 밥그릇과 숟가락 정도는 지녔다. 문제는 목총. 전쟁에 나선 군인이지만 어깨끈도 없는 목총을 들고 훈련 중이었던 것이다. 실총은 한 달 예정의 훈련 마무리에 지급된다고 했다.

첫날은 하루를 꼬박 굶었지만 배고픈 줄 몰랐다. 여기저기 폭탄 떨어져 불바다 되는 걸 보면서 도망쳐야 했기 때문이다.

"너 이리 와보라."

정신없이 도망치다가 한숨 돌리는데 소대장이 다가왔다. 아버지 왼팔에서 피가 뚝뚝 떨어지고 있었다. 아버지는 그때서야 깜짝 놀랐고 쓰리고 아팠다.

"간나, 파편 맞은 것도 몰랐니? 어디 보자."

다행히 관통상은 아니었고 좀 심하게 스쳤다. 약이 있을 턱이 없어 광목수건으로 처맨 게 치료 전부였다.

소대는 무작정 강원도 쪽으로 길을 잡았다. 우선은 하늘을 장악한 미군 폭격기 눈에 띄지 않아야 해서 깊은 산으로 들어간 것이고, 38선 동쪽을 향해 걷다보면 인민군부대를 만날 수도 있을 것이라는 기대감이었다.

8월 초 인민군은 전라도는 여수까지 내려갔고, 경상도는 거창, 구미, 청송을 점령하고 대구로 진격하는 중이었다. 이승만 정부는 대전을 떠나 대구로 들어간 지 오래 됐고 곧 부산으로 쫓겨 갔다.

"우리도 전선으로 가야 한다. 남쪽으로 가자."

무장은커녕 무전기도 없다. 폭격이 무서워 산줄기로만 움직이니 화전민을 만나야 삶은 감자라도 얻어먹을 수 있었다. 이레쯤 지나자 환자가 생겼고 걸음은 더뎌졌다.

"아픈 사람은 두고 가시오. 어찌 걷겠소."

화전민의 조언에 따라 낙오한 사람도 있고, 도망친 사람도 있다. 처음에는 태백산맥을 따라 남쪽으로 내려오면서 인민군을 찾아 헤맸고, 국군과 유엔군이 북진할 때는 북쪽으로 중강진까지 도망치면서 상거지가 됐다.

추위가 심한 한겨울에는 폭격으로 폐허가 된 마을의 덜 부서진 한 집에서 보름간이나 숙식을 한 적도 있다. 보급투쟁이라고 할 것도 없이 마을의 빈집을 뒤져 감춰 둔 곡식을 넉넉하게 확보한 덕이다. 다들 곡식자루를 숨겨본 경험이 있어서 찾는 데도 선수들이다.

"날 풀리면 여기서 화전이나 일굽시다."

소대장도 서른 전이고 여태 훈련병 신분인 이들은 대부분 농촌 출신의 20대 초반, 어른 한 몫의 젊은이들이다.

"모여 보라우."

규율도 명령도 사라진 지 오래다. 서로 의지하며 살아내는 중이다.

"종간나들. 집에 가라고 해도 안 가고 어쩌란 말이니."

산산조각 난 둘째

마을 사람들이 장 보러 다니던 군청 소재지 문산 출입이 통제되었다.

"왜 못 간대? 인민군은 물러간 거 아녀?"

"문산 사람들도 다 소개됐다던데."

"북진하는 통로여서 위험하다나봐."

개전 초기 황해도 청단에서 개성, 장단군 원당리에 이르는 38선을 경비했던 국군 1사단은 인민군의 공격으로 후퇴하여 일부는 강을 건너 김포반도로 들어갔고 일부는 문산으로 쫓겨 와 임진강 방어선을 형성했다. 이후 대구까지 밀렸다가 유엔군 참전으로 기세 좋게 북진했는데 중공군 참전으로 다시 38선 인근에서 일진일퇴하는 중이었다. 남북의 통로 문산은 하루도 편할 날

이 없었다.

그렇다고 해도 임진강 하류에 위치한 마을 사람들에게 전쟁은 소문으로만 들리는 산 넘어 일이었다. 겨울이 왔고 한가해진 사람들은 양지바른 곳에 모여 앉아 새봄 초가지붕을 단장할 이엉을 엮고 새끼를 꼬았다. 이엉은 노련한 중장년 몫이지만, 청년들은 손바닥에 침을 퉤퉤 뱉어가며 새끼를 꼬았는데 저마다 경쟁이 붙어 금세 새끼다발이 쌓이고는 했다.

"토끼 잡으러 갈까?"

"토끼가 네놈들을 잡겠다."

"기다리기만 하세요. 토끼탕 끓여드릴게."

청년들 대여섯은 꼬던 새끼줄 마저 꼬고는 와자하게 뒷산으로 갔다. 며칠 전 내린 눈이 많이 쌓이지는 않았지만 토끼발자국은 보일 정도였다.

"잘 보고 댕겨. 대가리 처박은 꿩 있을지도 몰라."

신발이 다 젖도록 야산을 돌아다니다가 드디어 토끼발자국을 발견했고, 멀지 않은 곳에서 토끼도 찾았다.

"한 사람은 이쪽에서 기다리고 우리는 바위 뒤로 돌아 올라가 몰아 내리세."

"살그머니 움직여."

앞다리가 짧고 뒷다리가 긴 토끼는 높은 곳으로 올라갈 때는 여느 동물 못지않은 속도를 뽐내지만 낮은 곳으로 몰면 얼마든지 따라잡을 수 있다. 준비가 되자 와와 소리 지르며 토끼몰이가 시작됐다. 토끼는 청녘끝 쪽으로 달아났다.

"들판으로 몰면 잡는 건 시간문제야."

다들 씩씩거리며 비틀비틀 뛰는데 한 청년이 멈췄다.

"이게 뭐지?"

"야, 토끼! 토끼. 막아야지!"

그러나 토끼는 한 사람이 멈칫한 사이 방향을 돌려 위쪽으로 내달았다. 몰이에 구멍이 뚫린 것이다. 다들 종주먹을 들이대며 뭔가를 관찰하는 청년에게 다가왔다.

"수류탄 아냐? 다들 물러나."

마침 미 해병대가 마을에 들어왔을 때 통역병과 시시덕거리며 껌 좀 얻어 씹던 사람이 청년들을 막아섰다.

"미군들이 이걸 가슴에 몇 개씩 달고 다녔거든. 어라, 안전핀도 안전고리도 없는데. 안전핀 뽑고 던져 박살내는 거라던데."

한참 살펴보던 그가 조심스럽게 수류탄을 들더니 멀찍이 던졌다. 저만치 날아간 수류탄이 논둑 아래 눈 속에 푹 파묻혔다.

"불발탄이네. 그래서 버리고 갔나?"

"어 춥다. 내려가서 불 좀 피우지."

일행은 아래쪽 밭으로 내려왔다. 밭에는 부엌땔감으로 쌓아놓은 짚가리가 있다.

"짚단을 한쪽에서만 빼면 금방 무너지잖아. 돌려가면서 빼내 써야지."

짚가리 주인은 지청구를 들으며 볏짚 몇 단을 빼 불을 지폈다.

"한 대씩 피워 봐."

미군 통역병 따라다니던 이가 양담배를 꺼냈다. 다들 환호했다.

"고추장 퍼주고 얻은 담배구나."

미군과 함께 생활하니 밥 생각이 간절하지만 밥 구경은 할 수 없었던 통역병이 빵에 발라먹게 고추장 좀 달래더란다. 퍼줬더니 미군들이 빵에 발라먹는 것이라며 잼 한 통과 담배를 한 보루 주더라는 것. 잼은 조청인가 싶었지만 상큼한 게 다른 맛이었다. 조청처럼 가래떡 찍어먹으면 좋겠다 싶지만 가래떡은 설날에나 구경하는 것이고 식구들이 한 숟가락씩 퍼먹었다. 담배는 아껴 피우는 중이다.

담배를 맛있게 피우고 난 중부가 무슨 생각인지 떨어진 수류탄 쪽으로 걸어가며 말했다.

"저걸로 멧돼지도 잡겠네."

"멧돼지가 산산조각 나겠지. 내버려두고 와. 추워."

중부는 손을 흔들어 보이고는 휘적휘적 걸어갔다. 일행들은 불 주위에 모여 언 손을 녹이는 사이 중부가 허리 숙여 수류탄을 집어 들고 일행 쪽을 봤지만 짚가리에 가려 아무도 보이지 않았다. 한겨울 추위에 중부 손이 곱았는지 수류탄이 맥없이 떨어졌고 그 순간 지축을 흔드는 굉음이 울렸다. 멧돼지 대신 중부가 산산조각 났다. 눈 깜짝할 사이 일이었다. 불 주위에 앉거나 서서 노닥거리던 청년들이 좀 떨어진 짚가리 뒤에 있어서 파편을 맞지 않은 건 다행이었다.

태어난 지 40일 된 사촌누나는 불러보지도 못한 아버지를 잃었다. 겨우 첫애를 생산한 새댁은 청상과부가

142

됐다. 셋째 아들을 사지로 보내 생사도 모르는 할아버지, 할머니는 천지사방으로 찢겨나간 둘째 아들 시신과 마주해야 했다.

"네가 나가야 할 데에 어린 셋째를 대신 보내놓고 이게 무슨 일이냐?"

1951년 1월 30일의 일이다. 마을 사람들은 한동안 청녁끝을 피해 다녔지만 봄이 오면 땅을 갈지 않을 수 없을 것이다.

세실극장

아버지가 서울에서 신문 돌리며 고학하거나 인민의
용군으로 끌려가 산 속을 헤매고 다니던 나이에 나는
그럭저럭 유복한 가정의 모범생이었다. 끼니걱정이나
월사금 걱정을 해본 적 없다. 부잣집이 아닌 줄은 알고
있었지만 길거리에서 번데기나 쥐포 따위 사먹거나 만
화방 가는 일은 모범생 영역이 아니었으므로 용돈이
아쉽지도 않았다. 장정일이 '열다섯 살, 하면 금세 떠
오르는 삼중당문고/150원 했던 삼중당문고'라고 노래
한 것처럼 삼중당문고 사 보면서 으스댈 수 있어서 만
족했다.

만화 얘기를 해보자면, 국민학교 시절 사촌누나가 보
내 준 《소년중앙》에 나오는 만화 말고는 어른이 될 때

까지 만화책 구경을 해본 적 없다. 나중에 글 쓰는 사람
이 되려고 마음먹었다가 이도저도 안 돼 낙망했을 때
만화를 못 보고 커 상상력을 키우지 못한 탓이라고 자
조했을 정도다.

중학교 2학년 때 담임은 30대 초반 국어 담당 오 선
생님이었다. 오 선생님이 어느 토요일 방과 후 읍내 태극
당으로 불렀다. 가보니 다른 반 담임 수학 담당 최 선생
님이 그 반 반장 김과 앉아 있었다.

"너희가 학급 이끄느라고 고생 많아서 선생님이 빵
사주는 거야."

한창 먹성 좋을 때고 처음 들어와 본 태극당 빵은 맛
있었다. 두 여선생님은 같은 사범대학을 다닌 동갑내기
친구였다. 그 다음 주에는 넷이서 서오릉으로 소풍을
갔다. 선생님들은 종종 우리를 불러내 맛있는 걸 사줬는
데 우리는 먹기만 하고 얘기는 선생님들끼리 했다. 처음
에만 학교 근처 읍내였고 그 뒤로는 시외버스 타고 30분
남짓 걸리는 서울 불광동 쪽에서 만났다. 김이 2학기 중
반쯤 전학 가면서 그 요상한 데이트는 끝났다. 3학년 시
작하기 전에 두 선생님도 전근을 갔다. 유부녀였던 두

선생님은 왜 우리를 장식품처럼 데리고 다녔는지 지금도 모르겠다. 그로부터 20년쯤 뒤 내가 출판사 편집자로 일할 때 우연히 국어 선생님의 근황을 들었는데, 직원을 몹시 괴롭히는 모 출판사의 악덕 사장이라는 것이다. 별일이다.

"중학교 2학년 때 신문 돌렸는데 한 달 신문 돌린 값이 매달 학교에 내야 하는 월사금과 정확하게 일치했어. 그러니 아파도 쉴 수 없었지."

아버지 또래의 다른 분 얘기다. 나는 여선생님이 사주는 빵 먹으며 학교 다녔고.

1978년, 중학교 3학년이 됐다. 내 목표는 인천 부평고등학교. 졸업생의 80퍼센트는 서울대학교 입학한다는 신흥 명문이다. 고3 수험생 저리 가라 할 정도로 열심히 공부했다. 그러나 노지 딸기 나오기 전쯤 연합고사 '뺑뺑이'로 정책이 바뀌었다. 인천지역 연합고사 보고 추첨을 통해 학교를 배정하는 방식이어서 뺑뺑이라고 했다. 나로서는 목표를 잃어버린 것.

반장이라는 권력도, 모범생으로서 자기만족도 부질

없게 생각됐다. 수업 끝나고 청소검사까지 마친 후 해병대 출신 체육 선생님인 담임에게 보고하러 가서 반장을 그만두겠다고 했다. 담임은 안 된다고 했다. 나는 그만두겠다고 고집 부렸다.

"싸가지 없는 새끼가 말대꾸를 따박따박 하네. 따라와 씨발놈아."

국민학교부터 중학교 3학년까지 내내 반장이어서 쌍욕을 들어본 적 없었지만 학생들에게 선생님들의 욕은 참 찰졌다. 저자의 양아치들 언어와 다르지 않았다. 그날 봉걸레자루 두 개가 부러졌다. 욕도 처음이고 맞아본 것도 처음이다.

반장 아닌 첫날, 내가 속한 분단이 청소당번인데 뭘 해야 할지 몰라 우두커니 서 있었더니 언제 왔는지 담임이 싸대기를 갈겼다.

"청소 안 하고 뭐해? 씨발 새끼야."

학교 다니면서 청소검사만 했지 청소를 한 번도 해본 적 없다. 뭘 어떻게 해야 한단 말인가. 남은 3학년은 핍박 속에서 우울하게 마쳤다. 마칠 때쯤에는 창문 먼저 열고 책걸상 뒤로 밀고 빗자루질, 물걸레질, 유리창 닦기 등 청소도 곧잘 하게 됐다. 그러나 공부 잘하는 반장을 따르던 수많은 동지들은 등을 돌렸다. 약간 외로웠지만 뭐든 잘해야 하는 스트레스는 사라져 마음이 편했다. 조금 착해지기도 했을 것이다.

인천의 고등학교에 꽤 우수한 성적으로 진학했다. 연합고사 보고 뺑뺑이로 배정받은 학교다. 구 경인선 철로에 붙어 있다시피 한 일자형 집에서 자취를 시작했다. 연탄도 때고 장작도 때는 구조인데, 내 방은 연탄 난방이고 취사용으로 석유곤로 하나 샀다. 연탄은 제때 갈지 못해 꺼져 있기 일쑤라 솜이불 뒤집어쓰고 웅크리고 지냈다. 몇 년 전부터 시골집에서 함께 산, 사위 눈치 보기 싫은 외할머니가 손주 밥 해준다고 종종 오셨지만 올 때마다 아프셨다.

첫 월말고사에서 반 60명 중 17등을 해 심장이 멎는 줄 알았다. 전교 17등도 해본 적 없었다. 두 번째 시험에서 32등을 했다. 이때까지만 해도 수업시간에 한눈 팔아본 적이 없다. 선생님이 판서하면서 가르친 건 외우다시피 알고 있다. 국어와 국사 등은 어렵지 않은데 영어, 수학, 과학 등의 시험 문제는 낯설었다. 시험문제가 교과서 밖에 있었고, 수업 내용만 달달 외면 좋은 성적 나오던 시골 수재 소년의 한계였다. 시골 아이들은 수업시간이 공부시간의 전부이기 때문에 선생님 얼굴 똑바로 쳐다보는 놈이 1등이지만, 도시 아이들은 학원을 다니거나 과외를 받으며 나와는 다른 방식으로 공부했다.

어떻게 공부해야 할지 몰라 수업에 흥미를 잃었고 더 재미있는 일에 몰두했다. 매주 토요일 덕수궁 세실극장으로 연극을 보러 다녔고, 도서관에 틀어박혀 책을 읽었다. 인천 여러 남녀고등학생들과 함께 독서회활동도 했다. 문예반에 들어가 시를 썼다.

저렇게 늙어갈 줄 모르고 김동길 책을 재미있게 읽고 존경심마저 품었다. 사회학자 한완상의 《민중과 지식인》을 읽으면서 학교에서 가르치지 않은 사회를 바라보게 되었다. 지금도 무슨 말인지 모를 야스퍼스의 《비극론》을 끼고 다녔다. 이상을 달달 외워 국어 선생도 이상 연보를 내게 물었다. 독서회를 지도해주던 대학생의 권유로 이영희의 《전환시대의 논리》, 《우상과 이성》 같은 책을 읽었다. 대학에 갔더니 선배들이 이영희 책으로 세미나를 한다고 해서 비웃었던가. 조기학습 여파로

건방져져서 제대로 운동권도 되지 못했을 것이다.

연극에 빠지게 된 건 고1때 담임 독일어 선생님 덕분이다. 그해가 가기 전에 숙명여대 교수로 옮겨 간 박사 독일어 선생님은 연극평론가이기도 했는데 수업시간마다 셰익스피어나 안톤 체호프를 얘기했고 최신 연극정보도 알려줬다.

극단 가교가 세실극장에 올린, 진시황제와 클레오파트라가 나오는 〈만리장성〉이라는 연극이 기억난다. 19금 연극이었을 텐데 제지받은 적은 없다. 나중에 텔레비전 드라마 〈왕룽일가〉에 나왔던 박인환, 최주봉 등이 출연한 연극인데 당시로서는 신인이었을 이혜영이 속이 다 비치는 잠자리 날개 같은 옷을 입은 클레오파트라로 나왔다. 석 달쯤 공연했을 텐데 토요일 4시 공연마다 까까머리 고등학생이 나타나니 배우들도 기특하게 여겼는지 막 내리면 분장도 안 지우고 내게 와 말을 걸었다.

"학생, 배우 되고 싶은 거야?"

"극본 쓰고 싶어요."

"작가 되면 가교로 찾아오시게. 동지."

배우 지망생일 카운터 지키는 누나도 얼굴이 익자 요

금을 받지 않았다. 극단 가교 식구가 된 것 같은 착각에
빠질 만했다. 그해 가을 박정희가 총 맞아 죽었다.

살아서 고향으로 가라우

양지바른 곳은 눈이 녹았지만 산중 응달은 매서운 한겨울이었다. 30명 남짓이던 일행은 반으로 줄었다. 두셋은 걷기 어려운 환자가 돼 민간에 맡겼지만 살았는지 죽었는지 생사를 알기 어렵다. 정규군인 인민군 병사 둘 중 한 명은 심부름을 보냈으나 돌아오지 않았고, 또 하나는 슬그머니 사라졌다. 나머지 안 보이는 사람들은 다 도망쳤다.

소대장은 도망치는 것을 뻔히 알고도 모르는 척했다.

"죽지 말라우. 살아서 고향으로 가라우."

뒤에 대고 그렇게 소리치기도 했다.

"다들 여기서 헤어지자. 이러고 다녀봐야 뭐 하겠니."

소대장이 그렇게 말한 게 한 달 전이다. 그러나 도망

칠 용기라도 있는, 무모한 사람은 다 갔다. 함께 움직이는 게 그나마 살길이라고 믿는 사람만 남은 것이다. 도망친 사람들이 무사히 고향으로 돌아갔을 것이라고는 누구도 장담하지 못한다.

"내가 데려다 주겠어."

목표는 개성 혹은 장단이다. 의용군으로 끌려온 사람들이 파주나 연천 등 경기 북부 인원이기 때문에 그 인근으로 데려다주려는 것이다. 더 남쪽은 소대장도 가본 적 없어서 지리를 모른다. 인적 드문 곳을 찾아 혹은 먹을 것을 찾아 움직이다보니 강원도 남쪽 태백 근처까지 남하해버렸다.

일행을 모아놓은 소대장이 품에서 종이쪽지를 몇 장 꺼냈는데 다 같은 내용이다.

"와 보라우. 읽어보라."

열아홉 살이 된 아버지가 건네받은 건 유엔군이 뿌린 삐라다.

"안전보장증명서. 북한군 장병에게! 귀순하는 것은 명예로운 일이다. 전국이 급박해져서 저항을 중지하지 않으면 죽는 것 외에 도리가 없어졌을 때 귀순하는 일이야말로 이 사태를 솔직하게 인정하는 것이다. 그저 희생자를 많이 내는 것은 전술상 졸렬한 것이다. 귀순해서 사느냐, 소용없는 저항을 계속해서 죽느냐 하는 막다른 골목에 들어갔을 때 저항을 중지하고 귀순하는 길이야말로 군인으로서 택할 떳떳한 길이다. 후면에 있는 그림과 설명을 자세히 보고 유엔군 진지에 안전히 도달하도록 하라. 음식, 치료, 기타 좋은 대우가 그대를 기다리고 있다. 맥아더 명령."

"옆에 것도 마저 읽으라."

"대한민국 병사에게. 이것은 적의 군인으로서 누구나 항복하기를 원하는 자에게 인도적 대우를 보증하는 증명서이다. 이 사람들을 가까이 있는 상관에게 데리고 가시오. 이 사람을 명예스러운 전쟁포로로 대우하시오."

"영어도 읽으라. 못 읽니?"

아버지가 머리를 긁적였고 다들 작게 웃었다. 아버지가 더듬더듬 읽기 시작하자 소대장이 삐라를 빼앗았다.

"집어치우라. 남조선 고등학생 수준이 형편없구나야. 솔저 오브 더 유엔 포스. 유엔군 아새끼들 보라, 그런 말이야."

다들 깜짝 놀랐다. 소대장은 지금까지 자기가 어떤 사람인지 한 번도 말하지 않았다. 인민군 장교가 영어를 유창하게 읽는다는 것은 생각도 못 해본 일이다. 소대장이 영어를 읽고 들려준 얘기는 대한민국 병사에게 한 말과 같았다. 귀순해오는 적군 병사를 명예로운 포로로 대우해 즉각 상관에게 데리고 가라는. SOLDIERS OF THE UN FORCES : This certificate guarantees good treatment to any enemy soldier desiring to cease fighting. Take this man to your nearest officer and treat him as an honorable prisoner of war.

"내가 무슨 얘기 하려는지 알간? 너희가 인민군으로 충성할 기회도 없고, 고향으로 데려가기도 어려워졌잖니. 내레 여기가 어딘지도 모르겠고. 그래서 포로가 되라는 거야. 이 삐라대로면 지금보다야 낫지 않겠니. 포로를 함부로 대하지 않기로 한 국제적 약속도 있으니 남조선군보다는 더 국제적일 미군에게 잡히는 게 더 좋을 거고."

패잔병도 아니고 도망병도 아니고 낙오병도 아닌 상거지 의용군 용사들은 어리둥절해졌다. 도망치는 걸 눈감아준 건 그렇다고 쳐도 자진해서 철천지원수에게 포로가 되라고 인민군 장교가 말하고 있다.

"소대장님도 포로가 되실 거유?"

누군가 묻자 소대장이 희미하게 웃었다.

"나는 군인이잖나. 공화국으로 돌아가야지. 너희들은 총 쏘는 법도 배우지 못한 민간인이야. 우리 공화국 군인이라는 표식도 없잖니. 각자 살 길을 찾아봐야 하잖겠나 말이야."

짧은 침묵 뒤 누가 중얼거렸다.

"우리끼리 어떻게 갑니까? 갸들이 우리를 살려줍니까?"

큰형처럼 의지했던 소대장이다.

"너희끼리 가야 산다. 잡혀갔다가 도망쳤다고 해야 산다. 민간인이라고 해야 산다. 인민군과 같이 잡히면 인민군으로 보지 않겠니?"

"적군 병사도 포로로 명예롭게 대우해준다고 씌어 있지 않습니까?"

"그건 회유하는 말이다. 너희들은 적군 병사가 아니어야 한다."

헤어지는 게 아쉬운 건지 살길 찾는 게 어려운 건지 토론이 계속되었다. 다들 한마디씩 지껄였지만 뾰족한 수가 나지는 않았다. 일행은 산을 내려왔다. 아군이 아니라 적군을 찾기 위해서다. 부대가 이동할 만한 경로는 신작로다. 그렇다고 신작로로 내려서지는 않았다. 갑자기 총탄 세례를 받을 수 있기 때문이다. 신작로가 내려다보이는 야산으로 움직였다. 얕은 구릉 양지바른 곳에 잘 손질된 묘가 여러 개 보였다. 일행은 푹신한 무덤 잔디에 널브러졌다. 다들 몸을 한껏 웅크리고 까무룩 잠이 들었다.

"일어들 나라! 손 번쩍 들라우!"

소대장의 새된 목소리가 들렸고, 군기 따위 들어본 적 없는, 동네 마실 나온 것 같은 태도의 용사들은 눈을 부스스 뜨다가 그대로 얼어버렸다. 까만 얼굴, 하얀 얼굴, 파란 눈, 갈색 눈의 양키들이 무덤을 둘러싸고 총을 겨누고 있다. 미군을 찾아가는 중인데 미군이 찾아온 것이다. 반가워야 하는데 사람인지 괴물인지 무섭기만 하다. 권총을 찬, 장교로 보이는 흑인이 쏼라쏼라 뭐라고 떠들었다. 소대장이 손짓발짓을 해가며 같이 떠들

었는데, 뭐라는지 알아듣지 못하는 일행은 자기들을 겨
눈 총구에서 금방 불이 뿜어져 나올 것만 같아 사시나
무 떨듯 떨기만 했다. 아버지는 가만히 외워둔 대사를
되뇌었다.

"저것들은 어버버하다가 말 거니까 니가 말하라. '인
민군에 입대하라고 강제로 끌려왔다. 그러나 훈련도 받
기 전에 폭격으로 도망쳐 나왔다. 전투는커녕 총 구경
도 못했다. 우리는 군인이 아니다.' 알간?"

소대장이 며칠 전 귀띔해준 거지만 그건 우리끼리 잡
혔을 때 얘기 아닌가. 소대장도 함께 잡혔으니 뭐라고
해야 하나. 미군과 쏼라대던 소대장이 뒤돌아 말했다.

"니들 내게 강제로 끌려온 거 맞잖니? 딴소리 말라."

아버지와 의용군들 들으라고 하는 소리다. 자기를 팔
라는 것이다. 틀린 얘기도 아니지만 그동안 정들어 멍
청한 소리 할까봐 오금을 박아주는 것이다. 공화국으로
돌아갈 기회를 잃은 자기는 적군 포로가 되겠다는 것이
고, 의용군들은 강제로 끌려온 민간인이 되라는 것이다.

자퇴연판장

1980년 4월 18일. 금요일 오후였다.

"우리 집에 갈래?"

같은 반 은퇴목사 막내아들 김이다.

"뭐 하러?"

"송하고 같이 공부하게."

어처구니없는 제안이다. 김과는 문예반 활동을 같이
해 친하지만 공부 같이할 사이는 아니다. 저는 문과에
서 공부 가장 잘하는 모범생이고 나는 탁구부와 육상
부 빼면 꼴찌다. 송도 몇 손가락 안에 드는 우등생이다.
몇 번이나 더 같이 가자고 했지만 거절했다. 내게 공부
할 시간이 어디 있나. 책 읽을 시간도 부족하다. 종일 책
을 읽지 않으면 돌아버릴 것 같은 시절이었다.

다음 날 느지막이 학교에 갔다. 아침조례 시작하기 5분 전에나 도착했을 것이다. 반항이었는지 멋이었는지 교복은 안 입고 교련복 바지에 체육복 상의만 걸치고 학교 다녔다. 가끔 선도부와 학생과 선생님이 교문을 지켰지만 정해진 요일이 있어서 그날을 피하면 되었다. 모범생이던 중학생 때와는 180도 바뀐 행동거지이다.

교실 입구 게시판에 아이들이 옹기종기 모여 웅성거렸다. 다가가보니 시뻘건 피로 '4·19를 상기하자'고 적혔고 깨알 같은 글자가 전지 한 장을 가득 메웠다. 나중에야 그걸 대자보라고 부르는 줄 알았지만 이게 뭐야, 하고 들여다보고 있는데 누가 확 밀치고 들어왔다.

"새끼들아, 뭘 보고 자빠졌어. 빨리 교실로 튀어 들어가!"

학생과 선생님은 대자보를 떼 둘둘 말아 교무실로 뛰어갔다. 저걸 누가 붙여놓았을까, 느릿느릿 걷다가 퍼뜩 드는 생각이 있었다. 교실에 가 보니 역시 김 자리가 비었다. 송 자리도 비었다. 잠시 후 40대 중반 영어 담당 담임 명 선생님이 씩씩거리며 들어왔다.

"싸가지 없는 새끼들이 하라는 공부는 안 하고 무슨

짓들이여."

무슨 말씀을. 문과 1등이 한 일인데. 명 선생님은 욕
만 잔뜩 늘어놓고 나갔다. 담임이 나가자 김과 송 걱정
에 조바심이 났다. 교무실에 가 학생과 쪽을 보니 둘이
엎드려뻗쳐 있다. 슬그머니 그 옆으로 가 엎드렸다. 학생
과장 '야마'가 발로 툭 찼다.

"이 새끼는 또 뭐야. 너도 한 패야?"

김이 내게 뭐라고 했지만 들리지 않았다. 같이 엎드
려 있는 게 편했다. 학생과장의 전용 '빠따'로 매타작을
당했지만 그들과 함께여서 아픈 줄도 몰랐다. 사정인즉
슨 《월간조선》이 1980년 4월호로 복간됐는데 '4·19'를
특집으로 다뤘다. 김이 손가락을 베어 '4·19를 상기하
자'를 피로 쓰고 송이 밤새우다시피 특집기사를 깨알같
이 베껴 적었다는 것.

"공부 지지리도 못하는 새끼는 꺼져. 니가 뭘 알아서
꼈겠나."

담임 명 선생님이 제 발로 찾아간 나를 걷어차 내보
냈다. 두드려 맞기 전에 꺼지라고 하던지. 교실로 돌아
왔더니 의협남아 몇이 내 주위로 몰려왔다. 자초지종을

설명했고, 그게 무슨 잘못이냐는 반응이었다. 지금도 별로 달라진 것 같지 않지만 학교에서 가르치지 않은 행동은 교칙위반으로 보는 것이 전형적이고 낡은 구속과 속박의 교육방식일 터였다. 혈서로 4·19 운운은 빨갱이 짓이라고 여겼는지도 모르겠다.

문과 두 반, 이과 일곱 반, 취업반이 한 반 있었는데 문과는 문과끼리 이과는 이과끼리였다. 1반과 2반이 문과이고 1반은 1층, 2반은 바로 위 2층이다. 쉬는 시간마다 아래위층이 급박하게 돌아갔다. 우리들의 논의는 김과 송이 어떤 처벌도 받지 않아야 하며 이 사건을 기화로 뭔가를 조직해야 한다는 것.

우리는 전두환이 허수아비 대통령 최규하 재가없이 병력을 이동해 12·12 반란을 일으켰다는 사실을 듣고 있었다. 4·19를 상기하자는 까닭은 우리 같은 고등학생들이 일어나 결국 이승만을 쫓아냈다는 걸 알았기 때문이다. 그러니까 우리는 전두환에게서 나라를 구하려고 했던 것이다!

3교시 끝나고 훈방돼 돌아온 문과 1등 김은 자퇴하겠다고 했다. 운동부 빼면 문과 꼴찌 나도 자퇴하겠다고 했다. 그랬더니 바로 자퇴연판장이 만들어졌고 김이 1번 내가 2번으로 문과 120명 중 100명 가까이가 연판장에 서명했다. 일주일에 한 사람씩 자퇴하는 걸로 전략도 짰다. 우리가 자퇴하면 나라가 어떻게 바뀔 건지 생각한 사람은 없었던 것 같다. 열여덟 살 의협남아들은 자못 비장하게 손을 맞잡았다.

김은 월요일부터 학교에 나오지 않았다. 우리는 전전긍긍하는 담임 표정을 살피며 의기양양했다. 화요일에는 얘가 진짜 안 오는구나, 싶었다. 수요일에도 결석하자 초조해졌다. 마침 문예반 지도하는 여걸 염 선생님이 우리를 불러 모았다.

"니들 무슨 짓 하는 거야. 얘 왜 학교 안 와?"

불안해진 우리는 자초지종을 말씀드리고 꿀밤을 한 대씩 맞았던가. 염 선생님과 함께 김의 집을 아는 내가 앞장서 찾아갔다.

"미친놈아. 니가 학교 그만둔다고 전두환이 내려온다니? 다음 계획은 뭔데?"

자퇴 결의한 우리도 김에게 학교에 나오라고 했다. 다음 날 학교에 나온 김은 담임에게 다정한 격려 말씀을 듣고 제자리로 돌아갔다.

"아가. 너는 서울대 가야 안 되냐. 교감 선생님께서 특별히 서울대 갈 학생이니 용서하라고 하셨다. 앞으로는 헛힘 쓰지 말거라."

나라를 구하려던 '우리' 계획은 끝났다. 그러나 내 계획은 끝나지 않았다. 나라와 상관없이 나는 진정 학교를 그만두고 싶었다. 내 18년 인생에 학교가 이렇게 고달플 줄 몰랐다. 중간고사도 코앞이다. 그 주 토요일 방과 후에 교무실로 담임 명 선생님을 찾아갔다.

"자퇴하겠습니다."

"빌어먹을 새끼. 잘 생각했어요. 가서 자퇴서에 아버지 도장 받아와요. 어서 꺼져요."

처음으로 허리를 구십 도로 꺾어 인사하고 나왔다. 자취방도 떠날 생각이지만 당장 뭐 정해놓은 것은 없었다. 다만 염 선생님이나 문예부 아이들이 찾아올 것 같아 아침 일찍 집을 나와 전철 타고 서울로 갔다. 남산도 올라가고 덕수궁도 갔다. 열흘간이나 배회하며 고민했는데 뭘 해야 할지 아무 결정도 할 수 없었다.

그런 어느 날 저녁에 자취방에 돌아왔더니 사람이

그득했다. 얼른 돌아서 나오려는데 변소 다녀오던 막내 숙부에게 딱 잡혔다. 끌려서 좁아터진 방에 들어가니 백부, 아버지, 숙부 두 분, 사촌형 등 집안 남자 어른이 다 모여 있다. 막내숙부가 안마당에 쌓여 있던 장작 한 개를 가져와 내 등짝을 후려쳤다. 아팠다.

"학교 갈래, 말래?"

"가겠습니다."

맞기 싫어서 가겠다고 한 것은 아니다. 학교 나와서 달리 무엇을 해야 할지 결정하지 못했기 때문이다. 그동안 아무도 돌아가라고 하지 않았는데, 돌아가기는 염치 없는 일인데 돌아가라고 등짝까지 때려주니 고마운 일이다.

"형님들. 저도 속이 얼마나 타겠습니까. 더 말씀하실 것 없이 믿고 돌아가자고요. 저 아이도 다 컸습니다."

백부는 일장연설이라도 하려고 준비한 듯했으나 막내숙부 말에 일어설 수밖에 없었다. 다들 책상 위에 만 원짜리 몇 장씩 놓고 나가 갑자기 부자가 되었다.

다음 날 학교에 갔더니 아이들이 개선장군이나 되는 듯 환호했다. 조례 들어온 담임이 조례도 없이 교무실로 데려가더니 다짜고짜 따귀를 서너 대 갈겼다.

"자퇴서 내놔요. 너 같은 새끼 필요 없어요. 자퇴서
내놓고 꺼져요."

그걸 본 문예부 염 선생님이 달려와 내 앞을 막아섰
다.

"야, 개새끼야. 니가 선생이야. 애가 잘못했다고 돌아
왔으면 안아줘야지 개 패듯 해!"

두 선생님의 악다구니를 보고 있으니 다른 선생님이
슬그머니 나를 빼내 교실로 돌아가라고 했다. 담임에게
잘못했다고 말한 적 없다고 나중에 염 선생님에게 말했
다가 눈흘김을 당했다.

얼마 뒤 2학년 전체가 경주로 수학여행을 떠났으나
나는 가지 않고 인하대학교에 가 데모 구경을 했다. 광주
에서 큰 난리가 났고 그것이 '광주사태'로 불린 5·18민
주화운동이었다는 것은 나중에 알았다.

소개령

1951년 봄. 가을에 큰당숙이 비명횡사하고 섣달에 중부가 처참한 변을 당한 시골집은 태어난 지 백일도 안된 사촌누나 울음소리 말고는, 청상이 된 큰어머니 한숨소리 말고는 개 짖는 소리나 들릴 뿐이었다. 누구 하나 소리 내 말하는 사람이 없다. 담도 없이 아래윗집인 큰집, 작은집이 똑같았다.

설을 맞아 백부 내외가 내려왔지만 차례도 지내지 않았다. 연달아 흉한 일을 당하기도 했고 상에 올릴 제수 마련도 어려운 형편이다.

"넷째는 금촌에 연합학교가 생긴다고 하니 등록하고 공부해야지. 형들 대신 더 열심히 해야 해."

형이라는 말에 숙부가 눈물을 훔쳤고, 옆에 있던 작

은숙부는 소리 내 울었다. 중부를 묻은 지 열흘도 되지 않았다.

"제수씨. 힘드시겠지만 저 어린 것을 봐서라도 힘내셔야 합니다. 저 아이는 우리 형제들이 어떻게든 함께 돌볼 것이니 장래를 걱정하지 않으셔도 됩니다."

백부 말에 청상 둘째 큰어머니 설움이 복받쳤다. 어린 것 사촌누나도 덩달아 자지러지게 울었다. 할머니도 한켠에서 옷고름으로 눈물을 찍었다.

얼마 뒤 이장이 마을 사람들을 불러 모았다. 이장 뒤에는 총 든 군인 십여 명이 도열해 있다.

"피난들 가셔야 한답니다. 우리 동네가 전시작전지역이래요."

"인민군 꼬라지도 못 봤는데 왜 피난을 가래?"

사람들이 웅성거리자 군인을 인솔해온 장교가 나섰다.

"임진강가는 모두 비워야 합니다. 저 임진리부터 내포리, 낙하리, 문지리, 오금리, 만우리, 대동리까지 모두 소개령이 내렸습니다. 내일까지 모두 떠나세요."

"어디로 가란 말이오?"

볼멘소리가 여기저기서 나왔다. 이장이 손을 들어 진

정시키면서 말했다.

"서울이든 부산이든 멀리 가셔도 좋지만 적어도 바구니고개는 넘어가셔야 한대요."

바구니고개는 어른 걸음으로 한 시간이 채 안 걸리는 법흥리 작은 고개다.

"겨우 거기 가려고 집을 비우란 말여? 개나 닭이나 짐승은 어쩌고?"

"여러분의 안전을 위한 불가피한 조처입니다. 다른 지시가 있을 때까지 일출 후부터 일몰 전까지는 계셔도 괜찮습니다. 그러나 밤에는 절대 안 됩니다. 밤에 남아 계시면 적과 식별하기 어려우므로 적군으로 간주합니다. 비 오는 날도 출입불가입니다."

총을 쏘겠다는 말이다. 웅성거리던 사람들이 움찔했다. 잠자리만 밖에 정해놓고 출퇴근해도 된다는 소리지만 어느 집에서 반겨줄 것인가.

그날 오후 피난 짐을 싸던 할아버지가 조용히 어딘가를 다녀왔다. 다음 날 오후 큰할아버지의 마차를 빌려 짐을 싣고 바구니고개로 갔다. 할아버지 친구가 소개한 집이다. 문간방이라고나 해야 할 작은 사랑방과 외

양간을 얻었다. 가을 마당질 끝나면 쌀말이나 주기로
했다. 할머니와 젖먹이가 딸린 청상 며느리가 방으로
들어갔고, 할아버지와 넷째, 다섯째 아들은 외양간에
거적을 두르고 깔아 냉기와 바람을 막았다. 안 쓴 지 오
래되었다고는 하지만 오래 묵은 소똥냄새는 어쩔 수 없
었다. 큰당숙 없는 큰할아버지 댁도 작은당숙이 수소문
하여 근처에 집을 얻어 옮겼다.

숙부는 금촌의 중고등학교 과정 연합학교를 잠깐 다
니다가 문산중학교 3학년으로 편입했는데 실력이 월등
해 선생도 놀라고 학생들도 놀랐다.

"쟤가 우리 동창인데 경성농중 수석했었잖아."

"수돗물 좀 먹더니 우리와는 다른 종이 됐네."

급우들 중에는 탄현국민학교를 같이 다닌 동창들도
몇 있어서 숙부는 신화적 인물로 급부상했다.

할머니는 늘 병약했으므로 할아버지만 출퇴근하듯
만 우리 집으로 가 농사를 지었다.

"닭 좀 잡아와요. 애들 먹이게."

가난한 집 피난생활에 삐쩍 마른 자식들이 눈에 밟
힌 할머니가 말했는데 할아버지가 볼 때는 늘 앓아눕

는 마나님이 더 걱정이었다. 어린 것 젖 먹이는 며느리도 부실했다. 할아버지는 닭을 세 마리나 잡아 물 끓여 털 뽑고 닦달해 지게에 지고 왔다.

주인집에서 얻어 쓰는 가마솥에 물 넉넉하게 잡고 푹 고아 주인집 영감 내외에게도 살점 넉넉하게 나눠주고 식구들이 둘러앉아 먹었는데 한창 먹성 좋은 열여섯 살 넷째와 열세 살 다섯째 손이 재 어른들은 국물이나 마셨다.

"한 마리 더 잡을 걸 그랬어요."

"한참 뒤에 또 잡아먹지."

그러나 닭은 더 잡지 못했다. 닭장에 예닐곱 마리 남았던 것이 며칠 뒤에 흔적도 없이 사라진 것이다. 족제비 소행인가 싶어 닭장을 아무리 살펴도 족제비가 출입할 만한 데가 없다. 족제비가 물어갔다면 닭털이라도 빠져 있어야 했다. 당시 마을에 고양이는 없던 시절이다. 족제비가 아니면 사람 짓이다. 젊은 애들이 닭서리를 한거라면 한 마리나 잡아가지 모조리 털어가는 법은 없다. 그러니 이웃일 리도 없다. 볼 것 없이 군인들 짓이다. 마을을 지켜준다며 아무 걱정 말라던 것들의 몹쓸 행각은 이미 알고 있다.

"어이쿠 돼지를 왜 몰고 가. 매일 드나들면서."

건너말 김 씨가 싸릿대로 돼지를 몰아갔던 것이다.

"빌어먹을 놈들이 벌써 한 마리 잡아먹었어요."

"어느 놈이?"

"누구겠어요. 우리 내쫓은 저 우라질 놈들이지."

"따져는 봤어?"

"우린 모르오. 인민군이 다녀갔나 보오, 이러고 딴청
이던데요."

민간인을 소개하고 태평천하를 보내는 중인 국군이
지내는 철조망 두른 막사에서는 밤마다 술과 고기로
흥청망청이라는 것이다. 갈보가 드나드는 걸 봤다는 사
람도 있다. 38선 이쪽저쪽에서 총격전이 벌어지는 전쟁
와중이다. 영문도 모르는 전쟁에 끌려나온 젊은이들이
매일 죽어나가고 있는데 임진강을 북쪽으로 둬 안전하
기 그지없는 안온한 요새에서 민간인들만 괴롭히는 것
이다. 자꾸 따지면 부역자 아니냐고 으름장을 놓는다는
것이다.

곧 풀려날 희망

1951년 2월 26일이다. 이날 아버지와 열댓 명 인민의
용군은 미군에게 붙잡혔다. 소대장이 권총과 탄창 하나
내놓은 것 말고 이들에게는 무기도 없다. 들고 다니던
목총은 벌써 땔감으로 없어졌다.

미군은 이들을 포박하지 않았다. 한 시간쯤 걸어 미
군 주둔지에 도착해 가장 먼저 한 일은 목욕이었다. 낡
고 해진 옷은 소각했고 헐렁한 미군복으로 갈아입었다.

"양키들은 밥을 안 먹나?"

"야들은 간스메만 먹고 사나 보네."

C-레이션이라고 부르는 양철 깡통에 담긴 음식은 맛
이 없었다. 그러나 배는 고파서 투덜거리면서도 꾸역꾸
역 입으로 들어갔다. 다진 고기나 콩은 억지로 먹었지

만 과자와 사탕은 천상의 맛이었다.

다음날 오전에 한 사람씩 불려나가 조사를 받았다. 소대장이 먼저 불려 나갔고 한참 뒤 아버지를 불렀다. 미군 장교와 통역병이 나란히 책상에 앉아 있었다. 소대장은 옆에 서 있었다. 먼저 이름과 나이와 주소를 물었다.

"인민군 가기 전에 무슨 일 했나?"

"학생이었습니다. 서울상업고등학교 1학년이었습니다."

통역병이 놀라는 눈치를 보였다.

"서울상고? 도상 말인가?"

"그렇습니다."

통역병이 장교와 잠깐 무슨 말인가를 주고받더니 확신에 찬 어조로 말했다.

"명문 서울상고 좌익 학생이었군. 새 세상이 왔다고 기고만장해서 전쟁나자마자 자원했지?"

"아닙니다. 저는 전쟁이 나서 부모님 계시는 고향으로 돌아왔습니다."

"그러면 고향에서 자원했나?"

아버지가 곁눈으로 소대장을 바라보았다. 소대장이

눈치 못 채게 고개를 저었다.

"고향에서 끌려왔습니다. 작년 8월 2일에 강제로 트럭에 실려 개성으로 갔습니다."

"전투는 몇 번이나 경험했나? 국군이나 유엔군을 몇 명이나 죽였어?"

"총을 만져본 적도 없습니다."

이들은 소대장에게 상황을 다 들었을 것이다. 대답에 반박하지 않는 걸로 봐 소대장의 진술을 확인하는 차원인 것 같다. 아버지 아니라 다른 사람도 진술이 달라질 것은 없었다. 소대장과 정든 것 말고는 모두 사실이니까. 6개월 넘게 도망 다닌 얘기는, 그야말로 이산저산으로 먹을 것이나 찾아 헤맨 것이어서 말하는 사람도 듣는 사람도 기운 빠질 뿐이다.

"소대장이 저희에게 미군 포로가 되라고 말했습니다. 저희를 이리저리 끌고만 다닌 걸 보면 인민군에 합류시킬 생각은 없었던 것 같습니다."

아버지 말에 하품하던 통역병이 눈을 크게 떴다. 소대장도 놀란 눈치였다. 통역병이 장교에게 아버지 말을 전했고 장교가 옆에 서 있는 소대장을 앞으로 나오라고 손짓했다.

작년 가을 중공군 참전으로 전세가 바뀌어 전 전선에서 퇴각하던 인민군이 남진했고 올 초에는 전선으로 이동하는 인민군 부대를 지나치기도 했다.

"우리가 저기 합류해봐야 총 쏘는 법도 모르는 너희들이 총알받이밖에 더 되겠니."

다른 일행은 눈치 채지 못했지만 혼잣말처럼 중얼거리는 소리를 옆에 붙어 있던 아버지는 분명 들었다.

"뭐라고요?"

아버지가 되묻자 소대장은 딴 데를 쳐다봤다.

"아무 말도 안 했다. 무슨 말 들었니?"

나중에 소대장이 미군포로가 되는 것이 좋겠다고 하는 말을 들은 아버지는 소대장이 무슨 생각을 하는지 확실하게 알게 됐다. 6개월도 넘게 끌고 다니면서 인민군을 만나지 못했다는 것도 생각해보면 이상한 일이었다. 인민군을 찾아다닌 것이 아니라 피해 다닌 것이 분명했다.

미군 장교가 소대장에게 영어로 물었다. 소대장은 듣

고 나서 조선말로 대답했다.

"미군 포로가 되라고 한 것은 맞습니다. 제네바협정으로 포로를 명예롭게 대하자는 국제적인 약속이 있지만 한국군은 그 규정을 잘 이해하지 못할 것이라고 생각했습니다. 유엔군으로 참전한 미군은 신사적으로 대할 것을 믿기 때문입니다."

통역을 들은 장교가 미소를 띠고 다시 물었다. 소대장은 또 조선말로 대답했다.

"내가 데리고 다닌 아이들은 훈련받지 않은 민간인입니다. 우리 쪽 사람이 강제로 끌고 와서 훈련을 시키라고 했지만 폭격으로 훈련시킬 시간도 장소도 없었습니다. 군인으로 키워지지 않았고 강제로 끌려왔으니 민간인입니다. 그런 아이들을 우리 군인으로 싸우라고 할 수는 없었습니다. 저 아이 말이 맞습니다. 억류된 민간인으로 대우해주시기 바랍니다."

장교가 또 물었다.

"나는 민간인이 아닙니다. 공화국 군인이고 장교입니다. 공화국 장교로 대우해주십시오."

소대장에 대한 발언으로 아버지 조사시간이 조금 오

래 걸렸을 뿐 다른 사람들은 일사천리로 끝났다.

"능력 없는 사람 따라다니느라 애썼다. 애초 우리는 만나지 않아야 했지만 나나 너희들이나 어쩔 수 없는 일이었지. 미군 당국은 너희들을 민간인으로 석방하기로 했다."

저녁에 소대장이 말했다. 일행은 감격해 훈련소에서 딱 한 번 해본 '공화국 만세'를 외칠 뻔했다. 모두 싱글벙글했다.

"소대장님은요?"

"나는 군인이니까 전쟁포로가 된 것이다. 너희들도 당장 풀려나는 게 아니고 남조선 당국으로 인계된 다음에 조사를 한 번 더 받고 풀려날 거야. 남조선에서 조사받을 때도 여기서와 마찬가지로 대답하면 된다. 모두들 다시는 만나지 말자."

멋진 작별인사를 한 소대장은 미군 지프를 타고 떠났다. 남은 사람들은 며칠 더 미군 막사에서 태평세월을 지내다가 미군 트럭을 탔다.

"어디로 가는 겁니까?"

한국인 통역병이 없어서 누구도 대답하지 않았다. 총

든 미군 두 명이 함께 탔지만 감시한다는 느낌은 없었다. 얼마나 달렸는지 트럭이 덜커덩 멈춰 일행을 내려주고 떠났다. 한국군 주둔지였다.

"빨갱이 새끼들이구먼. 앉아! 일어서! 엎드려! 이 새끼들아!"

군인들이 군홧발로 짓이겼다.

"놀러온 줄 아나? 뒈지러 온 거야, 이 새끼들아!"

실패한 침묵시위

1981년 봄. 고3 교실 뒷문으로 머리 하나가 쑥 들어왔다. 2학년 문과 1등 김이다. 다들 책상에 코 박고 모의고사 문제집 푸느라 정신없지만 나는 도서관에서 빌려온 책 읽다가 막 고개 들어 김과 눈이 마주쳤다. 김이 손짓해 함께 운동장 농구대 밑으로 갔다. 이 친구도 문예반.

"작년 형들 자퇴연판장 사건도 생각나고, 지금 대학에서는 민주화 바람이 한창이래고."

얘기인즉슨 고등학생 운동이 필요하다는 것이고 전교생을 조직해 시위를 벌이고 싶다는 것이다. 1학년을 설득하기 위해 3학년의 권위를 빌려달라는 것. 방과 후 2학년과 3학년 문예부 몇 명이 내 자취방에 모였다.

"3학년은 어렵지 않겠어? 1, 2학년만 월요일 전교 조회시간에 가방 들고 나와 무릎 꿇고 앉아 침묵시위 하는 걸로."

"토요일 방과 후에 1, 2학년 반장들을 모이게 해. 설명은 우리가 할 테니."

두발 자율화, 실내화 자율화, 교련 폐지, 구타 및 욕설 금지 등 구호도 정했다. '군부독재 타도'는 격론 끝에 넣지 않았다. 토요일 오후 빈 교실에 반장들이 모였다. 3학년 1등 김이 취지와 행동요령을 설명했고, 나는 복도에서 망을 봤다. 주번교사가 지나다가 우리가 모여 있는 걸 봤다.

"문예반 모임입니다. 금방 끝날 거예요."

"3학년 새끼들이 한가하게 문예반이냐? 어서 끝내고 공부해라."

3학년 김이나 2학년 김은 공부를 가장 잘하는 학생이거니와 1학년 반장 중에도 공부 잘하는 문예반원이 있어서 반장들을 쉽게 설득했다. 월요일 아침에 운동장 조회 나가기 전에 반 아이들에게 취지를 설명하고 가방을 들고 나가기로 한 것은 미리 얘기했다가 거사계

획이 새나가는 걸 방지하기 위한, 나름대로 치밀한 계획이었다.

그러나 치밀하지 못했다. 1학년 반장 중에 경찰서 고위 간부 아들이 있었고, 이 아이가 대학생 형에게 우쭐대며 우리도 데모한다고 말한 것을 어머니가 들은 것이다. 아이는 아버지 추궁에 얼굴 알고 지내던 중학교 선배 2학년 주모자 한 명을 불었고, 울면서 그 선배에게 전화를 했다. 그 통화가 막 끝났을 때 2학년 주모자 집에 경찰이 들이닥쳤다. 낮에 계획하고 저녁시간에 들통나버린 것이다.

리더 2학년 김은 서울 변두리에서 야매로 동네 아주머니들 파마해주며 어렵게 사는 홀어머니에게 갔다가 자취방으로 돌아오는 길에 별일 없는지 궁금해 친구에게 전화했다.

"경찰이 찾아왔고, 엄마 아버지도 함께 갔어."

친구 누나 말을 들은 김은 하늘이 노래져서 내 자취방으로 달려왔다.

"형 피해야 할 것 같아요. 다른 형들에게 전화도 해주고."

둘이 공중전화 찾아 전화해봤더니 다들 무사했다. 모두 나오라고 해 제물포역 인근 수봉공원으로 갔다. 다들 독립운동이라도 하는 것처럼 비장했지만, 이후 어떻게 행동해야 할지 어떤 대책도 정하지 못했다.

"너희들 말고는 내 방을 아는 사람도 없고, 내 주소지는 시골집으로 돼 있으니 안전할 거야."

내 자취방이 수봉공원에서 가깝기도 해서 통금 사이렌 울리기 전에 들어갔다. 소주 몇 병과 국내에서 대중 보드카로 생산한 하야비치를 사서 나눠 마셨을 것이다. 담배 피는 아이도 없었고 더 불량한 짓은 해본 적 없지만 우리는 종종 술을 마셨다. 문예반에서 시 쓰고 소설도 쓰는 문사들 아닌가.

"당당하게 학교 가자. 뭐 잘못한 것도 없잖아."

그렇게 결의하고 났더니 마음이 편해져 잘 자고 일어나 아침에 라면 끓여먹고 각자 집으로, 자취방으로 돌아갔다.

월요일 아침. 예상한 대로 학교는 발칵 뒤집혔다. 잡혀간 아이는 묻는 대로 술술 불고 2시간 만에 부모와 집에 돌아왔다고 했다. 2학년 주모자 두 명, 3학년 배후

네 명이 상담실로 불려가 하루 종일 반성문을 썼다.

"큰일 꾸미셨네. 대학 가서 해도 되는데."

경찰 하나가 상담실에 와 이죽거리고 돌아갔을 뿐, 선생들은 이상하게도 우리를 때리거나 욕하지 않았다. '구타와 욕설금지'라는 구호가 우리를 매타작에서 벗어나게 해줬다고 믿었다. 학교에서는 부모에게 직접 연락해 학교에 오도록 했다. 시골에서 농사짓던 아버지도 부랴부랴 달려와 봉투 하나 내밀고 굽신굽신 절을 몇번이나 하고 돌아갔다는 얘기를 나중에 들었다. 다른 아이들도 아버지 혹은 어머니가 다녀갔다. 그러나 리더인 2학년 1등과 3학년 1등 두 김의 부모는 학교에 오지 않았다.

"부끄러운 일도 아닌데 내가 왜 학교에 가 잘못을 빌겠니."

3학년 김의 은퇴목사 아버지 얘기다. 2학년 김의 어머니는 왜 안 왔는지 모르겠다. 학교에서 징계위원회가 열렸고 두 김의 퇴학이 결정됐다. 둘 다 서울대는 따 놓은 당상이라 갑론을박이 있었다고 했지만, 둘은 미련 없이 학교를 떠났다. 울며불며 매달려도 시원찮을 판에,

봉투도 없이 퇴학 안 시키면 자퇴하겠다고 목소리를 높였으니 '개전의 정' 따위는 없었다. 나머지 우리들은 일주일인가 열흘인가 유기정학을 받았다.

그전에는 꿈도 안 꿨지만 나는 대학에 가기로 결정했다.

"난 검정고시 보고 대학 갈 거니까 대학생으로 만나자."

퇴학당한 김이 그렇게 말했기 때문이다. 그러나 고등학교에 들어온 후 책만 읽었지 공부를 해본 적이 없어서 뭘 어디서 어떻게 시작해야 할지 막막했다.

"대학에 가겠다고? 이제 와서 갑자기?"

같은 반 서는 어이없는 표정을 지었다. 서는 강화도 촌놈 방과 수군대더니 국사 교과서나 읽으면서 며칠 기다리라고 했다. 교과서를 꼼꼼하게 정독해 보기는 처음이다. 읽고 났더니 국사 시험지를 줘 혼자 풀었다. 아는 답이 많았고 알쏭달쏭한 게 몇 개 있었다.

"야, 이 자식. 책 많이 읽더니 되네. 이해가 빠른 거야, 암기가 빠른 거야?"

제일처럼 기뻐한 서와 방은 자신들이 정리한 과목별 요약노트를 내게 줬다.

"의문 갖지 말고 무조건 외워. 국어는 웬만큼 되니까 문제집 좀 풀면 될 거고. 영어, 수학은 이생에서 안 만난 걸로 치고. 대학 같이 가자."

그때 학교에서 희한한 입시반을 운영했다. 빈 교실 하나에 원하는 고3을 몰아넣고 밖에서 문을 잠그는 것. 새벽 5시에 열고 밤 11시에 닫았다. 화장실 가기 위해 1시간마다 문을 열어줬고, 낮 수업시간에도 담당과목 선생님 허락이 있으면 수업 대신 들어갈 수 있었다. 내가 이 교실에 들어가겠다고 하자 담임 '짱구' 선생님이 비웃으며 콧방귀를 뀌어 다음 날 머리를 박박 밀고 갔더니 '미친 놈' 하면서 넣어줬다. 이 교실에서 서와 방이 준 노트를 다 외웠다.

여름방학이 되자 둘이 독서실 다닌다며 내게도 출입증을 끊어줬다. 내가 졸면 옥상으로 끌고 올라가 체조를 시켰다. 눈물 나는 우정이 아닐 수 없었다. 그러나 20여 일 만에 독서실을 탈출하다시피 그만두었다. 외우라는 건 다 외웠고 뭘 더 할 게 없었다. 4월 중순께부터 7월 말까지 백일 정도 용맹 정진한 것 같다. 다시 배다리 헌책방 돌아다니면서 책을 사고 읽었다. 몇 개월 걸려《뿌리깊은나무》창간호부터 전질을 구한 것도 이 무렵이다.

1981년 11월 24일 '예비고사'에서 '학력고사'로 바뀐 대입시험을 치렀다. 나는 몰랐지만 이해에 영어와 수학 시험이 어려워 공부 잘하는 아이들도 점수를 많이 받지 못했다고 했다. 나는 생각 없이 찍어 반타작은 했다. 국어는 두어 문제 틀렸고, 내게는 암기과목인 사회 과목, 생물 등은 거의 만점을 받았다. 서와 방의 노트 덕분이다.

점수 발표하는 날 '짱구' 담임이 내 점수를 보고 놀라서 '어 이 새끼 봐라.' 하며 정신봉으로 내 머리를 내리쳐 까무러칠 뻔했다. 원서 쓸 때 고대 국문과 가겠다고 고집부리다가 또 맞았고 그럭저럭 서울 변두리 대학에 입학했는데, 그해 고대 국문과는 미달이었다. 내신성적을 최종 점수에 반영했는데 내신 15등급 중 나는 13등급이어서 학력고사 점수에서 12점인지 13점을 제해야 해서 억울하기 그지없었다. 평소 공부 안 한 걸 반성하지는 않았다.

서울 모 고등학교 진학부장이던 숙부도 내 점수에 놀라 '1년만 파고들면 영어, 수학도 점수 받을 수 있다'

며 재수를 권했지만 끔찍해서 대꾸도 하지 않았다. 서는 연세대에 방은 고려대에 합격했고, 퇴학당한 3학년 김과 2학년 김은 검정고시 후 이듬해 서울대에 나란히 합격했다. 서울대 합격자 두 명을 검정고시에 빼앗긴 학교는 속이 쓰렸을 것이다.

거제도 포로수용소

한국 정부는 인민군이 남한지역을 강점했던 3개월 중 강제로 의용군이 된 자들은 적이 아니라, 구원된 사람으로 규정하여 '어디까지나 관용하여 석방될 방침'이었다.[*]

그러나 총도 만져보지 못한 인민의용군들인 아버지 일행은 한국군에 인계되자마자 피칠갑이 되도록 두드려 맞았다.

"우리는 민간인입니다. 미군이 우리를 풀어준다고 약속했습니다."

소용없었다. 말대꾸한다고 더 맞기만 했다.

---

[*] 조성훈, 《6·25전쟁 휴전협상 중 남한출신 의용군 문제 누락 배경과 해결 방안》, 통일문제연구.

"한국군은 아무 조사도 하지 않았어. 때리고 걷어차고."

전쟁포로도 아니고 그냥 빨갱이 취급이었다고 했다.

"지옥 같았어."

죽음의 공포를 느꼈다.

"그리고 곧바로 거제포로수용소로 갔어요?"

"아니. 어딘지는 모르겠는데 임시포로수용소로 옮겨 며칠 지냈어. 거기서 다시 조사를 했고 미군에게 대답한 대로 똑같이 했어."

"그러면 민간인 억류자로 분류해 풀어줬어야지."

"거기서는 민간인으로 분류됐지만 풀어주지는 않았어."

심사가 끝나고도 풀려나지 못하고 계속 억류된 이유는 '잠재적으로 유엔군에 위협이 될 수 있다는 점보다 일단 포로로 분류되었던 이상 이들의 일방적인 석방이 휴전협상의 지연과 공산 측에 억류되었던 미군 포로들이 받을 보복을 우려하여 민간인 억류자를 휴전협정이 조인될 때 석방할 예정이었다.'*

---

* 조성훈, 〈6·25전쟁 휴전협상 중 남한출신 의용군 문제 누락 배경과 해결 방안〉, 통일문제연구.

왜냐하면 북한 측에서 민간인 억류자를 인정하지
않고 모두 포로로 송환해야 한다고 주장했기 때문이다.

이런 사정을 알 길 없는 아버지는 휴전협상에 필요한
인질이었던 셈이다. 아버지뿐만 아니라 인민군이 강제
징집한 5만여 명이 모두 인질이었다. 국가는 이들을 협
상의 미끼로만 이용하였다.

"포로교환할 거라는 얘기를 들었어. 가고 싶은 사람
은 북쪽으로 보내준다고."

"가겠다는 사람도 있었어요?"

"우리 천막에는 다 나처럼 강제 징집된 사람들이라
가겠다는 사람은 없었지."

민간인 억류자라고 인정했고, 북쪽으로 보내달라는
사람도 없는 민간인 포로들을 국가는 그때 막 지은 거
제도 포로수용소로 보냈다. 그전까지 최대 규모 수용소
는 부산에 있었다. 포로가 점차 늘어나자 유엔군사령
부는 제주도를 포로수용소로 검토했으나 제주도는 이
미 피난민으로 초만원이었다. 게다가 식수가 부족했다.
1947년 4·3항쟁은 제주도를 공산폭도의 섬으로 낙인
찍어 공산세력이 잔존할 것으로 의심했다. 결정적으로

는 전쟁 승패가 여의치 않을 경우 한국 정부가 이전해야 할 최우선 지역이었다.

포로수용소 건립계획은 거제도로 급선회했다. 섬이기 때문에 관리 인력과 경비가 용이할 것이고, 식수가 충분하며 논밭이 많아 식량공급이 원활하다는 점이 장점으로 부각됐다. 좌고우면할 시간이 없었으므로 1951년 1월 말부터 공사를 시작함과 동시에 포로 이송이 시작됐다. 처음에 도착한 포로들은 미공병대 불도저가 평탄작업을 한 땅에 자신들을 가둘 철조망 울타리를 치고 감시 망루를 설치하는 것으로 포로생활을 시작했다. 비바람을 가릴 천막도 직접 쳤다. 임시 수용된 뒤에는 직접 흙벽돌을 찍어 담을 쌓고 페치카 등 난방시설도 갖췄다. 초기 포로수용소는 거대한 건설현장이었다.

1951년 2월 말에 5만여 명의 포로가 이송됐고, 아버지가 포함된 3월 말에는 10만 명의 포로가 거제도로 들어왔다. 이때까지도 포로수용소 건설이 한창이어서 아버지도 서너 달은 '노가다'에 투입됐다고 기억했다.

"초기에 노가다 나갈 때는 마음이 편했어. 다들 피곤하니까 일하고 들어와 쓰러져 잤으니까."

그러나 그때뿐이었다. 살아남기 위해, 석방되기 위해, 자신들의 이념을 사수하기 위해 죽기 살기로 싸웠다. 방관자는 없었다. 살아남기 위해서는 이편이든 저편이든 속해야 했다.

"반공청년단이 그때 거기서 만들어졌어. 빨갱이 소리 안 들으려면 가입해야 했지. 난 스무 살이 안 돼 소년단에 들었고."

대한반공청년단을 말하는 것이다. 친공포로와 싸우기 위해 반공포로들이 자발적으로 만든 것으로 알려졌지만 사실은 군인들, 즉 남한 정부가 지원한 것이다. 하루빨리 석방되고 싶어서 너도나도 가입하고 반공정신으로 무장했을 것이다.

거제도 포로수용소 생활을 물을 때 아버지는 말을 멈췄고 눈물을 흘렸다. 나도 눈물이 났다.

"언제 풀려나셨어요?"

"1952년 6월 29일."

"거제도에서요?"

"거제도에서 풀어주는 줄 알았는데 4월 말쯤에 14수용소로 보내더라고. 거기서 얼마간 있다가 풀려났어."

14수용소는 경북 영천인데 민간인 억류자로 분류한 사람들만 수용했다. 북한출신으로 송환을 거부하는 포로들은 부산 11수용소, 광주 15수용소, 논산 16수용소로 보냈다. 남한 출신 포로는 마산 12수용소로 갔다. 풀려날 때 모포 1매, 식기 1식, 셔츠 1매, 하의 1매, 잠방이 1매, 구두 1족, 양말 2족, 모자 1개 등과 30일 분의 식량도 지급했다. 석방자의 하차역은 경남출신은 마산역, 경북출신은 대구역, 전남출신 송정리역, 전북출신 이리역, 충남출신 대전역, 충북출신 청주역, 경기·서울출신은 수원역, 강원출신 원주역, 제주출신 부산역, 기타 지방출신은 마산역이었다.[*]

"풀려날 때 기분이 어떠셨어요?"

"살았구나, 했지."

"바로 집으로 오셨어요?"

"그럼. 수원역까지는 인솔자가 있었고 거기서 헤어져서 기차 타고 금촌역에 내려 걸어왔어."

하늘을 나는 기분이었을까. 자꾸 눈물을 흘리셔서

---

[*] 조성훈, 〈6·25전쟁 남북자 대상자별 실태 파악 및 명예회복 방안 연구〉.

수용소 생활을 제대로 듣지는 못했지만 따로 찾아본 소설, 논문 등을 보면 아비규환의 지옥이었다. 그 지옥에서 살아나온 것이다. 부모님이 얼마나 반가워하실까. 스무 살이 된 아버지는 자꾸 웃음이 터져 나왔을 것이다.

거제도포로수용소유적공원을 가본 적 있다. 아버지의 고통스러운 기억을 느껴보려고 했는데 아버지의 '그때 그곳'이라는 것 말고는 감정이입이 되지 않았다. 반공전시관일 뿐이었다. 짜증났다.

다녀왔습니다

고향마을에 주둔했던, 흥청망청 좀도둑 군인들이 슬그머니 떠났다. 바구니고개로 피난 간 사람들이 하나둘 돌아왔다. 소개령 이후에도 낮에는 들어올 수 있었으므로 사람 살던 집이나 다름 없었다. 와중에 문산중학교에 편입해 다니던 신동 숙부는 문산농업고등학교에 입학했지만 영 시시했다.

"넷째를 맡아 데려가라."

백부가 다니러왔을 때 할아버지가 말씀하셨다. 그때 백부는 산업은행 홍성지점 대리로 근무했다. 홍성이 도시도 아니지만 휴전협상이 진행 중인 때 임진강가 접경 지역보다는 나을 것이라고 판단하셨을 것이다. 백부는 군말 없이 숙부를 데리고 가 홍성고등학교에 편입시켰다. 여기서도 숙부는 공부를 가장 잘했고, 학교는 시시했다.

"인천지점으로 발령났구나. 학교를 또 옮겨야겠어."

백부 인천 발령 소식을 숙부가 더 반겼다. 인천만 해도 큰 도시여서 공부해 볼 환경이 되겠다고 생각한 것이다.

"형님. 셋째 형님은 언제 풀려 오실까요?"

"풀린다고 했으니 곧 오겠지."

민간인 억류자 석방 결정은 6월 23일이고 다음 날 신문에 기사가 나 알고 있었던 것이다. 인천으로 이사하기 일주일 전쯤 퇴근 시간 무렵 아버지가 산업은행 홍성지점에 나타났다.

"형님."

아버지가 백부를 보자마자 어깨를 들먹이며 울음을 터뜨렸다.

"네가 여기를 어떻게 알고 왔어? 집에 안 가고?"

백부도 눈물이 줄줄 흘렀다.

아버지는 수원역에 내렸으나 밤늦은 시간이라 대합실에서 잤다. 서울경기 출신 억류자 수백 명이 한꺼번에 내려 대합실은 북새통이었으나 자유의 몸이 된 첫날이라 다들 밝았다. 무리지어 술판을 벌이는 사람들도 있었다. 아버지는 다음 날 첫차로 서울역에 와 경의선을 갈아타고 금촌역에 내려서 걸었다. 신작로 따라 두어 시간 걸어 서낭당고개를 남겨두고는 길을 버리고 사람들을 맞닥뜨리지 않으려고 어려서 나무하던 산길로 갔다. 사람들이 무서워서가 아니라 요란스레 인사받기 싫어서였다. 저녁 어스름이 내리기 전이었다.

"아주머니."

활짝 열린 대문 안에 들어서니 형수가 아이를 업고 우물에서 물을 긷고 있었다. 형수는 금세 시동생을 알아보지 못했다. 2년도 채 안 지났지만 그전에도 몇 번 안 만나 얼굴을 제대로 본 적 없는데다가 세파에 찌든 얼굴에 키가 훌쩍 컸기 때문이다. 그전에는 까까머리에 단정하게 교복 입은 모습만 봤다.

"누구세요?"

형수는 되묻다가 그때서야 의용군 나간 시동생임을 알아채고 들고 있던 두레박을 떨어뜨리며 소스라쳤다.

"어머나! 어머니!"

형수의 새된 목소리에 할머니가 부엌에서 달려 나왔다. 방에 있던 막내숙부도 아버지를 일별하고는 담 없는 옆집 큰집으로 내달았다.

"형님 왔어요. 셋째 형님!"

할아버지가 놀라서 눈을 크게 떴다가 얼른 막내를 앞세워 집으로 갔고 역시 놀란 큰할아버지도 입을 떡 벌렸다가 뒤꼍 닭장으로 갔다.

아버지가 안마당에서 할아버지와 할머니에게 큰절을 했다.

"다녀왔습니다."

할아버지는 헛기침을 했고, 할머니와 큰어머니는 눈물을 줄줄 흘렸다.

"고생했구나. 고생했어."

고생이란 말에 포로생활이 파노라마로 떠오르면서 아버지 눈시울이 뜨거워졌다. 그러나 잠깐이었다. 가족들은 아버지가 무슨 고생을 했는지 모르고 있다. 굳이 말할 생각도 없다. 아버지가 침을 꿀꺽 삼켜 가슴의 뜨거운 기운을 눌렀다.

"근데 형님은 어디 가셨어요? 논에 가셨나?"

내게는 중부인 둘째 형을 묻는 것이다. 아버지 물음에 할아버지 눈에서 눈물이 흘렀고 할머니와 큰어머니는 통곡을 했다. 막내숙부도 엉엉 소리 내 울었다. 이번에는 아버지가 놀랐다. 왜들 이러시나. 아버지가 눈을 멀뚱멀뚱 뜨고 이 사람 저 사람 바라보았지만 식구들은 방금 초상이나 난 것처럼 울기만 했다. 뭐가 잘못됐구나 싶었다.

"셋째는요? 학교에 갔어요?"

"셋째는 네 큰형에게 갔다."

그때 에헴, 하면서 큰할아버지가 내려왔다. 큰할아버지는 가는 새끼줄로 다리를 묶은 닭 두 마리를 들고 있다.

"큰아버지 절 받으세요."

아버지가 땅바닥에 넙죽 엎드려 절했다.

"잘 왔구나. 올 때 동네 사람 누구 보았니?"

"아무도 못 봤습니다. 서낭당고개 넘기 전에 산길로 왔어요."

"잘했구나. 밖에 나가지 말거라. 막내도 형 왔다는 얘기 어디 가서 하지 말고."

큰할아버지는 부역자로 몰려 맞아죽은 당신 아들을 생각했을 터였다. 그러나 아버지는 큰당숙 일도 모르고 있다. 큰아버지가 들고 있던 닭을 안마당에 던졌다.

"닭달해서 조카 과먹이게."

큰할아버지가 돌아서자 할아버지가 닭을 집어 들었고 막내숙부가 눈치 빠르게 칼을 들고 뒤따랐다. 할아버지가 닭 멱을 따 숨통을 끊었고 큰어머니가 가마솥에 끓고 있던 뜨거운 물을 가져왔다. 닭을 뜨거운 물에 담가 닭털을 깨끗하게 뽑았고 배에 칼집을 내 내장을 긁어내 닭달이 끝났다. 아버지는 묻고 싶은 게 많았지만 식구들 누구 하나 곁을 주지 않았다. 할머니는 어린 손녀를 안고 어르면서 아버지 눈을 피했고 식구들 모두 더 바쁜 티를 내 말을 붙이지 못했다.

닭을 고아 저녁상을 차리고 큰할아버지를 불렀지만 속이 안 좋다며 내려오지 않으셨다.

식구들은 모처럼 저녁을 잘 먹었다. 밤중에 큰할아버지가 식구들을 다 불러 모았다.

"조카가 무사히 돌아와 반갑고 다행인데 시국이 안정되지 않았으니 당분간 어디 가 있는 게 좋겠어."

할아버지가 얼른 받았다.

"큰애에게 보내야겠어요. 거기서야 누가 알아볼 사람도 없을 거고."

"너희들, 누구에게도 저애가 돌아왔다는 얘기 하지 말아야 해. 명심하거라."

아버지는 다음 날 새벽 도망치듯 떠나 백부를 찾아갔다.

양계사업자

아버지는 할아버지보다 백부를 더 믿고 의지했다. 백부가 의용군 나가라니까 군소리 없이 따랐고, 할아버지가 백부에게 가 있으라고 해 얼른 왔다. 앞으로 어떻게 해야 할지 길을 인도해줄 사람은 백부라고 믿고 있다.

"하룻밤 자고 바로 온 거라고?"

"네. 저도 당분간 피해 있는 게 좋을 것 같고. 그런데 둘째 형도 큰집 사촌형도 안 보였어요. 무슨 일 당했거니 짐작은 가지만 아무도 얘기해주지 않아서."

백부가 눈을 감았고 고등학생 숙부도 얼굴이 일그러졌다.

"사촌형은 동네 위원장 지냈잖아요. 그때 불만 가진 사람들이 있었나 봐요. 그 사람들에게 일을 당하셨어요. 누구인지 짐작은 가지만 큰아버지가 다 묻어두라고 하셔서 다들 쉬쉬하고 있는 거예요."

"둘째 형님은?"

대답을 짐작하고 있는 듯 아버지 눈에서 눈물이 흘렀다.

"둘째 형님은 그해 섣달에 불발탄 만지다가 돌아가셨어요."

백부가 눈물을 훔치고 말했다.

"둘째 대신 너를 내보내 고생시켰는데 그 보람도 없이 그놈이 그렇게 됐어."

백부가 인천지점으로 옮겼고 두 아우도 어린 조카들과 함께 갔다. 인천에서 아버지는 시름시름 아팠다. 포로생활의 긴장이 풀린 탓이다. 그러나 스무 살 아닌가. 곧 털고 일어났지만 달리 할 일이 없었다.

"너는 전쟁포로가 아니고 민간인 억류자로 분류됐다고 했지? 그럼 복교할 방법이 있을 거야."

그러나 눈치를 좀 봐야 했다. 도처에 부역자를 색출한다고 눈을 시뻘겋게 뜨고 다니는 사람들이 있었다. 백부가 두어 차례 아버지가 다니던 학교에 다녀오기도 했다. 학교는 지침이 없어서 방침도 없다고 건조하게 대답했다.

숙부는 인천고등학교에 편입학 원서를 냈다. 여름방학 중이어서 2학기에는 편입허가가 날 것으로 믿었지만 소식이 없었다. 학교로 찾아가니 서류 받은 게 없다고 했다.

"제가 직접 와서 교무주임 선생님께 드렸습니다."

교무주임은 고개를 갸웃하며 자기 책상서랍을 뒤져 서류를 찾아냈다.

"이게 여기 있었구먼. 내가 실수했는걸. 심사 기간도 필요하니 다음 학기에 만나세."

숙부는 크게 실망했다. 한 학기를 어떻게 기다린단 말인가. 그때 숙부에게 다른 생각이 떠올랐다. 서류를 달라고 하여 받아들고 집으로 돌아왔다.

"형님, 저 서울에 가 경기고등학교에 편입하겠습니다. 셋째 형님도 저와 함께 가서 복교하시고요."

경성농업중학교 수석합격 하고도 포기각서 쓰고 경기중학교 입학시험 봤던 숙부다. 백부도 인천고등학교의 엉성한 행정 처리에 화가 났지만 어린 아우를 혼자 서울로 보낼 수는 없었다.

"편입이 된다는 보장도 없고 셋째는 복교하려면 좀 기다려야 해."

그러나 숙부는 막무가내로 서울로 갔다. 기차를 탔는데 노량진이 종점이었다. 한강철교는 폭파됐고 임시 복구한 인도교를 건너려고 했더니 도강증 검사를 했다. 도강증이 있는 줄도 몰랐다.

"피난 갔다가 학교에 복학하려고 가는 길입니다. 보내주세요."

군인들은 완강했다. 숙부는 두 시간 반 동안이나 떼를 쓰며 보내달라고 간청했다. 인천고등학교에 냈던 편입 서류도 보여줬다. 보초병은 까막눈인지 거들떠보지도 않았다. 한참 만에 장교 한 사람이 오더니 서류를 펼쳐들었다.

"경성농중 다녔네. 반갑다. 나도 경성농중 다녔어. 열심히 공부해서 나라의 훌륭한 일꾼이 돼라."

장교는 군인트럭을 세워 숙부를 태워 강을 건너게 했다. 순 운이었다.

경기고등학교에 찾아가 편입하고 싶다고 했다.

"우리는 어중이떠중이 받지 않는다. 부모님 모시고 다시 와."

전쟁 중임에도 최고 엘리트학교다운 대답이다. 기분이 상했지만 간청했다.

"부모님은 파주 시골에 계시고 형님은 인천 산업은행에 근무하십니다. 와주실 형편이 안 돼요."

"괜한 시간 낭비 마라. 이 학교는 아무나 입학할 수 없어."

"제가 경성농중 수석합격생입니다. 얼마든지 이 학교에서 공부할 수 있어요."

굳이 경기중학교 시험에 낙방했었다는 얘기는 하지 않았다.

"글쎄다. 아무래도 부모님과 상의해봐야 하겠으니 모시고 오너라."

"편입시험만 보게 해주세요. 합격하면 받아주고 떨어지면 안 오면 되잖습니까."

결국 경기고등학교는 편입시험 기회도 주지 않았다. 낙망한 숙부는 고민 끝에 전에 다니던 경성농업중학교를 찾아갔다. 학교는 중고가 분리됐고, 고등학교는 이름도 서울농업고등학교로 바뀌었다.

"중학교 수석합격은 알겠는데 고등학교 입학기록은 없네."

"그때는 전쟁이 터져서 고향에 있는 문산농업고등학교에 들어갔습니다. 편입시험을 보겠습니다."

서울농고는 선생과 간단한 문답으로 편입이 결정됐다. 아버지도 우여곡절 끝에 서울상업고등학교 복교가 결정됐다. 얼마 뒤 백부도 다시 서울 본사로 발령받아 형제는 다시 큰형 집에서 학교를 다녔다.

어느 날 셋째, 넷째 형제가 아버지 같은 큰형 백부 앞에 앉았다.

"형님, 드릴 말씀이 있어요."

"왜 이렇게 진지해? 월사금은 냈지?"

형제는 학비 등 모든 것을 큰형에게 의지하고 있었고, 매번 미안해 어쩔 줄 몰라 했다.

"월사금은 냈는데 또 어려운 말씀 드리려고요. 돈 좀 더 해주세요. 월사금 반년 치 정도요."

"돈이 왜 그렇게 많이 필요해? 무슨 일이야?"

마당 한켠에 닭장을 만들어 형제가 닭을 키우겠다는

것이다.

"조카들에게 달걀도 먹이고 그거 팔아서 우리 등록금도 해결할 수 있어요."

숙부 아이디어였다. 전쟁 후라 서울에서 생필품 품귀 현상이 일어나고 있는데 특히 달걀이 부족해 값이 많이 뛴 것에 착안한 것이다. 아우들이 신문이라도 돌려 백부 부담을 줄여주겠다는 것을 그 시간에 공부하라고 말리던 차였다. 닭은 공부할 시간을 많이 빼앗을 것 같지 않아 그렇게 하기로 했다.

병아리를 샀고 무럭무럭 커 알을 낳기 시작했다. 백부는 식구들 찬이나 하면 다행이라고 생각했지만 대성공이었다. 닭똥 냄새가 문제였지만 소득에 비하면 참을 만했다. 두 형제는 고등학교 마칠 때까지 백부에게 손 벌리지 않았다. 오히려 조카들에게 주전부리도 사다주는 양계사업자가 됐다.

천륜을 끊다

한시름 놓았다. 셋째는 무사히 돌아왔고 학교도 잘 다닌다고 하니 됐다. 넷째는 똑똑하고 야무져서 어려서부터 참견할 일이 없었다. 막내도 학교 잘 다니고 있다.

"임자 생각은 어때?"

"쟤 생각부터 물어봐야 하잖아요?"

"걔가 냉큼 좋다고 하겠나. 입도 뻥긋하지 말아."

"그렇다고 어린 걸 두고 어떻게…."

양주는 오래전부터 밤마다 두런두런 걱정이 끊이지 않았다. 어느 날 이른 조반 마치고 할아버지가 두루마리에 갓 쓰고 훌쩍 나갔다.

"다녀오리다."

걸어서 세 시간 거리 사돈에게 간 것이다. 사돈끼리

반주 곁들인 겸상으로 마주 앉았다.

"면목이 없소이다."

할아버지가 먼저 입을 열었다.

"사위가 그리 된 게 시절 탓이지 사돈 탓이겠소."

"그러니 데려가시오."

할아버지 말에 사돈이 의아한 표정을 지었다.

"데려가다니? 무얼?"

"따님을 데려가시오."

그때서야 사돈이 의중을 알아채고 깜짝 놀라 밖에 대고 소리쳤다.

"임자! 이리 좀 와 봐요."

안사돈이 치마를 여미고 들어와 다소곳이 앉았다.

"다시 말해보시오. 누구를 어떻게 하라고?"

"따님을 데려가시오. 젊디젊은 것 내 집 귀신 만들 생각 없소이다."

안사돈도 놀랐다. 눈물이 주르륵 흘렀다.

"시집갔으면 그만이지 신랑도 없는데 소박을 맞히시는 겁니까?"

안사돈 말은 마음에 없는 말이다. 할아버지도 알고

바깥사돈도 안다. 바깥사돈이 의논성 있게 물었다.

"어린 것은 어쩌고요?"

"어린 건 버리고 가야지 그걸 달고 어떻게 팔자를 고치겠습니까?"

소박 맞히는 거냐든 안사돈이 앉은 채로 꾸벅 절을 했다.

"사돈, 고맙습니다. 고맙습니다."

바깥사돈이 침을 꿀꺽 삼키고 또 물었다.

"그 애에게는 운을 떼보셨습니까?"

"말도 못 꺼냈습니다. 아이 떼놓으라면 펄펄 뛰겠지요."

술만 몇 잔씩 들었을 뿐 밥은 그대로였다.

할아버지는 불콰해진 얼굴로 휘적휘적 집으로 돌아왔다. 사촌누나는 막 젖을 뗐다. 젖떼기를 기다린 것이다.

며칠 뒤 사돈이 시골집에 왔다.

"어서 점심 차려드려라."

할머니는 며느리에게 이르고 사촌누나를 업고 나갔다. 며느리는 친정아버지가 왜 오셨는지도 모르고 부랴부랴 점심상을 차렸다.

"너도 같이 먹자."

할아버지가 며느리를 불렀다.

"저는 나중에 어머니와."

"어머니 어디 좀 가셨다. 어서 밥 가져와라."

나중에 먹겠다는 며느리를 기어코 앉혔다. 서울 아들
들이 내려오면 식구가 많아 따로 먹었지만 막내 학교 가
고 시부모와만 있을 때는 밥을 같이 먹었으므로 어색할
것은 없었다.

"아버지 웬일로 오셨어요?"

밥상 물릴 때쯤이다.

"네 어머니가 많이 아프다. 너를 찾는구나."

기껏 생각해낸 핑계지만 친정어머니가 아픈 건 사실
이다. 늘 골골했기 때문에 새삼스러울 것은 없는데 친정
아버지가 올 정도면 많이 아픈 것이다.

"여기 걱정 말고 아버지 모시고 어서 가 보거라."

"아이를 데려가야…"

"데려가 봐야 성가시지. 그냥 가거라. 애가 밥도 잘 먹
잖니."

내 큰어머니인 며느리는 죄송해서 어쩔 줄 모르는 표
정으로 친정아버지를 따라갔다. 당장 양가 어른의 꿍꿍

이가 있는지 알 턱이 없으니 마을을 벗어나서는 날듯이 기뻤을 것이다. 시집온 뒤 한 번도 친정나들이를 해본 적 없다.

할머니는 사촌누나를 건넛마을에 맡기고 돌아왔다. 예상대로 큰어머니는 다음날 점심 무렵 들이닥쳤다. 걱정이 돼 친정오라비 하나가 따라왔다. 할머니는 며느리를 집안에 들이지 않았다.

"너는 이제 남이다. 어서 돌아가거라."

"말씀대로 할 테니 아이를 내 주세요. 어미가 돼 그 어린 걸 어떻게 버리고 간답니까?"

"애는 서울로 보냈다. 고만고만한 사촌들하고 잘 키우겠다고 큰애가 데려갔어."

큰어머니는 철퍼덕 주저앉아 울부짖었다.

"어떻게 천륜을 끊습니까? 안 됩니다. 안 돼요!"

"이것아. 여자팔자 뒤웅박이라고 네가 서방 잘못 만난 탓인 걸 어쩌겠니. 네가 이 집 귀신 될 까닭이 뭐가 있어. 어른들이 시키는 대로 해라. 제발? 응?"

할머니도 울고 친정오라비도 울었다. 장독대에 흐드러지게 핀 맨드라미도 붉게 울었다. 할아버지는 내다보지도 않았다.

　큰어머니 친정에서는 어린 아들 하나 둔 서른도 안
된 홀아비가 있어 혼사를 정했다. 재취로 가기 전에 딸
얼굴 한 번만 보겠다고 또 왔지만 할머니는 보여주지
않았다.

　"눈에 담아가서 무슨 한이 되려고 그러니. 잊거라. 잊
어야 네가 살아."

　며느리팔자는 고쳐줬지만 생모를 잃은 사촌누나의
한이 될 것이라고는 할아버지도 할머니도 다른 누구도
생각하지 못했다.

졸업, 좌절

신동 소리 듣던 숙부는 학교가 몹시 복잡했다. 탄현
국민학교 마치고 경성농업중학교 수석 합격했으나 포기
각서 쓰고 경기중학교에 응시, 낙방했다. 사정사정해서
경성농중 다니다가 전쟁으로 고향 돌아와 피난연합학
교, 문산중학교, 문산농업고등학교 다니다가 홍성고등
학교에 편입했고 두어 달 다니다가 인천고등학교 편입
에 실패하고 경기고등학교 편입도 좌절됐다. 이름 바뀐
서울농업고등학교에 편입해 졸업하고 파일럿이 되고 싶
어 공군사관학교에 지원했으나 충치 때문에 시험자격
도 얻지 못하고 연세대학교에 진학했다. 졸업 후 과학과
수학과목을 맡아 평생 교사로 일하고 교장으로 정년퇴
직했다.

아버지는 탄현국민학교 마치고 경기상업중학교에 입학했는데 4학년 때 서울상업고등학교로 이름이 바뀌었다. 그해 의용군에 징집됐다가 6개월간 산속만 헤매다가 포로가 돼 1년 4개월 뒤 민간인 억류자로 석방됐으나 부역자로 해코지 당할까봐 6개월간 도피생활을 하고 복교하여 졸업했다. 은행원이 되겠다는 꿈이 되살아났다.

아버지는 스물네 살이 되었다. 남들 같으면 대학 졸업할 나이였다. 고난을 딛고 일어섰으니 이제 훨훨 날아갈 일만 남았다.

"민간인 억류자? 의용군 나가셨었나?"

면접관의 질문은 날카로웠다.

"억울하게 끌려갔습니다. 나라에서도 억울한 것을 인정하고 민간인 억류자로 풀어준 겁니다."

"민간인 억류자 딱지를 붙였다고 부역자가 아니라는 뜻은 아닐세. 은행은 사상이 조금이라도 의심스러운 자를 받아들이기 어렵네. 다른 일을 찾아보게."

필기시험에 합격했지만 은행마다 신원조회에 걸려 이런 소리를 들어야 했다. 그나마 면접기회라도 주는 곳도 드물었다. 필기시험 합격소식을 듣고 서류를 제출하면 연락이 없었다. 서류 먼저 내라는 곳은 아예 필기시험 응시기회도 주지 않았다. 그래도 기를 쓰고 어디든 취직 하려고 찾아다녔다. 불가능했다.

무릎이 꺾였다. 사회는 아버지에게 새 절망을 안겨주 었다. 잠깐 대학에 진학할까 생각했다. 대학을 졸업했다 고 달라질 것 같지 않았다. 국가는 스물네 살 젊은이를 거부했다.

"웬만하면 내려오너라."

할아버지 기별이다. 아버지도 빈둥빈둥 형 집에 얹혀 지낼 수는 없었다. 열다섯 살에 청운의 뜻을 품고 올라 간 지 10년 만에 시골에 다니러 온 것이 아니라 짐 싸 들고 낙향했다.

시골집은 몸져누운 할머니, 아버지를 잃고 어머니와 생이별한 일곱 살이 된 천방지축 사촌누나, 중학생이 된 막내숙부를 환갑 앞둔 할아버지가 보살피고 있었다. 큰집도 중심이 무너졌다. 큰할아버지는 이태 전에 돌아 가셨고 전쟁 초기 비명횡사한 큰당숙 대신 문산농업고 등학교 막 졸업한 스물한 살 육촌형이 가장이 됐다. 나

중 일이지만 고려대학교 법학과를 졸업하고 사법고시에 최종 합격한 둘째 육촌형은 사법연수원 발령을 받지 못해 판사도 검사도 되지 못했다.

"기다리세요. 심사중입니다."

부역자로 낙인 찍히고 타살된 아버지 큰당숙 때문일 것이다. 큰집이나 작은집이나 마을에서 유독 이 집안만 전쟁 상처가 진득하게 배 있었다.

아버지는 농사일에 부엌살림까지 맡아야 했다.

사촌누나

젖 떼자마자 사촌누나는 어머니를 잃었다. 며칠은 먹지도 자지도 않고 울며불며 엄마를 찾았다. 아버지라는 말은 배워보지도 못했고, 우주의 전부였던 엄마가 사라졌으니 오죽했겠나. 몸이 아픈 할머니는 사촌누나를 업어주지도 못해 늘 할아버지가 업고 다녔다.

"뚝해. 네 엄마도 애비 따라 하늘로 갔어."

할아버지는 사촌누나를 산중턱 중부 무덤에 데려갔다.

"자, 봐라. 여기 애비도 엄마도 묻혔어. 죽으면 땅에 묻히는 거란다."

사촌누나는 엄마가 죽은 줄 알게 됐다. 어린 것이 죽는다는 게 어떤 건지 알 리 없건만 사촌누나는 죽음을 받아들였는지 그 후로 엄마를 찾지 않았다.

사정을 빤히 아는, 생각 없는 이웃 누가 아이가 불쌍해서 쓰다듬으며 울먹이기도 했다.

"아이고 이 어린 걸 두고 네 엄마는 어디 갔니? 참으로 모질다."

사촌누나가 쏘아보며 앙칼지게 대답했다.

"우리 엄마 죽었어."

할아버지는 농사일이 한가한 틈이면 사촌누나에게 천자문을 가르쳤다. 사촌누나는 명석했다. 곧잘 따라 외웠고 밤에는 붓글씨를 썼다.

"하늘 천 따지 검을 현 누르 황."

네 글자를 외고 나면 네 글자를 그렸다.

"어찌 언 이끼 재 온 호 이끼 야."

어조사까지 외우는 데 오래 걸리지 않았다. 보고 그리는 데는 조금 더 걸렸지만 완전히 외워서 쓰기까지 겨우 1년이었다. 한글은 배우지 않았지만, 천자를 다 쓸 줄 알게 됐다. 문에 바르고 남은 창호지를 반듯하게 잘라 글씨를 썼는데 할아버지는 창호지 사러 읍내에 몇 번이나 다녀와야 했다. 하루 종일 틀고 앉아 배우고 익힌 것이 아니라 놀고 싶을 때 실컷 놀고 저 하고 싶을 때 틈틈이 외우고 쓴 것이다. 할아버지는 아들 잃은 슬픔을 손녀에게서 치유받았다.

"아가 이리 온."

손님이 와 술상이라도 마주하고 있을 때 할아버지는 꼭 손녀를 찾았다.

"한번 외워 보련?"

손님 올 때마다 늘 있는 공식의전이었으므로 사촌누나는 책상다리로 앉아 몸을 흔들며 청산유수로 천자문을 외웠다. 예닐곱 살 여자애였다. 손님은 누구건 감탄하지 않을 수 없었고 칭찬이 저절로 나왔다.

"천자를 외워 쓸 줄도 안다우."

할아버지는 으쓱해 한마디 더 했고 손님은 감탄을 연발했다.

"참 영특합니다. 죽은 아버지를 닮았나, 달아난 어머니를 닮았나요?"

어른들은 아이 앞에서 철없는 소리를 잘도 지껄인다.

"우리 엄마 돌아가셨는데요."

사촌누나는 눈을 똑바로 뜨고 당돌하게 말했고 손님은 당황했다.

"어험. 너 참 똑똑하구나. 커서 훌륭한 사람이 되겠어. 어험."

사촌누나는 예닐곱 살 때 엄마의 부재가 할아버지나 가족의 설명과 다르다는 걸 눈치 챈 것 같다. 그러나 누가 물으면 눈을 똑바로 뜨고 한사코 죽었다고 대답했다. 어른이 되어서도 '날 버리고 간 사람'이라며 생모를 찾지 않았다.

아버지가 귀향한 건 그 무렵이다. 늙은 할아버지보다 젊은 삼촌이 더 좋은지 사촌누나는 아버지를 퍽 따랐다.

"삼촌 업어줘."

"다 큰 년이 왜 업어 달래?"

아버지는 등을 대 사촌누나를 업었다.

"삼촌 우리 아버지 죽었어?"

"돌아가셨다고 해야지. 돌아가셨어."

"우리 엄마도 돌아가셨어?"

"응. 엄마도 돌아가셨어."

"나는 아버지도 엄마도 없네."

"왜 없어? 삼촌이 아버지 대신이야."

"삼촌이 아버지 대신이야? 아버지 대신이면 더 많이

업어줘야지."

사촌누나는 종종 삼촌을 아버지라고 부르며 깔깔거
렸다. 저는 웃지만 어른들의 눈시울은 시큰해졌다. 그렇
게 부르면 못쓴다고 말하는 어른은 없었다.

"할머니 누워만 있으니 심심하지?"

아파 누워 있는 할머니 옆에서 말동무해주는 가족은
어린 사촌누나가 유일했다. 조잘조잘 한도 없이 이야기
할 수 있는 능력자이기 때문이다. 그나마 집안에 밝은
기운이 있다면 그건 오로지 사촌누나 덕이었다. 어른들
은 누구도 만들어낼 수 없다. 슬픔, 아픔, 절망, 좌절 같
은 걸 가슴 가득 품고 사는 어른들에게는 어림없는 일
이다. 가장 어린 나이에 가장 큰 고통을 겪었음에도 그
렇다.

하이칼라 은행원

어머니 고향 장단군은 38선 이남이었는데 소개령이 내려 잠시 내려왔다가 돌아갈 곳이 없어졌다. 장단군에 휴전선이 지나가고 고향집은 비무장지대가 돼버렸다. 개성고녀 1학년을 다니다 만 어머니는 스무 살 장성한 처녀가 됐다. 인민군에 자원입대한 큰오빠, 고향에 온 인민군 따라간 작은오빠에게는 아무 소식도 없다. 여동생은 중학생이다.

고향에서는 꽤 큰 인삼밭을 관리해서 먹고사는 걱정은 없었다. 흔한 게 인삼이어서 깍두기도 인삼으로 담가 먹었다. 그러나 파주와 고양 경계인 내유리로 피난 내려와서는 남의 집 문간방을 전전하며 품을 팔아 연명했다. 사람들이 '놀미'라고 부르던 내유리는 지금 통일로가 지나가는 고양시 덕양구 내유동이다. 스무 살 처녀 어머니는 품 팔러 다니는 게 지긋지긋했지만 외할아버지 혼자 일해서는 양식 대기도 어려웠다. 중학교 다니는 여동생 월사금도 내야 했다.

스무 살 어머니는 고왔고 싹싹했고 일머리가 빨랐다. 외할머니가 자주 아프셨던 탓에 아홉 살부터 부엌살림을 도맡다시피 해서 살림솜씨도 누구 못지않았다. 어머니를 곁에서 지켜본 어른이면 누구나 탐내는 며느리 감이었다. 매파가 자주 들락거렸다.

"혼기가 꽉 찼는데 어서 여의셔야지요."

"글쎄 저것이 눈이 높은지 시집갈 생각이 없는지 다 마다니 원."

외할아버지도 외할머니도 걱정이 많았다. 어디 줘버리자니 딸도 아깝고 일손도 아쉬웠다. 데리고 있자니 나이도 꽉 찼고 없는 살림에 입 하나라도 덜어야 했다. 매파가 물어오는 신랑짜리들은 모두 농투성이였다. 먹고살만한 집들이지만 시집가면 평생 농사꾼으로 살아야 할 것이다. 농사일은 지긋지긋했다. 월급쟁이한테 시집가 월급 타다주는 걸로 알콩달콩 살림이나 하고 싶었

다. 이왕이면 하얀 셔츠 입고 넥타이 매고 다니는 하이
칼라였으면 좋겠다고 생각했다.

"도상 나왔다고 합디다."

"그게 뭐여?"

"학교 말유. 서울 높은 학교래요."

"우리 큰애는 대신중학 다녔는데 거기보다 높은 학교
일까?"

외할머니 말에 매파가 눈을 동그랗게 떴다.

"따님이 대신중학 다녔다고요?"

"걔 말고 걔 오라비, 큰아들이 서울서 중학교 다녔다우."

외할아버지가 저쪽에서 소리를 버럭 질렀다.

"쓸데없는 소리 하지 말아! 중학교 댕긴 놈이 어디 있
어!"

외할머니도 화들짝 놀라 손으로 입을 가렸다. 집에서
인민군 나간 외삼촌 얘기는 금기어였다. 아들 없이 두
딸만 둔, 대도 잇지 못하는 안된 집안으로 행세해왔다.
자칫 빨갱이 집안 소리나 들을 터였다. 고향 떠나 집안
친척이든 동네 사람이든 아무도 모르는 데서 사는 게

차라리 다행이었다.

외할아버지 버럭 고함에 매파가 슬그머니 달아났다. 소리 지른 외할아버지나 생각 없이 입을 놀린 외할머니나 머쓱했다.

"저 여편네 다시 오면 자세하게 물어봐. 도상 나왔다잖아."

소리 한번 지르면 한참 동안 입도 안 떼는 성질 고약한 외할아버지에게도 딸내미 시집보내는 일이 중하지 않을 수 없다. 외할머니는 외할아버지 쪽을 쳐다보지도 않고 중얼거리듯 물었다.

"그러니까 도상, 도상 하는데 도상이 무슨 학교냐고요."

"도립상업학교라고, 유명한 학교야. 거기 나오면 은행원은 떼어 놓은 당상이라고."

"그렇게 높은 학교 다녔다면서 왜 우리에게?"

"아, 우리 애도 개성고녀 다녔잖아."

"아이고 개성고녀 문턱이나 밟아본 걸 가지고."

할아버지는 아버지가 내려오자마자 혼사부터 서둘

렀다. 놀미에 장단에서 내려온 파평 윤씨 댁 참한 규수가 있다는 기별이 왔다. 피난 내려와 어렵게 살지만 행실이 바른데다가 살림 솜씨도 야무지고 부모 봉양을 잘 하는 걸로 봐 가정교육도 잘 받은 것 같고 학교도 다닐 만치 다닌 것 같아 현모양처가 될 소질이 충분하다는 것이다. 놀미로 시집간 질녀가 몇 해 지켜보고 전하는 얘기이니 틀림없을 것이다.

"언문은 뗀 모양이니 됐다."

할아버지는 당신 딸 둘은 소학교도 보내지 않았다.

며칠 뒤 매파가 다시 왔다.

"마침 따님도 계셨구려. 자 보시우. 신랑짜리유."

매파가 손톱만 한 사진 한 장을 내밀었다. 아버지가 고등학교 졸업기념으로 찍은 사진이다. 이목구비 뚜렷하게 잘생긴 청년이 눈을 부릅뜨고 있었다.

"높은 학교 나왔다는 게 빈말이 아니구려."

어머니도 사진을 뚫어지게 쳐다봤다.

"도상 나온 분이 왜 취직하지 않고 시골에 와 있대요?"

"그이네가 모두 칠남매인데 위 따님 두 분은 일찍 출가했고, 형님은 서울에서 은행 댕기고, 둘째 형님은 전쟁 때 잘못됐고, 이이가 셋째고, 넷째는 대학생이고, 다섯째는 중학생이랍디다. 넷째, 다섯째는 다 서울 형님 댁에서 학교 다니는데 시어머니짜리가 아프셔서 집안 보살피러 내려와 있는 효자랍디다. 혼사 치르면 서울로 가 은행에 취직한다고 합디다."

취직한다는 뒷얘기는 매파가 지어냈다. 외할머니가 미소를 지었고, 어머니는 가슴이 콩닥콩닥 뛰었을 것이다.

얼마 뒤 놀미에 아버지가 나타났다. 그 시간 어머니도 신랑 친척이 시집와 산다는 이웃집에 불려갔다. 처녀 총각 스물네 살 아버지와 스무 살 어머니는 나, 아무개요, 소리도 하지 못하고 눈만 맞추며 얼굴이 빨개지도록 부끄럽게 고개 숙여 인사를 나눴다. 혼사는 일사천리로 진행돼 곧 날을 잡았다.

어머니가 세 들어 사는 집 마당에 간소한 초례청이 차려졌다. 곧이어 자가용 한 대가 마당으로 들어왔다. 자가용에서 신랑이 내렸다. 사람들이 탄성을 질렀다.

"신랑이 높은 학교 다녔다더니 부잣집 아들인가 봐."

산업은행 다니는 백부가 아우 혼사를 위해 사정사정
하여 회사 차를 빌려온 것을 알 리 없었다. 신부 집의
어려운 처지를 감안해 혼례는 약식으로 치러졌다. 약간
의 음식을 장만해 이웃들과 나눠먹은 뒤 신부를 자가
용에 싣고 만우리 신랑 집으로 갔다. 피난 내려와 겨우
방 한 칸 얻어 사는 신부 집에서는 첫날밤을 보낼 수도
없었기 때문이다.

신랑 집에 도착하니 큰집 마당에 잔칫상이 떡하니
차려져 동네잔치가 벌어졌다. 대학생 숙부가 사진관에
서 사진기를 빌려와 결혼사진을 찍었다. 할머니는 거동
이 편치 않아 내다보지도 못했다. 시어머니 병구완과 함
께 어머니 시집살이가 시작됐다. 혼삿날부터 일곱 살짜
리 여자애가 천방지축으로 뛰어다녔는데 경황이 없어
누구인지 궁금해하지도 않았다.

저 아이는 누구예요?

집안 살림은 엉망이었다. 시어머니가 누워 있으니 당연한 일이었다. 시아버지가 살림하다가 아버지가 내려와 이어받은 부엌살림이다. 겨우 밥이나 끓이고 김장김치와 된장에 푸성귀나 지져 찬을 하는 형편이었다.

방 두 칸짜리 초가집 건넌방이 내외 방이고 시부모는 사촌누나와 안방에 기거했다. 막내숙부는 서울 백부에게 가 학교 다녔다. 어머니는 이튿날 새벽부터 안주인이 되었다. 아버지가 쌀독이며 묻은 김장독이며 장독대의 간장독, 된장독 등을 하나하나 일러줬다. 큰댁 살림을 맡은 큰당숙모가 전날 먹고 남은 잔치음식을 한 광주리 싸들고 내려왔다. 잔칫날 음식도 당숙모가 해준 것이다.

"뭘 해야 할지 모르겠지?"

아버지가 얼른 소개했다.

"큰댁 사촌형수시오."

어머니가 머리를 조아려 인사하자 당숙모가 밝게 웃었다. 어머니보다 스무 살이나 많은 시어머니 같은 동서다.

"내가 가끔 내려와 보기는 했지만 남자 살림이라 엉망이야."

아침을 지어먹고 어머니는 부엌살림을 안마당 우물가에 모두 꺼내놓고 반짝반짝 닦았다. 피난살이 친정집보다 살림살이가 몇 배는 많았다. 사촌누나는 그런 어머니 곁을 맴돌며 노래하듯 천자문을 소리 내 외웠다. 어머니 곁을 맴돌기는 새신랑 아버지도 마찬가지였다. 부엌에서 물 담아 쓰는 커다란 독을 내와 안팎을 지푸라기 수세미로 깨끗이 닦아 들여놓았다. 물론 물도 가득 채웠다. 할아버지도 자꾸 방문을 열어 우물가를 내다보았다.

"새아기가 아주 싹싹해."

할아버지가 중얼거리자 할머니가 물었다.

"뭐 하고 있는데요?"

"부엌을 다 들어내 닦고 있구먼."

"물독도 한번 부셔야 하는데."

"그건 셋째가 벌써 했구먼."

"잿물 풀어 씻어야 하는데."

"어디서 찾았는지 그렇게 하는구먼."

할아버지는 할머니에게 어머니를 중계했다. 새 식구가 들어와 집안 식구들이 다들 설렜다.

허리 펼 새도 없이 점심 지어먹고 났더니 친척 아주머니들이 새색시를 구경하러 왔다. 어머니는 우물가에서 여전히 바쁘게 손을 놀렸고 아주머니들도 둘러앉아 아무거나 하나씩 들어 씻었다. 큰당숙모가 한 사람씩 어머니에게 소개했고 어머니는 밝은 미소로 인사했다. 친척들은 혼삿날 새색시 얼굴을 다 봤지만 어머니는 처음 보는 거나 마찬가지였다. 시골집 안마당은 아낙들의 웃음소리가 끊이지 않았다. 사촌누나의 천자문 외는 소리도 더 커졌다. 어머니는 당당하게 집안의 일원이 되는 신고식을 마쳤다.

시아버지가 아이 타이르는 소리를 들었다.

"이제부터는 삼촌이라고 부르면 안 된다."

"그럼 뭐라고 불러?"

"장가갔으니까 작은아버지라고 불러야 하는 거야. 서울에 큰아버지 있잖느냐? 거긴 큰아버지이고 여긴 작은아버지이고."

"장가가면 아버지가 되는 거야?"

"그렇지. 큰아버지, 작은아버지. 학교 다니는 삼촌들도 장가가면 작은아버지가 되는 거야."

"저 아줌마는 뭐라고 불러?"

"떼끼. 아줌마가 뭐야. 작은엄마라고 해야지."

아무도 갓 시집온 새댁에게 사촌누나의 존재를 제대로 설명해주지 않았다. 일부러 감출 일도 아니고 가족들에게는 별일도 아니어서 설명해 주는 것을 깜박했을 것이다. 그러나 새댁 가슴은 철렁 내려앉았다. 부끄러워서 얼굴도 들지 못하는 처지에 저 아이가 누구냐고 묻지도 못했다.

"나, 아버지랑 잘래."

어머니는 깜짝 놀랐다. 아버지라니. 사촌누나는 아랑

곳하지 않고 신혼부부 사이로 파고들어와 달게 잠들었다. 아버지는 당황했지만 사촌누나를 토닥여 재웠다. 어머니는 한잠도 이룰 수 없었다. 사촌누나가 잠든 지 한참 뒤 밖에서 조심스러운 할아버지 기침소리가 들렸다.

"애가 이 방에 왔니? 큰댁에 갔나?"

사촌누나는 평소에도 큰댁에 가 사촌오빠들과 놀다가 잠들기도 했다.

"곤히 잠들었어요. 가서 주무세요."

아버지 말에 할아버지가 탄식했다.

"어이쿠, 이런. 어서 깨워 내보내라."

"잠들었다니까요. 걱정 말고 주무세요."

그러나 할아버지는 걱정 한가득 안고 돌아갔다.

"저년이 며느리 방에서 잔다네."

"어이쿠 이를 어째요? 데려오잖고."

잠 잘 때는 그 방에 가지 말아야 한다고 일러두지 못한 것이 잘못이다. 양주는 한숨을 크게 내쉬었다.

다음 날 당숙모가 내려온 김에 조심스레 물었다.

"저 아이는 누구예요, 형님?"

당숙모가 화들짝 놀랐다.

"여태 쟤가 누군지 몰랐단 말이야? 아무도 얘기 안 해줬어? 놀랐겠네, 놀랐겠어."

어머니는 금세 눈물이 쏟아질 것 같은 표정이다.

"쟤 아버지가 서방님 형님이야. 전쟁 나던 해 섣달에 불발탄 만지다가 잘못 되셨어. 엄마는 젖 떼자마자 팔자 고치라고 자네 시부모가 쫓아내듯 친정으로 보냈고. 벌써 팔자 고쳤다지 아마."

어머니가 안심했다는 듯 고개를 끄덕이다가 눈가가 촉촉해졌다.

"아이고. 저 어린 것 불쌍해서 어떻게 해요."

안심했을 것이다. 마침 사촌누나가 밖에서 뛰어 들어왔다. 어머니가 사촌누나를 불러 꼭 안아주었다.

"어, 작은엄마. 왜 울어?"

"아니야, 안 울어."

멀찍이서 할아버지가 그 모습을 보았다. 당숙모가 어머니 등을 두어 번 토닥이고 돌아갔다. 어머니는 사촌누나 손을 잡고 부엌에 가 누룽지를 꺼내줬다.

외삼촌 찾기

내게 재수를 종용한, 당시 고등학교 진학부장이던 숙부가 서울에 있는 대학 서너 군데를 정해 원서를 넣으라고 했다. 담임 '짱구'는 어림없는 소리 말라며 '안전빵'으로 내가 고등학교 다닌 도시의 대학을 권했다. 숙부가 담임과 통화했고 담임은 '네 멋대로 하라'며 성질내고 도장 찍어주었다. 합격자발표 전날 밤에 숙부가 시골집에 전화해 합격사실을 알려주고 재수할 것을 다시 권했다.

다음날 새벽밥 먹고 합격자발표를 보러 갔다. 교문 들어서자 바로 앞에 게시판이 보였고 붓글씨로 쓴 합격자 방이 붙어 있었다. 아무리 찾아봐도 내 이름은 없었다. 실망스러웠지만 크게 절망하지는 않았다. 점심을 안

먹은 상태였는데 국수가 먹고 싶었다. 학교 근처에 뭐가 있는지도 몰라 버스 타고 서울역으로 가서 가락국수 한 그릇 사먹고 기차 타고 집으로 돌아왔다.

"떨어졌던데 뭘."

떨어진 게 무슨 벼슬이라고 툭 한마디 했더니 아버지가 숙부에게 바로 전화했다. 통화내용 듣기 싫어 안채와 떨어진 내 방으로 갔다. 어머니가 금세 달려왔다.

"붙었다는데 대학 가기 싫은 거냐?"

나는 분명 내 이름을 찾지 못했는데 자꾸 합격이라고 해서 다음 날 다시 학교에 갔다. 학교 정문에 숙모가 기다리고 있다. 아침에 시골에 전화했더니 내가 학교에 갔다고 해서 달려오셨다는 것.

"보세요. 없잖아요."

정문 앞 게시판을 보면서 말했더니 숙모가 내 등짝을 철썩 때렸다.

"이 사람아. 여기는 장학생 명단이고."

그러고 보니 붓글씨 방은 단과대학 별로 장학생명단을 발표한 것이었다. 숙모는 내 손을 잡아끌고 대운동장으로 갔다. A4용지에 깨알같이 출력한 학과별 합격자

명단이 다닥다닥 붙었고 내 이름이 박혀 있었다.

"삼촌이 내신 성적 때문에 장학생은 어려울 거라고 하시더니 미련이 있었나보네. 삼촌 말대로 재수할 팔자지 뭐."

꿈에라도 미련은 없었다. 재수할 생각은 더더욱 없고.

데모도 하고 술도 마시고 학보사 기자노릇도 하면서 바쁘게 지내다가 2학년 여름방학 때 모처럼 시골집에 갔더니 이모가 와 계셨다. 외할머니 호출이었다. 한국전쟁 때 헤어진 외삼촌들을 찾아보자는 것이다.

"장모님, 처남들은 둘 다 인민군 따라갔다면서요. 찾기도 힘들겠지만 찾는다고 한들…."

아버지 당신이 평생 부역자 꼬리표를 떼지 못했잖나. 당신도 그러한데 처남들까지 인민군이었다는 사실이 알려지면 자식들에게 어떤 부담을 지우게 될지 두려웠을 것이다.

"남쪽에 살아 있다면 어떻게든 우리를 찾았겠지. 죽었거나 북한으로 갔을 테니 괜히 긁어 부스럼 만들 거 없잖아요."

어머니도 당신 핏줄 오빠들보다 혹시나 모를 자식들 걱정이 먼저였다. 1983년 여름, KBS에서 '이산가족을 찾습니다'* 연속 생방송을 하는 중이었다.

"인민군이었느니 하는 얘기 빼고 고향과 학교, 이름만으로 접수나 해봅시다."

이모가 방송국을 찾아가 외삼촌들을 찾는 사연을 접수했다. 아버지는 못마땅했지만 가로막지는 않았다. 그 뒤로 외할머니는 텔레비전 화면에서 눈을 떼지 않았다. 나는 대수로운 일로 여겨지지 않아서 그런가보다 했을 뿐이다.

방송에 출연하지는 않았고 사연만 한번 방송이 됐는데 연락이 왔다.

"야야, 니 오빠들 다 인민군 나갔잖니? 무슨 해코지 당하려고 이런 사연을 보냈니?"

전쟁 때 한마을 살던 어머니의 친척언니 전화였다. 방송국에서 연락처 알아내 이모와 통화하고 이모 통해

---

* KBS에서 1983년 6월 30일부터 11월 14일까지 138일, 총 453시간 45분 동안 방송했던 프로그램. 단일 생방송 프로그램으로는 세계 최장기간 연속 생방송 기록이다. 방송기간 100,952건의 사연이 접수됐고 53,536건이 방송돼 10,187명의 이산가족이 서로 만났다. 5만여 명은 직접 방송국을 찾아 가족 이름을 적은 팻말을 들었다.

어머니에게 연락한 것이다.

"너 어디 사니? 얼굴이나 한번 봐야겠구나."

어머니는 우물쭈물하다가 전화를 끊었다. 예전에도
워낙 남의 말 좋아하고 말끝마다 복장을 긁어대 가까
이 지내지 않았고, 다시 만나고 싶지 않은 사람이어서
였다. 누구인지 알 것 같으니 찾아주겠다는 전화도 있
었다. 이산의 아픔을 이용한 사기꾼이었고 어머니도 이
모도 금세 눈치 챘다.

외할머니는 아들을 찾을지도 모른다는 생각에 생기
가 나는 듯 했으나 잠깐이었고 더 쇠약해졌다. 방송 끝
날 무렵에는 아예 몸져누우셨다. 나는 학교에서 군부독
재 타도하고 민주주의 쟁취하는 일에 골몰했고, 그보다
는 몰려다니며 술 마시는 일에 더 바빴다.

어느 날 학과 조교가 찾아왔다.

"누나가 전화했는데 할머니가 위독하다고 시골에 다
녀가라네."

서울에서 은행 다니는 누나와 함께 자취했지만 집에
안 간 지 여러 날이었다. 학보사에 사정을 설명하고 시
골로 달려갔다.

외할머니는 외할아버지 돌아가신 후 몇 년 혼자 지내다가 내가 중학교에 입학할 무렵 우리 집으로 오셨다. 절대 오지 않겠다고 고집부리다가 외손자 방 얻어줄 거니까 밥이나 해주라고 해 겨우 모셔온 터였다. 외손자를 봐주느니 파밭을 맨다는 말도 있지만 사위 눈치 보는 것보다 나았던 모양이다. 중학교 때는 그럭저럭 외할머니 밥을 얻어먹은 시간이 많았으나 고등학교 때는 자주 아파 외손자와 함께 지낸 시간은 그리 많지 않았다. 부산 사는 이모는 며칠 전부터 시골집에 와 있었다.

"엄마, 엄마. 큰손자 왔어요. 눈 떠봐."

이모가 외할머니를 흔들었다.

"엄마 눈 떴네. 뭐라고요?"

외할머니가 입술을 달싹이는 것 같았고 이모가 내 손을 끌어 외할머니 손을 잡게 했다. 뼈만 남은 앙상한 손이 따뜻했다. 나도 외할머니와 눈을 맞췄다.

"할머니 저예요."

눈물이 왈칵 쏟아졌다. 내 손을 잡은 외할머니 손에 미세한 힘이 느껴지다가 이내 멈췄다. 곧이어 어머니와 이모가 통곡했다.

"오빠들 대신 외손자 얼굴이라도 보고 싶어서 돌아가
시지도 못하고 널 기다린 거야."

외할머니 혼수상태는 일주일도 넘었다고 했다. 의식
이 돌아올 때마다 당신 아들을 찾다가 나를 찾다가를
반복하셨다고 했다. 그러니까 나는 외할머니에게 전쟁
때 헤어진 외삼촌 대신이었다.

지도휴학

82년 대학에 입학해 가장 먼저 찾아간 곳은 '아카'라고 불리던 흥사단아카데미였다. 나는 고등학교 다닐 때 대학생의 의식화 지도를 약간 받아 뭘 좀 아는 신입생이었다.

"웬만한 대학에는 흥사단아카데미라는 서클이 있어. 거기 가면 체계적인 공부를 할 수 있을 거야."

아카를 찾아갔더니 《전환시대의 논리》,《해방 전후사의 인식》같은 책을 구입하라고 했다.

"책도 가지고 있고 다 읽었습니다."

선배들은 약간 놀란 눈치였고 난 좀 재수 없는 아이가 돼버렸다. 아카는 공개 활동도 하고 비공개 언더서클이기도 했는데 나는 비공개 세미나 팀에 넣어졌다.

다음으로 문학회를 찾아갔다. 시를 쓰고 합평도 하는 서클인데 첫 합평에서 4학년 최, 오 두 선배에게 엄청 깨졌다. 제목은 기억 안 나지만 '집 나간 아내의 치마 벗는 소리 찾아' 어쩌고 하는 내용 때문이었다. 지금 생각해도 스무 살 나이에 저런 표현을 왜 썼을까 싶지만 치기였겠지.

학보사에 입사시험 봐 합격하고 학생기자가 되었다. 주간신문을 발간했으므로 취재하고 기사 쓰는 일이 매우 바빴다.

아카에서 일주일에 한 번씩 중국집 골방이나 누구 자취방에서 세미나하고, 문학회에서 일주일에 한 번씩 합평회하고, 학보사는 매일 나가 취재하고 기사 써 '빠꾸' 맞느라 수업 들을 시간은 없었다. 참 바쁜 스무 살이었다.

아카 세미나는 6개월여 만에 흐지부지됐다. 신입생 5명과 3학년 선배 1명이 한 팀인데 첫 세미나 마치고 해체됐다. 그중 누가 프락치라는 정보가 있었다나. 며칠 만에 다시 불러 가보니 팀원도 지도 선배도 바뀌었고 또 두어 번 하다가 같은 이유로 해체됐다. 한 6개월 그렇게 우왕좌왕하다가 내가 언더서클에 나가는 것을 알고 있으면서도 눈감아 준 학보사 강 선배와 상의했더니 지도력에 문제가 많다며 그만두는 게 좋겠다고 조언해 결국 그만뒀다. 나중에 함께 세미나 하던 동기 중 하나가 유인물 가지고 있다가 불심검문에 걸려 선배 이름을 불고 훈방됐다는 소식을 들었다. 선배는 구속됐다.

학보사에서 문학회 나가는 것은 문제 삼지 않았는데 오히려 문학회 선배가 술자리에서 문학회와 학보사 둘 중 하나를 선택하라고 시비를 걸었다. 술 한잔 부어주며 씩 웃고 말았다.

2학년 말에 선배들에게 학보사 편집국장으로 지명받았다. 그러나 학교는 성적 미달로 편집국장 발령을 낼 수 없다고 통보했다. 선배들이 유례없는 일이라고 맞섰으나 학교는 '그동안 성적 미달자가 없어서 유례가 없었을 뿐'이라며 받아들이지 않았다. 선배들에게 죄송하고 부끄러웠다. 퇴임 앞둔 3학년 선배들은 학교와 협상해 3학년 1학기 성적으로 2학기 국장에 보임하자는 결론을 이끌어냈다. 1, 2학기 국장이 다른 전례는 있었기 때문이다.

아, 열심히 공부했다. 수업을 하나도 빼먹지 않은 것은 물론이다.

"내가 너를 수업시간마다 보게 될 줄 어떻게 알았겠니. 졸업 안 시키려고 했다."

소설 가르치는 한 선생님은 감격해서 술도 자주 사줬다. 중간고사 성적도 잘 나왔고 기말고사도 잘 치렀다. 그러나 전공과목을 제외한 교양과목 몇 개 점수는 최하가 나왔다. 보이지 않는 손이 작용한 것이 틀림없었다. 학교가 요구한 점수기준에 조금 못 미쳤다. 설상가상 아버지가 쓰러져 병원에 입원했고 위암수술을 받았다. 시골에 내려갔다가 정신 좀 차리고 학교에 갔더니 학생처 담당직원이 찾아왔다.

"아버지가 위암이시라며?"

학생처 직원은 대개 학교선배이면서 경찰 끄나풀이어서 다 알고 있다.

"그래서요?"

"소주 한잔 할래? 오늘 괜찮아."

"바빠요. 다음에 봐요."

"다음에 볼 기회가 있을까? 너 휴학해야 해. 아버지

도 아프시고 시골에 가 농사지어야 하는데 학교 계속 다닐 수 있겠어? 고집 부리면 빵에 가야 해."

이때쯤 강제징집은 공식적으로 폐기됐다. 1979년부터 총장 직권으로 지도휴학을 시키는 제도가 학칙에 삽입됐는데 운동권 학생을 학교로부터 격리시키려는 제도였다. 전두환 정권 들어서서는 지도휴학의 절차적 요건도 무시하고 시위현장에서 체포해 빠르면 그날로 군에 입대시키는 국가적 폭력을 저질렀다. 학교 잘 다니는 줄 알았던 아들이 갑자기 군에 입대했다고 연락이 오는 일이 벌어지는 것이다. 이들에게 사상전향을 강요하고 휴가를 보내 다니던 학교의 운동권 정보를 빼내오도록 강요하는 녹화사업을 했다. 이들의 '녹화'는 좌익의 빨간 사상을 녹색으로 물들인다는 뜻이라던가.

지도휴학에 대한 학칙은 1984년 6월 무렵 거의 모든 대학에서 삭제됐다. 결단코 나는 학교에게나 경찰에게나 지나치게 과대평가돼 있었다. 지금도 그 이유는 알 수 없다. 어쨌거나 반강제 휴학을 당했다. 이런 사정을 학보사 선후배와 얘기 나눠보니 시큰둥했다. 그렇게 느껴졌다. 동기와 선후배들 난처하게 하고 싶지 않아 학교에 따져보지도 못하고 휴학생 신분으로 서둘러 시골로 돌아왔다.

어머니는 서울에서 아버지 간병 중이고, 누이도 서울에서 직장 다니고, 고등학생 아우는 학교 근처에서 친구와 자취하고 있으니 시골집에는 나 혼자다. 어려서 아랫윗집으로 살던, 전쟁 때 열다섯 살 나이에 아버지를 잃은 1935년생 육촌형님과 군대 마치고 복학 예정인 손위 칠촌조카 도움으로 가을수확을 마쳤다. 두 살 위인 조카와 일 끝내고 밤마다 막걸리를 마셨다.

위암 수술 후 3개월을 병상에서 지낸 아버지는 추수 끝날 때쯤 퇴원해 돌아왔고 그 무렵 이듬해 2월에 입영하라는 통지서를 받았다. 어려서부터 혼자 살아온 때문인지, 천성 탓인지 군대 가는 것에 대한 두려움 따위는 없었다. 통지서 받기 전에 해병대 지원할 생각을 잠깐 했다가 병상의 아버지가 몹시 화냈다는 소식 듣고 바로 접었다.

추수 끝나고 한가해진 틈에 부산에 갔다. 친누나와 다름없는 사촌누나가 부산에 살고, 작은 공장이 많은 사하 쪽에서 이모가 제법 큰 슈퍼마켓을 내고 있어서 입영인사차 놀러간 것인데 이모 슈퍼가 바쁜 것 같아 눌러앉아 자전거 배달을 했다. 짐자전거에 술 싣고 가다가 넘어져 박스째 깨트리는 일도 있었지만 곧 익숙해졌다. 슈퍼 문 닫는 시간이 되면 이모가 회 한 접시씩 썰어주었다. 주로 '아나고'회였고 가끔 다른 회가 나왔다. 생선회는 이때 처음 먹어봤는데 좋았다.

"아무거나 한 병 마시고 자라."

대선소주도 마시고 슈퍼에 진열된 이런저런 술을 종류별로 마셔봤다. 두 달 정도 부산에 머물렀다. 고독하나 넉넉한 청춘이었다.

선배, 도망가는 거 아닙니까?

입영 열흘 앞두고 집으로 돌아왔다. 서울 백부 댁과 두 숙부 댁에 들러 군대 다녀오겠노라고 인사했다. 학교에 들러 선후배들과 술 마셨다. 까닭을 모르는 후배들은 입을 삐죽거렸다.

"선배, 도망가는 거 아닙니까?"

적어도 운동권이라면 피(유인물) 뿌리고 구속돼야 선배다운 행동이던 시절이다. 대꾸하지 않았다. 시골에 돌아와 이미 제대한 어릴 적 친구들에게 저마다의 무용담을 들으며 의정부 306보충대로 입영했다. 입영열차를 타는 것도 아니고 버스 몇 번 갈아타고 가는 길인데 부모님도 친구들도 함께 가 배웅하겠다는 걸 마다하고 혼자 갔다. 보충대 대기 기간은 군생활에 필요한 피복 등

개인장구를 지급하고 입고 간 옷이며 개인물품을 집으로 보낸다. 군인도 아니고 사회인도 아니고 '장정'으로 불렀다.

"우일문 장정 나와라."

수도사령부에서 왔다는 장교와 하사관 하나가 찾아와 나를 불러냈다. 무작위로 손짓하여 몇 명 더 불렀다. 고향이 어디인지, 사회에서 뭐 하다 왔는지, 별 거 아닌 걸 묻더니 나에게만 가자고 했다.

"어디로 갑니까?"

하사관이 옆으로 와 귓속말로 속삭였다.

"서울로 전입됐다. 땡 잡은 거다."

입영 전 아버지가 우 장군에게 얘기해뒀으니 걱정할 것 없다고 말한 게 떠올랐다. 집안 먼 친척 중 청와대에 근무하는 장군이 있다는 것이다.

"가지 않겠습니다."

그들은 군소리 없이 돌아갔다. 연천의 한 부대 신병훈련소에서 6주간 신병훈련을 받았다. 학력도 가장 높고 나이도 가장 많아 훈련병 중 중대장이라는 '중선'이 됐다. 고향 선배 하나가 훈련소 조교여서 툭하면 훈련을 빼 행정반 서류 작성 업무를 시켰다. 소위, 중위 등 교관들 연애편지도 써 줬다. 사격에 재능이 있었는지 쏘는 대로 백발백중이어서 퇴소할 때 사단장 표창을 받았다. 퇴소 서류에는 '분대장 요원'이라는 타자글씨가 찍혔다.

연대에 자대배치 대기 중 수도사령부에서 같은 사람들이 한 번 더 찾아왔다. 피엑스 데려가 빵 사 먹이면서 애원했다.

"무슨 빽인지 모르지만 제발 가자. 가면 직장인처럼 책상에 앉아 군대생활 한다. 얼마나 좋나."

"안 갑니다."

그 자리에 연대장이 찾아왔다.

"훌륭한 병사구먼. 군인정신이 박혔어. 너희들은 돌아가라."

졸지에 훌륭한 병사가 됐다. 연대장 따라온 원사가 연대장실로 배치됐다고 말했다.

"전방부대로 보내주십시오."

훌륭한 병사 소리 한 번 더 듣고 트럭을 타고 배치된 자대로 갔다. 철책이었다. 훈련은 없었고 자고 근무 서고 밥 먹고 족구하는 게 전부였다. 6개월 만에 후방으로 나왔더니 매일 훈련이었다.

연천 사는 외당숙이 면회 왔다. 외출허가 받아 읍내에서 술 마시느라 귀대시간을 놓쳤다. 부대가 발칵 뒤집혔고 중대 인사계 등 하사관들이 술집에 엎어져 있는 날 찾아내 부대로 돌아왔더니 특전사 출신 중대장이 무릎을 꿇으라고 했다.

"영창이나 보내주십시오."

중대장은 오로지 무릎 꿇리는 게 목표였고, 나는 버텼다. 몇 시간 두드려 맞다보니 술이 다 깼다. 때리다 지친 중대장과 새벽까지 술 마셨다. 다음 날 하루를 재우더니 그다음 날 유격장 파견조교로 보냈다. 4주간 훈련을 받았는데 오줌을 누면 아예 피 색깔이었다. 훈련받고 먹고 자는 것 말고는 아무 생각도 할 수 없었다. 깡과 오기는 물론 신체까지 아주 강한 사내가 됐다.

조교훈련을 마치고 며칠 '정비'라며 휴식을 가지고 나니 '올빼미'들이 입소했다. 4박 5일씩 다녀가는데 빨간 조교모자 눌러 쓰고 피티 체조며 얼차려며 뺑뺑이 돌리는 등 다른 사람의 고통을 즐기는 재미가 여간 쏠

쏠한 것이 아니었다. 올빼미들이 지칠 때쯤 각자 고향 앞으로 세워놓고 '어머니 은혜'를 부르게 해 울렸다. 인간성 따위는 내 안에 없었다.

1차 파견 마치고 자대에 복귀했더니 하사관교육대에 들어가라는 명령이다. 교육을 마치고 돌아와 분대장으로 근무하라는 것. 군대생활 12개월째 작대기 2개 일병이 된 지 몇 달 되지도 않았다. 싫다고 했다.

"이 새끼는 뭐든 싫대."

새정신교육대 끌려가 보름간 완전군장 뺑뺑이 돌고와 결국 하사관교육대 들어갔다. 8주간 신병교육대보다 더 빡센 교육을 받았다. 교육대 조교로 남으라는 걸 거부하고 다시 자대로 돌아와 하사 계급장 단 분대장이 됐다.

하사 계급장 달고 돌아오니 이등병도 일병도 경례를 하지 않았다. 사병 고참이 그렇게 시키는 것이다.

"저 새끼들은 사병도 아니고 장교도 아니고 박쥐 새끼들이야. 무시해버려."

그 갈등은 병사들이 만든 게 아니다. 국가가 '단풍하사'로 불리는 사병하사라는 요상한 제도를 만들어 갈등

요인을 제공했다. 그 갈등과 충돌을 익히 봐온 나는 사병들과 감정소모하지 않았다. 당시 병장 월급이 9000원쯤이었는데 하사인 내 월급은 1만6000원이 넘었다. 그걸로 소대원 회식을 서너 번은 할 수 있었다. 중화기중대 90MM무반동총 소대 총원이 12명 밖에 안 돼 가능했다. 주말마다 회식을 했다. 소대에서 내 나이가 가장 많기도 해서 이 방법은 주효했다. 두어 달 만에 나보다 고참들이 분대장 대우를 했고, 후임들은 사병 고참 따르듯 했다.

얼마 뒤에 또 유격장 조교로 파견 나갔다. 두어 달 뒤 돌아오니 사단 사격대회가 있어서 예선 거쳐 대대 대표가 돼 합숙에 들어갔다. 이 기간 M16 소총을 원 없이 쐈다. 그러나 연습 때는 백발백중이던 것이 본선에 나가서는 실력을 발휘하지 못했다. 대대장이 길길이 뛰어 일주일간 완전군장 뺑뺑이 돌았다.

남들은 신병교육대 한 번으로 끝날 것을 유격장과 하사관교육대까지 군인 자격, 유격조교 자격, 분대장 자격 등 자격훈련을 많이도 받았다. 한두 번에 끝날 유격 훈련도 봄가을마다 파견 나갔다. 완전군장 메고 연병장을 하염없이 도는 뺑뺑이도 참 여러 번 돌았다. 그것 빼고는 군대생활은 늘 활기 넘치고 재미있었다. '그것'이 더 많기는 했지만.

내가 군대생활 할 때 복무기간은 30개월이었다. 1학년 때 문무대에 입소해 병영집체교육을 받고 2학년 때 전방부대에 입소해 전방체험을 하던 시절, 나는 멋모르고 문무대에는 다녀왔으나 전방입소는 거부했고, 2학년까지 받는 교련수업도 신입생 때 두어 번 출석하고는 그만두었다. 애초 군대 대신 빵에 가려니 생각했기 때문이다. 그 덕분에 2년간의 교련수업과 문무대, 전방입소 착실히 받으면 3개월을 빼주던 대학생 군복무단축혜택을 나는 단 하루도 받지 못했다. 대학교 1학년 마치고 입대한 동기들도 1개월 반의 복무단축혜택을 받았다. 대부분 고졸이고 대학을 다닌 동기가 몇 되지는 않았지만 그들이 제대할 때 관물대 잡고 울었다. 군대에서 제대날짜 꼽는 것은 일각 여삼추 아니던가.

원칙도 상식도 없는 국가

둘째를 잃고 사지에서 돌아온 셋째를 장가보낸 뒤 할머니 기력이 뚝 떨어졌다. 워낙 병약한 체질에 5남 2녀 7남매를 낳아 키우느라 고생했다.

막 시집온 새댁 어머니는 부엌살림에 시어머니 간병에 밭농사까지 척척 해냈다. 사촌누나는 작은아버지 대신 작은엄마를 졸졸 따라다녔다. 툭하면 신혼부부 사이에 끼어 자는 것도 이제는 편안해졌다.

아버지는 농사일에 서툴렀다. 그럴 것이 중학교 때부터 외지생활을 해 논이고 밭이고 들어가 볼 기회도 없었다. 어머니는 걱정하지 않았다. 곧 서울에 가 취직할 사람인데 그까짓 농사일 배워봐야 소용도 없었다. 시어머니 병이 깊어져 당장 못 나갈 뿐이라고 여겼다.

할머니는 1957년 1월 24일 환갑을 몇 달 앞두고 돌아가셨다. 고아나 다름없는 어린 사촌누나가 어머니 품에 안겨 서럽게 울어 보는 사람을 안타깝게 했다. 장례를 마치고 할아버지는 안방을 아들 내외에게 내주고 당신이 건넌방으로 옮겨갔다.

아버지는 면서기 시험이라도 보려고 군청을 찾아갔다. 아버지 서류를 살펴보던 군청 직원이 말했다.

"자네 이게 지워져야 뭐든 할 텐데 국군에 자원입대하면 어떻겠나?"

직원이 가리킨 건 서류에 화인처럼 찍힌 '민간인 억류자'였다.

"군대 다녀오면 괜찮을까요?"

"그걸 말이라고 해. 군대에서 받아준다면 그걸로 끝난 거지. 사상이 불순한 사람을 군에서 받겠어? 한번 지원해보게."

집에 돌아온 아버지는 밥상머리에서 할아버지에게 사정을 얘기했다.

"군대 다녀오면 꼬리표가 떨어진다고 하니 입대하는 게 좋을 것 같아요"

할아버지는 말없이 한참동안 진지만 드시다가 말했다.

"그렇게만 된다면 오죽 좋겠니. 전쟁도 끝났으니 위험하지는 않겠지. 다녀오려무나."

어머니는 무슨 얘기를 나누는지 알 수 없었다. 밤에 어머니가 물었다.

"군대는 무슨 얘기고 꼬리표는 무슨 얘기예요?"

아버지가 한숨을 푹 내쉬고 간단하게 말했다.

"전쟁 때 안 좋은 일이 있어서 부역자가 됐어. 그 꼬리표를 떼려면 군대에 나가야 할 것 같아. 그래야 취직도 하고."

어머니는 인민군에 나가 여태 소식 없는 두 오라비를 떠올렸다.

"우리 오빠들도 전쟁 때 잘못됐잖아요. 집 걱정 말고 다녀와요."

아버지 마음이 홀가분해졌다. 아버지는 지푸라기라도 잡는 심정으로 국군에 자원입대했다. 국군은 군소리 없이 아버지 지원을 받아들였다. 어머니는 임신 중이었다.

아버지에게 군 생활을 자세하게 듣지는 못했는데 행정병이었음을 자랑스러워하셨다. 내가 수방사에서 데리

러온 사실, 연대장실 근무를 거부한 얘기, 대대 행정병
도 안 하겠다고 했다는 얘기 듣고 몹시 안타까워하셨다.

"군대 행정이 얼마나 배울 게 많은데 바보같이 다 차
버리고 그 고생을 했어?"

내가 본 대대단위, 중대단위 행정은 비리의 온상이었
다. 오죽하면 '소령, 중령, 대령은 지프차 도둑놈. 소위,
중위, 대위는 권총 도둑놈. 하사, 중사, 상사는 모포 도
둑놈. 불쌍하다 우리들은 건빵도둑놈.'이라는 비아냥까
지 있을까. 아버지가 경험한 행정과 어떻게 다른지 모르
겠다.

아버지가 입대한 몇 달 뒤 어머니는 큰집 당숙모의
도움을 받아 아이를 낳았다. 할아버지가 방 밖에서 국
민학교 1학년 사촌누나 손을 꼭 잡고 서성거렸다. 며느
리 비명이 끝났나 싶은데도 아이 울음소리가 들리지 않
고 며느리 울음소리가 들렸다.

당숙모가 눈물을 흘리며 포대기에 싼 아이를 안고
나왔다.

"아저씨. 아이가 잘못됐어요. 동서 정신 차리기 전에
얼른 치우세요."

남자아이였으나 사산이었다. 할아버지가 꽁꽁 싸맨 아이를 뒷산 어디인가로 가져가 깊게 묻었다. 어머니가 울면서 아이 얼굴 좀 보자고 찾았으나 어른들 누구도 대답하지 않았다. 당숙모가 미역국을 한 가마솥 끓여 며칠을 먹였다.

 "몸조리를 잘해야 해. 동서 잘못 없으니 주눅들 것도 없고."

 당숙모가 어머니를 위로했다.

 "새아가 몸 성하면 됐다. 다 괜찮다. 일어나지 말거라."

 할아버지도 비록 딴 데 쳐다보고 말씀하셨지만 어머니를 위로했다. 어머니는 금세 일어나 억척같이 일했다. 할아버지도 말리고 당숙모도 말렸지만 어머니는 아랑곳하지 않았다. 눈도 마주쳐보지 못한 자식에게 용서를 구하는 길은 몸이 부서져라 일하는 수밖에 없다는 듯.

 당숙모는 어머니에게 시어머니 대신이었다. 집안의 가풍은 물론이고 가양주 담그는 법, 두부 만드는 법 등을 배웠다.

 "잔정 없고 무뚝뚝한 성격이지만 그 형님에게 이것저것 다 배웠어."

당숙모도 서른 살 남짓에 남편을 잃어 청상과부가 됐고, 어머니는 시집온 지 1년도 안 돼 남편을 군대에 보냈으니 서로 더 애틋했을 것이다.

아버지가 거의 1년 만에 휴가를 나왔다. 만면에 웃음을 띤 아버지가 집안을 두리번거렸다. 어머니도 할아버지도 심지어 사촌누나도 아버지가 무엇을 찾는지 눈치챘다. 어머니가 고개를 숙였고 할아버지가 아버지를 건넌방으로 불러들였다.

"아이는 잘못 됐다. 명을 붙여 나오지 못했어. 너 심란할까봐 편지도 쓰지 말라고 했어."

어머니는 아버지 얼굴을 똑바로 쳐다보지 못했다. 아버지는 어머니에게 당신 잘못 아니라는 말도 하지 못했다. 아이를 어디에 묻었는지 할아버지는 누구에게도 말하지 않았다. 아버지, 어머니는 첫아이가 어디 묻혔는지 평생 알지 못했다. 가슴에 묻었을 뿐이다.

살아나왔다면 내 형이고 나는 장남이 아니다. 명절이나 집안 대소사에 슬쩍 빠져도 되는 둘째아들이 됐을 것이다.

아버지는 36개월을 꼬박 채우고 제대했다. 제대하자

마자 취직자리를 알아봤지만 군대생활이 부역자 꼬리표를 떼어주지 않았다. 군역 의무가 없던 조선시대 노비는 국가의 부름을 받고 전쟁에 나가 공을 세우면 면천했을 뿐만 아니라 벼슬을 얻기도 했다. 그러나 이 국가는 억울하게 끌려간 '민간인'이라고 분명히 말했으면서도 부역자 꼬리를 떼 주지 않았을 뿐 아니라 다시 국가를 위해 성실하게 복무했음에도 몰라라 했다. 원칙도 상식도 없는 국가의 개돼지에 불과한 아버지는 다시 절망했고 좌절했다. 말수가 줄었고 조금 우울해졌으며 술이 늘었다.

1961년에 누나가 태어났다. 누나가 태어난 지 두 달 뒤 박정희가 김포와 의정부에 주둔한, 총구를 북쪽으로 향하고 있던 군대를 몰고 서울로 왔다. 세상이 또 어떻게 바뀐지도 모르고 이태 뒤에 내가 태어났다. 4년 뒤에는 아우가 태어났다. 우리 형제들은 박정희 통치 아래 아이가 되고 어른이 돼갔다.

다시 사촌누나

내가 태어나던 해 사촌누나는 전쟁 때 문산에서 금
촌으로 피난 와 눌러앉은 문산중학교에 입학했다. 탄현
국민학교 다닐 때 할아버지가 학교를 너무 자주 찾아가
선생이나 학생들이나 좀 수군거렸다는 얘기도 있다. 부
모 없는 손녀딸 애지중지하는 마음이었을 텐데 사촌누
나는 할아버지 위세에 더해 타고난 총명으로 다른 아
이들은 넘보지 못할 최고 실력이었다고 누나 동창 집안
조카님에게 들었다.

전쟁 뒤끝이어서 학교도 일부 파손되었고 책걸상도
없어서 맨땅에 앉아서 공부했는데 누나는 늘 방석에
앉아서 공부했다는 증언도 있다. 짓궂은 사내아이들에
게 눌리기는커녕 호령하는 여걸이었는데, 이 역시 할아

버지가 손녀딸의 자존감을 높여주는 역할을 맡았을 것이다.

나와 형제들도 무럭무럭 자랐고, 아버지는 취직을 포기하고 농사꾼이 되었다. 그 무렵 백부가 산업은행을 퇴사하고 사업을 시작했는데 산판 일이었다. 목재로 쓰거나 숯을 굽기 위한 나무를 벌목하는 일인데 아버지를 산으로 불러들였다. 아버지는 별로 할 일이 없던 동네 젊은이들을 데리고 백부 사업장 산으로 갔다. 인부를 감독하고 회계를 책임지는 일인데 아버지가 쌀을 팔아 인부들 일당을 줘야 할 정도로 사업이 시원찮아 몇 년 만에 백부는 사업을 접었고 아버지는 다시 농사꾼이 됐다.

사촌누나는 고등학교 2학년 때 서울로 전학 갔다. 막내숙부가 미아리 산동네에 집을 마련하면서 데려간 것이다.

"부모도 없는 조카를 우리 형제들이 책임져야 하는데 촌구석에만 둘 것이냐?"

막내숙부가 형제들에게 화를 냈다고 했다. 사촌누나는 어른들이 결정하고 막내숙부가 이끄는 대로 서울로 갔다. 촌구석에서 여태 사촌누나를 보살펴 온 어머니는 서운했지만 내색하지 않았다. 막 결혼한 막내숙모는 갑자기 다 큰 조카딸을 건사해야 해서 청천벽력이었을 것이다. 명색 안주인 막내숙모의 의견이 이 일에 반영되었을 리 없다. 가부장제는 그 자체로 폭력이다.

정화여자상업고등학교로 전학해 졸업한 사촌누나는 '왕자표' 신발로 유명한 진양화학 서울지사 사무원으로 취직했다. 첫 월급을 받은 사촌누나는 선물을 잔뜩 사들고 시골집에 왔다. 아버지, 어머니 내의와 우리 삼남매 옷 한 벌씩, 구경도 못해본 과자며 사탕이 한보따리였다. 왕자표 운동화도 한 켤레씩이었다. 그걸 받는 우리 삼형제는 신이 났는데 아버지, 어머니 눈시울은 촉촉해졌다.

"뭘 이런 걸 사 와. 너 하나 잘살면 돼."

아버지가 퉁명스럽게 말했다.

"무슨 말씀. 내가 월급을 얼마나 많이 받는데요."

어머니도 사촌누나 등을 쓰다듬으며 한마디 보탰다.

"월급 알뜰하게 모아 시집가야지."

서너 살 된 막내 옷을 입혀주던 사촌누나가 중얼거

리듯 무심하게 툭 던졌다.

"작은아버지, 작은엄마 내가 업고 다녀도 모자랄 판인데."

그 말에 아버지와 어머니가 눈을 마주친 듯싶더니 어머니 눈물이 터졌다.

"아이고 이년아. 무슨 그런 말을."

사촌누나도 감정이 복받쳐 어머니를 껴안고 울었다. 아버지도 주먹으로 눈가를 훔쳤다. 감정을 드러내는 일도 애정을 표현하는 일도 없었던 어른들이 울다가 웃다가 했다. 뭘 바라고 한 일은 아니지만 아버지와 어머니는 그동안 사촌누나를 보살핀 노고를 그 말 한마디로 충분히 보상받았다고 느꼈다.

누나는 이미 국민학교에 들어갔고 곧이어 나도 학생이 되었다. 사촌누나는 한두 달에 한번쯤은 시골집에 왔다.

"이거 새로 나온 과자인데 서울 애들이 가장 좋아한대."

새우깡이다. 그렇게 맛있는 과자는 처음 먹어봤다. 어느 날은 두툼한 봉투가 소포로 왔다. 별책부록이 포함

된 《소년중앙》이다. 사촌누나가 정기구독을 신청해 준 것이다. 구멍가게도 만화방도 없는 깡촌에서 이 잡지를 통해 만화를 처음 봤다.

계몽사에서 발행한 빨간 표지의 60권짜리 소년소녀 문학전집도 누나가 보내왔다. 읽을 것이라고는 교과서 밖에 없던 시절에 비록 다이제스트판이기는 하지만 달고도 단 독서경험이 됐다. 중학생이나 읽는 《얄개전》, 《남궁동자》 같은 명랑소설도 이때 읽었다. 사촌누나 덕에 내 책읽기가 시작됐고 책도 몇 권 없는 시골학교 도서관에 들락거리는 계기가 됐다.

"소풍 언제 가니? 아직도 장릉 가니? 누나는 6년 내내 장릉만 다녔어."

장릉은 탄현면 갈현리에 있는, 병자호란 때 청국에 머리를 조아린 인조 능이다. 사촌 누나뿐만 아니라 우리 삼남매도 6년 내내 장릉으로 소풍 갔다.

"작은엄마. 나도 애들 따라 소풍 한번 가볼래."

"노는 날도 아닌데 어떻게 와?"

"걱정 마요. 휴가 내면 돼."

"그까짓 소풍 따라가려고 휴가를 왜 내? 회사에서

뭐라고 하면 어떻게 하려고?"

"아이고 걱정 마시우. 내가 일 잘해서 회사에서 뭐라고 안 해. 동생들 소풍 따라가서 언니 노릇, 누나 노릇하면서 맛있는 것도 사주고 싶어서 그래요."

내가 2학년 되던 1971년 가을 소풍 때 누나가 어머니 대신 보호자로 따라왔다. 촌에서는 보기 힘든 양장에 뾰족구두 신은 사촌누나의 등장으로 내가 얼마나 으쓱했는지 모른다. 사촌누나는 어머니가 아니었으므로 뭐든 다 사줬다.

"오늘 하루뿐인데 뭐 어때. 너희들 하고 싶은 거 다 해."

번데기도 사주고, 조악한 플라스틱 색안경도 사주고, 아이스께끼도 사줬다. 친구가 따라오면 친구에게도 사줬다.

"엄마한테 말하면 안 된다."

아홉 살짜리라고 왜 생각이 없겠나. 절대 비밀이었음은 물론이다. 다시는 누려보지 못한 참 행복한 소풍이었다. 몇 해 뒤 사촌누나는 회사동료인 엘리트 사원과 명동 아스토리아호텔에서 결혼했다.

"나 작은아버지 손잡고 들어갈래요."

그러나 아버지는 펄쩍 뛰었다.

"형님이 계신데 어떻게…."

백부는 당연히 당신이 할 일이라고 생각했고 아버지는 더 말하지 않았다. 신혼여행 마치고 시골집에 온 사촌누나는 또 어머니를 끌어안고 펑펑 울었다.

아버지에게 명랑해지기

아버지는 더 취직할 뜻을 품지 않고 농사꾼이 되었지만 농사일이 손에 익지 않았다.

"아버지 일하는 거 보면 내가 속이 터지지. 성격은 꼼꼼해서 붙잡고 씨름은 하는데 안 되는 거야. 남들은 웃고 지나가지만 난 열불이 났어."

농사일이 뭐 그리 복잡할까 싶지만 어머니는 고개를 절레절레 저었다.

"농사지으려면 품앗이도 좀 해야 하는데 아무도 아버지에게 품앗이 하자는 소리를 안 했어. 평생."

일을 할 줄 몰라 이웃들에게도 아버지는 방해만 됐기 때문이다. 그렇다고 왕따는 아니었다. 아버지 혼자 쩔쩔매고 있으면 친구들이 자기 일 끝내고 몰려와 후딱

해치웠고, 어머니는 얼른 술상을 차렸다.

"일만 못하신 줄 아니? 기계도 다룰 줄 몰라서 남의 손을 빌리지 않고는 논에 물도 대지 못했어. 모터를 만질 줄 몰라서."

그뿐 아니라 평생 전등도 갈아본 적 없다던가. 아버지는 자전거도 탈 줄 몰랐다. 아버지 또래 어른들은 다 자전거를 타거나 오토바이 타는 사람도 있었지만 아버지는 지게만 지고 다니셨다.

"경운기는 어떻게 몰고 다니셨대요?"

"논 갈고 밭가는 소가 없어졌잖니. 다들 기계로 하니까. 그거 빌려달라기 싫어서 경운기를 샀지. 경운기 다룰 줄 모르니까 남에게 맡겨놓고 있다가 어떻게 배워서 평생 끌고 다녔지."

나는 1987년 8월 하순 만기 전역했다. 그 해 6월 역사적인 6월 항쟁이 있었는데 제대 말년에 비상이 걸려 진지에 투입돼 서울 쪽으로 총구를 겨눴다. 서울에서 멀지 않은 경기도 연천인데 여차하면 서울로 진격할 생각이었는지는 내가 결정할 문제가 아니어서 모르겠다. 외출외박도 금지였고 뉴스 시청도 할 수 없어서 서울에 무슨 일이 있는지 알지 못했다.

제대해 시골집에 와 보니 아버지는 피골이 상접했고 많이 늙었다. 입대할 때보다 더 안 좋아 보였다. 1984년 초가을 위암 수술 후 환자로 지내는 중이었다. 완치 판정을 받으려면 보통 5년이 경과해야 한다는데 아직 1년이 더 남아 재발할지 괜찮을지 불안한 상태기도 했다.

"아픈 데는 없어."

아버지는 희미하게 웃었는데 완치될 것인지에 대한 불안감이 온몸을 감싸고 있었다.

"개 열 마리도 더 고아 드셨어."

아버지 구완하랴 농사일하랴 어머니도 피곤이 덕지 덕지 쌓였다. 두 분 다 불과 30개월 전과 많이 달라졌다. 두 분을 보는 내 눈이 달라졌을지도 모르겠다. 늙고 약한 존재가 됐다. 어머니가 저녁 준비하는 사이 집 뒤 선산에 올랐다. 어디 다녀오면 할아버지 묘에 고하도록 배우기는 했지만 지킨 적은 별로 없다. 이왕 올라왔으니 절했다.

"할아버지. 군대 다녀왔습니다."

좀 울었다. 할아버지 생각나서가 아니라 어머니, 아버

지가 훌쩍 늙은 것이 조금 서러웠다. 아버지에게 조금
은 명랑해져야겠다고 생각했다. 중학교 때부터 아버지
와 대화를 해본 적이 없다. 말하기 싫어 아버지에게 용
돈을 달라고 해본 적도 없다. 그러지 않아야겠다고 다
짐했다.

학교에 갔다. 복학수속을 마치고 학보사에 들렀더니
새 학기 신문 준비하느라 다들 분주한 가운데 제대를
축하하는 술자리를 만들어줬다. 이미 졸업한 선배들도
참석했고, 처음 보는 신입생들도 있었다. 군대 가기 전
서운했던 마음은 이미 없어졌다.

내가 군대 가던 해 입학해 3학년 편집국장이 된 고
가 말했다.

"선배 국문과잖아요. 이번 문학상 응모작품이 너무
적은데 선배도 소설 응모 좀 하시죠."

"그래? 언제까지인데? 상금은 얼마야?"

"마감 일주일 남았어요. 상금은 60만 원입니다."

"한번 해볼까?"

농담이었고 다들 농담으로 받아들였다. 여태 '군바
리'였고 이제 막 사회 나왔는데 무슨 글을 쓰겠나. 소

설을 어떻게 쓰는지도 모르겠고. 평소 폼 잡느라 流水不爭先(흐르는 물은 앞을 다투지 않는다), 無有定法(정해진 법은 없다), 月下登天(달빛 아래 하늘에 오른다) 같은 낙서를 자주 했다. 그때도 지금도 저 문구의 출처가 어딘지, 있기는 한지 모른다. 고등학교 때부터 하던 낙서였다. 신병교육대에서 편지 쓰는 시간이었는지 한가할 때 저 낙서를 하는데 '法'자가 생각나지 않는 것이다. 훈련소 동기 몇 명에게 물어봤지만 세상에 '법 법'자를 아는 인간이 아무도 없었다. 훈련소 마치고 나서야 비로소 생각나 실소했다. 그런 주제에 제대하자마자 소설이라니. 상 받으면 술 한잔 사겠다는 호기 부리며 만취했다.

다음 날 깼는데 다른 얘기 나눈 건 희미하고 소설 생각만 났다. 뭘 쓸지는 정하지도 않고 연장부터 챙기는 격으로 문방구에 가 원고지를 샀다. 잉크 잘 나오는 펜도 샀다. 책상을 정리하고 원고지 펼쳐놓고 몇 시간 궁리했다. 이틀 밤을 새 마침표 찍고 서류봉투에 넣어 밀봉한 다음 학생회관 1층 우체국에 가 4층 학보사 편집실로 부쳤다. 직접 가져다주지 않은 이유는 생각하시는 대로다. '쪽' 팔려서. 그 뒤로 얼마간 학보사에 발걸음하지 않았다.

한참 뒤 내가 쓴 소설이 학보에 당선작 없는 가작으로 발표됐다. 그날 마침 '소설론' 수업이 마지막 시간에 있었다. 한 선생님이 수업 끝내고 나가면서 따라오라고 눈짓을 했다.

"소설 썼어? 좀 잘 쓰지."

한 선생님이 심사위원이었다.

"부끄럽습니다."

"별 일 없으면 한잔 할까?"

술집에 앉아 소설 강의를 두어 시간 들었다. 취한 한 선생님이 일어나면서 한마디 더했다.

"딴 놈 같으면 당선이지만 넌 안 돼. 넌 더 공부해야 해 임마."

한 선생님은 소설 공부하겠다는 제자가 없어서 퍽 외로워했다. 학부 전 학년에서 소설 운운한 학생은 공부 지지리도 안 하는 나밖에 없었던 모양이다. 내게 대학원 진학하라고 노래를 불렀다.

당선작 없는 가작 상금은 30만 원이었다. 내가 쓴 소설이 학보에 게재됐고 시상식이 있었다. 다들 가난한 때, 여러 사람이 술 잘 마셨다.

소설은 운동권 아들을 둔 아버지 얘기였다. 명문대 다니는 잘 아는 형과 늙고 병든 내 아버지를 모델로 삼았다. 십여 년 관계가 단절됐던 아버지와 나누고 싶었던 얘기를 썼지만 아버지에게 그 소설이 게재된 학보를 보여주지는 않았다.

래전이 마음

멀리서 봤다. 새카맣게 그을린 작고 왜소한 농부. 젊은 여성이 연신 등을 쓰다듬으며 위로하고 있었다. 앙다문 입에 분노가 서렸다. 애를 끊는 고통을 삭이고 있을 것이다. 래전이 장례식장이고 아들 잃은 래전이 아버지다.

1988년 6월 3일 금요일 오후. 한가하게 학생회관 4층 학보사 낡은 소파에서 책을 뒤적이고 있었다. 현역 기자들은 취재 나갔거나 수업 들어가서 아무도 없었다. 퇴임한 지 오래됐지만 자주 학보사에 와 시간을 보냈다.

누군가 문을 조심스럽게 열었다. 래전이다.

"뭐야?"

내 목소리에는 날이 조금 섰다. 래전이와는 한때 친

한 사이였고 지금은 조금 먼 사이다. 래전이는 나보다 1
년 먼저 군대생활을 마쳤다. 내가 군대 가 있는 동안에
운동권에서 정파 싸움이 치열했던 모양이고 제대했더
니 후배들이 나는 이쪽이라고 해서 이쪽인 줄 알았고,
래전이는 저쪽인 모양인데 난 그게 무슨 차이인지도 몰
랐다. 래전이가 저쪽이라니까 이쪽 수컷으로서 으르렁
댈 뿐이다.

"잠깐 나와."

래전이는 깜장 비닐봉지를 들고 있었다. 학생회관 1
층에는 왼쪽에 학생처가 있고 가운데 구내서점, 오른쪽
에 매점 겸 휴게실이 있다. 휴게실 바깥쪽으로 작은 잔
디밭이 있는데 후미진 곳이라 학생들이 자주 오지 않
는다. 래전이는 나를 그리로 데려갔다.

"뭐냐고?"

나는 래전이 옆에 털썩 앉으며 물었다. 같은 국문학
과에 같은 문학회여서 자주 볼 것 같지만 지금 래전이
는 인문대 학생회장을 맡고 있다. 같이 입학했는데 내
가 3학년 2학기에 복학했을 때 2학년인 것으로 봐 1년
더 휴학했던 모양이다. 처음 봤을 때는 '쭈구리'였는데

1학년 마치고 군대 가버려 교류 없었고, 내가 늦게 제대해 복학했더니 거물이 돼 있었다. 그러거나 말거나 친구였는데 정파가 다르다고 하니 관계가 애매해졌다. 나보다는 래전이가 훨씬 착해서 그나마 친구가 유지됐고 남들 눈 피해 소주 한잔씩 했다. 북조선 동무 접선하는 것도 아닌데 남들 눈을 피할 만큼 그 정파라는 게 유치찬란했다.

"술이나 한잔 하자고."

래전이가 못생긴 얼굴로 씩 웃으면서 비닐봉지에서 소주 한 병과 쥐포를 꺼냈다. 난 어이가 없어서 바라보기만 했다. 래전이가 이로 소주병을 따더니 잔도 없이 제가 먼저 꿀꺽 한 모금 마시고 내밀었다. 나도 주는 대로 한 모금 마셨다. 래전이가 쥐포를 찢어 내밀어 받아먹었다.

"뭐야, 이게? 나가. 내가 소주 살게."

래전이는 대꾸도 없이 한 모금 꿀꺽하고 병을 내밀었고 나도 받아 마셨다.

"이거 마시고 가, 그럼."

그렇게 몇 번 오갔을까, 래전이가 맥락 없이 말했다.

"미안하다."

"뭐야? 이 분위기."

이번에는 내가 먼저 꿀꺽 마셨다. 래전이도 마셨다. 다 마셨다. 래전이가 소주병을 비닐봉지에 넣어 던지듯 내게 줬다.

"나 형에게 가봐야 해. 형에게 볼일이 있거든. 갈게."

형 얘기는 귀에 딱지가 앉도록 들었다. 연대 국문과 다녔다던가. 박영준문학상을 받았다던가. 세상에서 가장 존경하는 사람이 형이라고 했다. 내게 빈 소주병을 남겨놓고 래전이는 휘적휘적 학교 밖으로 나갔다. 아직 해는 떨어지기 전이었다.

1988년 6월 4일. 학교에 나왔다가 후배들이 출출하다고 해 내 자취방에 데려가 라면을 끓여먹고 학교에 다시 왔는데 소란스러웠다. 사람들이 학생회관으로 뛰고 있어 나도 함께 달려갔다. 옥상에 도착했더니 여러 사람이 둘러쌌고 곧이어 소방대원이 들것 들고 뛰어올라왔다.

"누구야? 누구래?"

"인문대 학생회장이랍니다."

털썩 주저앉았다. 학생기자인 후배들은 학보사로 달려갔고 나는 한참 동안이나 망연자실 주저앉아 있었다. 나쁜 자식이 소주병 들고 인사하러 온 것이었다. 소리도 내지 못하고 눈물 뚝뚝 흘리고 있는데 후배가 데리러 왔다.

"살았대, 죽었대?"

"살았다는데 화상이 어느 정도인지는 파악이 안 됩니다."

그날 학교에서 밤을 새며 래전이 소식을 기다렸다. '박래전 군 분신자살 기도'라는 짤막한 뉴스가 나왔다. 래전이는 분신하면서 '광주는 살아 있다. 군사파쇼 타도하자. 청년학도여 역사가 부른다'는 구호를 외쳤다고 했다. 학생들은 토요일임에도 속속 학교로 모여들었다. 다음 날 래전이가 화상전문 여의도 한강성심병원 중환자실로 옮겨졌다는 소식이 전해졌고, 우리는 모두 여의도로 달려갔다. 래전이를 면회하겠다고 줄을 섰지만 나는 각목 들고 외곽 경비에 나섰다. 경찰이 환자를 빼갈지도 모른다는 얘기가 퍼져 있었다. 래전이가 입을 움찔거리며 '동트는 그날까지'를 함께 불렀다는 얘기도 들렸다. 래전이가 평소 늘 흥얼거리는 노래다.

6월 6일 래전이가 절명했다. 학교 강당에 시신을 안치했고 나는 래전이 관을 지켰다. 장례위원회가 꾸려졌고 학교는 뉴스의 중심이 됐다.

"선배, 우리도 국문과 이름으로 성명을 내야겠어요."

과학생회를 맡은 후배들이 전지를 몇 장 가지고 찾아왔다.

"선배가 래전이 형 친구잖아요. 선배가 써 주세요."

내가 그걸 쓸 자격이 있나 싶었지만 마땅히 다른 사람도 없어서 썼다. 내가 쓴 걸 같이 읽고 토론해 수정했다. 차트 글씨 쓸 줄 아는 후배가 전지에 옮겼다. 성명이라기보다는 추모글이었다. 그걸 학교 몇 군데 붙이고 몇 시간 안 돼 일단의 전사들이 후배들이 붙여놓은 대자보를 떼어가지고 찾아왔다. 래전이 정파 후배들이라고 했다.

"열사는 군사파쇼라고 했지 군부독재라고 말한 적 없습니다. 게다가 이런 감상적인 내용이라니요. 수정해서 다시 써 주세요."

화가 솟구쳤다. 한참 후배인 그들에게 소리쳤다.

"개새끼들아. 친구가 죽어 눈물 흘리는 게 뭐가 문제라는 거야. 꺼져!"

그들은 수정하지 않으면 게시할 수 없다고 검열관 노릇을 했다. 마음대로 하라고 했다. 래전이 죽음은 그들에게 투쟁이었고 내게는 눈물이었다. 그 친구들이 중심이 돼 기념사업회를 꾸린다고 했을 때 얼씬도 하지 않았다. 30년이 지난 지금도 기념사업회 행사에 나가지 않는다. 래전이 기일 6월 6일 행사에도 가지 않는다. 기일 전이나 후에 혼자서 조용히 다녀올 때도 있고 못 갈때도 있다.

래전이는 불을 뒤집어쓰기 전에 부모님에게 유서를 남겼다.

어머님, 심장병에 시달리면서도 자식들을 위해 일하시는 어머님.

아버님, 다리가 썩어 들어가도, 환갑이 넘어서도 일하시는 아버님.

저는 두 분 곁으로 돌아갈 계획을 가지고 있었습니다. 올해로 대학생활을 정리하고 고향으로 돌아가

두 분 모시면서 고향에서 올바른 뜻을 펴고자 했습니다. 그러나 사람들은, 지독히도 더러운 세상은 그 뜻마저도 이렇게 만들지 않으면 안 되게 하였습니다.

(중략)

어머님, 강하게 사세요. 비록 자식은 떠나지만, 제가 원했던 세상을 보기까진 절대 눈감지 마세요. 아버님, 엄하셨지만 다정했던 아버님, 건강하세요. 썩어 들어가는 다리도 고치셔야죠. 절대로, 절대로 저의 죽음을 비관하지 마세요. 지금은 슬프시겠지만 제가 원하는 그날이 오면. 두 분 부모님. 아니, 그날이 오기까지 힘드시더라도 눈감지 마세요. 어떻게든 살아서 아들과 함께 싸우는 이 땅의 어머님, 아버님이 되세요. 절대로 목숨을 버리시면 안 됩니다. 어머님, 아버님, 모질게 먹은 마음이라 눈물조차 흐르지 않아요.

아, 래전아. 나는 래전이 방식에 동의하지 않지만 그를 기억하는 것은 내 의무가 됐다.

뭐가 돼도 될 반공소년

"사법고시 봐서 판검사 되면 좋겠지."

내게 하신 말씀이 아니다. 많아야 두세 살 차이 나는 아버지 또래들 9명이 '구락부'라는 '촌빨' 날리는 모임을 결성하고 함께 어울려 농사도 짓고 놀기도 했는데, 이분들이 우리 집 안방에서 술 마시면서 나눈 대화다. 국민학교 저학년 때인데 나는 술 마시는 어른들 옆에 배 깔고 엎드려 숙제하고 있었다. 아이가 똑똑하네, 신동이네 그런 얘기들을 나누던 끝에 아버지가 불쑥 얘기했고 좌중은 잠시 침묵이 흘렀던 것 같다. 나는 몰랐지만 친구 분들이야 왜 아버지가 취직도 못하고 시골에 엎드려 있는지 그 사정을 잘 알고 있었을 것이다.

"형님. 형님이 학교 다닐 때 인민군에…."

누군가 그렇게 서두를 잡자 또 다른 누가 얼른 말을 막았다.

"시끄러워, 이 사람아. 애도 있고 옛날 얘기를 왜 해? 형 불편하게."

그 뒤로 나는 판검사가 뭔지는 몰랐지만 사법고시 봐서 판검사 돼야겠다고 생각했던 것 같다.

"이 녀석은 뭐가 돼도 될 테니 걱정 안 하셔도 돼. 내가 장담하우."

"그럼 그럼. 길이 하나뿐인 것도 아니고. 정부미 먹어야 출세했다고 여기는 건 고리짝 얘기고."

이쯤 되면 누가 젓가락을 두드리기 시작한다.

"해당화 피고 지는 섬마을에…."

곧바로 합창이 되고 일어나서 덩실덩실 춤추는 분도 있다. 방 안에는 담배연기도 자욱했지만 엎드려 숙제하는 아이를 염두에 두는 사람은 없다. 나도 고개를 까닥까닥하며 손가락장단을 맞춘다. 안주 내는 어머니도 환하게 웃는다. 애어른 할 것 없이 화합의 장이다. 건강염려증 따위 없던 70년대 초중반 풍경이다.

교장은 아버지 선배고, 선생 중에 아버지 동창이 두어 분, 후배가 여럿 있었다. 대부분 교원양성소 출신이어서 아버지가 당신 학벌에 미치지 못한다고 생각한 것 같다.

"제까짓 것들이."

아버지는 종종 선생님들을 무시했다. 선생님들은 자주 우리 집에 놀러왔다. 그때마다 거나한 술상이 차려졌고 화제의 중심에는 늘 내가 있었다.

"애 서울 보내야지."

"보내야지. 서울에 형님도 계시고 아우들도 있고."

촌놈들은 선생님을 보면 부끄럽거나 숙제를 안 했거나 뭔가 찔리는 게 있어서 내빼기 일쑤지만 나는 가슴을 활짝 펴고 교무실에 드나들었다. 6년 내내 반장을 지냈고 전교 어린이회장을 지냈다. 나중에 생각해보니 아버지가 선생님들에게 '와이로'를 먹이기도 했을 것이다. 집에서 술상 차려내는 것도 그런 것일 테고. 어쨌거나 나는 부모와 학교의 총애와 지지를 받는 어린이였다. 뭐가 돼도 될 녀석이었다.

70년대 초중반 탄현국민학교 행사는 반공 일색이었

다. 반공웅변대회, 반공글짓기대회, 반공그리기대회….
다른 지역도 비슷했을 것으로 생각된다.

4학년이었을 것이다. 학교에서 반공웅변대회가 열렸
다. 반장인 내가 대표로 뽑혔지만 3분인지 4분짜리 웅
변 원고 쓰는 게 문제였다. 아버지가 대신 써 주겠다고
나섰다. 그러나 마침표가 찍히지 않은 만연체의 아버지
원고는 도무지 읽을 수가 없었다. 담임이 도와주겠다고
나섰다. 아버지 원고를 고쳐주었는데 중간 중간 단락을
끊어줬지만 읽기 어려웠다. 그렇다고 아버지가, 담임이
도와준 원고를 팽개치지도 못하고 그 원고로 연습했다.
도무지 외워지지가 않았다. 그날 저녁 집에 와 내가 다
시 썼다.

"선생님. 제가 다시 써봤어요."

담임은 내가 내민 원고를 읽어보더니 만면에 웃음
을 지었다. 30대 중반의 남자 선생님이었는데 징그럽게
도 나를 껴안고 뺨에 뽀뽀를 해 담배냄새가 확 끼쳤다.
나중에 알게 됐지만 웅변원고는 다 담임들이 써주었
고, 선생님이라고 글 잘 쓰는 것은 아니어서 시즌만 되
면 골머리들을 앓았다. 그러니 직접 쓴 내가 얼마나 대

견하고 사랑스러웠겠는가. 그 웅변대회에서 1등을 했고, 그때부터 학교대표로 1년에 두어 차례씩 웅변대회에 나가 '때려잡자 공산당'을 외치고 다녔다. 학교 밖의 대회에서 크게 두각을 나타내지는 않았다.

'반공소년대'가 있었다. 전교어린이회와 다른 조직인데 보이스카우트 비슷하게 운용했다. 전교생 조직인데 여름방학에 간부들만 소집해 일주일여 군부대 연병장에서 캠핑을 하면서 투철한 반공정신을 심어주었다. 흰색 셔츠에 파란 반바지가 단복이었다. 제식훈련을 시키고 군가를 가르쳤다. 물론 거수경례를 했다. 반공소년대장인 나는 대대장 격으로 장교 취급을 받았다. 조회 때나 운동회 때도 군대식 구령을 붙였지만 반공소년대는 총만 안 들었지 소년병에 다름 아니었다. 한심한 국가는 소년에게 병의 의무를 지게 했다. 의용군 출신 아버지는 당신의 억울한 죄를 아들이 갚는다고 생각했을까.

내 어린 시절은 새마을운동과 함께였다. 이른 아침에 마을 스피커에서 새마을노래가 우렁차게 흘러나왔고, 아이들은 일어나 밥 먹고 마을 어귀에 모여 줄맞춰 학교로 행진했다. 학교 가는 길에 새마을노래도 불렀지만,

그 어린 것들이 '월남에서 돌아온 김상사'를 더 자주 불렀다. 이렇게 한 마을 아이들을 조직한 것이 '애향반'이다. 일요일 아침에 애향반 활동은 더욱 빛났다. 식전에 마을 공터에 모여 출석 부르고 6학년 애향반장의 진두지휘 아래 조를 나눠 마을 청소를 하거나 꽃길 가꾸기를 했다. 애향반 출석부를 책임진 애향반장은 권력이었다. 두꺼운 마분지를 검은 종이로 싼 출석부는 학교에서 선생님이 쓰는 것과 똑같아서 그 자체로 권위를 나타냈다.

무료하고 지루한 시골의 어린이들은 호루라기 소리에 일사불란하게 움직였다. 어린이를 병영의 군인처럼 대한 시절이다. 어린이도 빠질 수 없는 병영국가였다.*

선생님도 조회나 체육시간에는 군인 장교처럼 행동했다. 시골학교뿐만은 아니었을 것이다. 전국 어느 지역 학교나 대동소이했을 것이다. 이런 교육을 두고 이의를 제기하는 학부모는 없었다. 이의를 제기할 수 있다고 생각조차 하지 않았다. 특히 시골은 그랬다.

---

* 임영태,《국민을 위한 권력은 없다-박정희 시대, 개발독재 병영국가》, 유리창.

빵에는 안 다녀오셨네

대학을 졸업했다. 대단한 것도 아니어서 집에 졸업식을 알리지도 않았다. 고등학교 때도 그랬다. 고등학교 3년 재학 내내 우여곡절도 많아 어둡고 우울했다. 졸업식장에 가지 않았는데 부모님이 오셨다고 자취방 주인에게 전화와 부랴부랴 달려갔더니 졸업식은 끝났고 부모님은 교문에서 날 기다렸다. 별 말씀 안 하셨고 나는 죄송했다. 짜장면 같이 먹고 부모님은 내려가셨고 나는 며칠 뒤 짐을 싸 시골집으로 갔다.

고등학교 졸업 때도 그랬는데 대학 졸업이 뭐 대수라고. 대학 졸업하기 전 11월 말쯤 시시한 직장에 취업했다. 그러나 정말 시시한 곳이어서 3개월간 월급 한 푼 안 주더니 문 닫아버렸다. 지금도 그때도 대장인 시인

강 선배가 출판운동단체인 출판문화운동협의회 간사 자리가 있다고 나를 데리고 가 면접을 봤다.

"어, 빵에는 안 다녀오셨네."

내 이력서 보던 이가 갸우뚱했다. 감옥에 안 갔거나 못 간 것이 부끄럽던 시절이다.

"우리는 좀 선명한 투쟁을 해야 해서 강한 사람이 필요해요."

내 얼굴이 빨개졌을 것이다. 그이는 나보다 나를 데려간 강 선배에게 몹시 미안해했다. 강 선배는 당장 나를 취직시키지 않으면 안 된다는 듯 곧바로 ㅍ출판사로 데리고 갔다. ㅍ출판사 사장은 북한 원전을 몇 권 냈다가 국가보안법 위반 혐의로 구속된 상태고 만삭의 부인이 대신 일을 보고 있었다.

"언제부터 출근하실래요? 월요일부터?"

마침 토요일이었다. 월요일에 첫 출근했다. 월급 15만 원 받기로 했다. 1989년 2월이다. 차비와 점심값 하고 조금 남았던가. 무슨 셈법인지는 모르지만 한 달에 2만 원씩 올려줬다. 애초 너무 적었지만 거창하게도 '출판문화운동'에 투신한 거여서 별 불만은 없었다. 사장이 국보법 위반으로 구속된 출판사라는 '긍지'도 있었을 것이다. 편집장과 디자이너가 있었고 얼마 뒤 3년 경력 편집자 김이 합류했다. 내가 일하는 게 딱했는지 김이 속성 과외 지도를 제안했고 매일 한 시간 일찍 출근해 편집 실무를 배웠다.

그때만 해도 물류가 제대로 갖춰지지 않아 창고는 건물 지하층에 있었고 영업부에서 오전에 출고할 물량을 포장했다. 그러나 그 회사 영업부는 출근하자마자 바쁘다고 현장으로 내뺐고 편집부 막내인 내가 오전 내내 '미수꾸리'해야 했다. 요즘 같으면 어림도 없는 일이다. 물류직원이 따로 있거나 물류회사에 맡겨 처리한다.

1980년대 출판사 등록이 허가제에서 신고제로 바뀌면서 취직이 안 되는 열혈 학생운동권이 대거 출판사로 유입됐다. 우후죽순이라는 말이 무색할 정도로 많은 출판사가 생겼고, 사회변혁을 위한 책이 쏟아졌다. 이렇게 생긴 출판사를 사회과학 전문출판사로 통칭했는데 대학가에 생긴 사회과학서점과 함께 80년대를 풍미했다. 당국은 불온서적 딱지를 붙였고 대개는 국가보안법 위반으로 '빵'에 한 번씩은 다녀와야 행세했다.

1987년 여름 막 제대해 학교에 왔더니 운동권에서 '김남주'라는 이름이 떠돌았다.

"김남주가 누구야?"

"유명한 시인이에요."

"시집이 있을 거 아냐?"

"판금돼 서점에 없어요."

궁금해서 운동권이 찾는 웬만한 책은 구해준다는 학교 앞 '글사랑'이라는 간판이 붙은 서점에 갔다. 입대 전에는 없던 작은 서점이다.

"김남주 시집 있어요?"

"없어요."

젊은 여주인은 고개도 들지 않고 대답했다. 조금 무례한 느낌. 그때 문 열고 들어온 후배가 있었다.

"어, 선배 제대했어요?"

열혈 운동권 후배는 여주인과도 반갑게 인사했다. 여주인은 그때서야 나를 한번 일별하더니 방인지 창고인지 안으로 들어가 없다던 시집 한 권을 꺼내왔다.《농부의 밤》. '기독교생활동지회'라는 곳에서 조악하게 만든 시집이다.

"툭하면 짭새나 프락치들이 찾아와서요."

시집을 넘겨보며 물었다.

"이게 판금됐다는 그 시집이에요?"

"이 시집은 정식 출판물이 아니에요. 사회과학서점에서만 구할 수 있을걸요."

그런 시절이었다. 1989년 출판편집자로 처음 일을 시작할 때는 사회과학출판사나 서점은 끝물이었다. 1991년 소련이 붕괴하면서 사회과학출판사는 망하거나 체질을 바꿨다.

이때쯤 서울지역출판노조가 태동했는데, 노조에 가입하려는 출판노동자 대부분이 사회과학출판사 직원들이었다. 영세하기 그지없던 사회과학출판사 사장들이 직원들의 노조가입을 막기 위해 긴급회동을 했다는 웃지 못할 소문도 있었다. 노동법 관련 책을 내던 출판사 사장이 앞장섰다던가.

1989년 가을 어느 날 소설 《객주》로 이름을 떨친 소설가 김주영의 절필기사가 한국일보에 대서특필되었다. 무슨 필화가 있었던 것도 아니어서 다들 놀랐는데 재미있는 얘기가 돌아다녔다.

글을 아름답게 쓰기로 소문난 한국일보 문화부 김훈 기자가 술에 취해 인사동을 지나다가 술집에 혼자 앉은 김주영을 발견했다.

"선생님, 혼자시네요."

"어, 훈아. 나 글 안 쓸 거야."

"무슨 말씀이세요? 절필하신다고요?"

"어. 글 안 써."

"선생님, 저 기자입니다. 기사 씁니다."

"기사 써. 나 글 안 써."

몇 번 확인한 김훈은 다음 날 전면기사로 김주영의 절필을 알렸다. 단독보도이고 문화부로서는 드문 특종이었다. 김주영이 전화했다.

"이거 뭐야?"

"글 안 쓰신다고."

"내가 언제?"

김훈도 놀라고 김주영은 더 먼저 놀랐다.

이 일로 김주영은 실제로 1년 반 정도 글을 쓰지 않았다. 당시에 소문으로 들은 얘기인데 당사자에게 확인

해 본 것은 아니다. 그 무렵 나는 김훈의 아름다운 산문집《풍경과 상처》를 편집하는 데 참가했다. 막내여서 심부름이나 했다.

새끼작가

　피출판사에서 10개월쯤 일하고는 흥미를 잃었다. 출판문화운동은커녕 내 존재감도 찾을 수 없어서 자존감이 떨어지는 걸 느꼈다. 피 끓는 청춘이 책상에 앉아 활자만 들여다보고 있는 게 보람 있는 일 같지도 않았다. 사표 냈다.

　"너 지금 그만두면 이 바닥에 다시 오기 힘들어. 제대로 배운 것도 없잖아."

　집행유예로 풀려나 복귀한 사장이 말렸다. 당신이야 출판에 대한 소명과 소신으로 뛰어든 일이지만 나는 '현장 투신' 격의 운동이라고 여겼기 때문에 사장의 말이 귀에 들어오지 않았다.

　"석 달 기다려줄게. 쉬고 다시 와."

고마운 말이지만 다시 복귀할 생각은 없었다. 꾸벅 절하고 나와 자취방에서 진로를 모색하는 중에 학교 선배의 누나이기도 한 잘나가는 드라마작가 최 선생의 호출이 있었다.

"주인공 애를 군대 보내면서 막을 내려야 해."

군대 가기 전에 무슨 짓들 하느냐, 심정은 어땠느냐, 여자 친구와는 어떻게 이별하느냐 등 백 가지 질문이 쏟아졌다. 주말드라마여서 일주일에 2회가 나가는데, 바로 다음 주치는 촬영 중이고 그 다음 주 마지막 방송 2회분을 집필 중이었다. 최 선생 집에서 일주일 내내 밤새면서 토론하고 집필했다.

"야야, 안되겠어. 이 부분 네가 써봐. 나 좀 잘게. 애 오면 간식 좀 챙겨주고."

최 선생은 국민학교 저학년 다니는 아들을 둔 40대 초반 유부녀였다. 나야 임시직으로 잠깐 합류한 것이고 같이 일하는 여성 작가도 한 명 있었는데 벌써 저쪽 방에서 기절한 터였다. 전체 대본 중 서너 신이 문제였고 두 여성이 잠든 서너 시간 동안 나 혼자 끙끙댔다. 가물가물하지만 평균적으로 한 장면이 원고지 두 장 분량, 1

분이었던가. 내가 해결해야 할 것은 서너 장면, 원고지로 10매 미만이었다.

벨이 울렸고 야구모자 삐딱하게 쓴 남자가 성큼성큼 들어왔다. 최 선생도 하품하면서 안방에서 나와 저승사자 맞이하듯 남자를 맞았다. 내가 쓴 대본을 최 선생에게 슬쩍 넘겨줬다. 남자도 달려들어 함께 순식간에 읽더니 환한 미소를 지었다.

"이 친구야? 제법인데."

남자는 담당 피디였다. 최 선생이 워드프로세서 앞에 앉아 내가 쓴 대본을 보면서 수정했고, 피디는 연신 그렇지, 그렇지 하면서 흡족해했다. 내가 쓴 건 몇 글자 남지도 않았는데 두 사람은 내가 다 쓴 것처럼 추어올렸다. 작가의 원고를 피디와 스크립터까지 가세해 수정하는 일이 비일비재하다는 걸 잘 모를 때였다. 기분은 좋았지만 약간 씁쓸했다.

마지막 대본을 넘기고 식탁 가득 음식 차려놓고 종파티를 했다.

"너 일루 출근해라. 드라마 쓰자."

일주일짜리 알바 내지 임시직이 정규직이 되는 순간

이랄까. 보조 작가 일명 '새끼작가'가 됐다.

"아, 잘됐네요. 저도 못 나오는데."

여성 보조 작가는 뒤늦게 대학원에 진학하기로 했다나. 일주일 사례비라며 봉투도 하나 줬는데 20만 원이나 들었다. ㅍ출판사에서 매달 2만 원씩 인상된 월급봉투 마지막이 33만 원이었다. 나는 군소리 없이 고개를 끄덕였다. 하루 쉬고 다음 날부터 출근했다. 출근시간이 정해진 것은 아니고 오전 중에 가면 됐다. 내가 자취하는 줄 아는 최 선생은 점심을 와서 먹도록 했다. 최 선생 친정어머니가 매일 오전에 와 식사를 준비했는데 학교 다닐 때 선배 집에 하도 드나들어 나도 잘 아는 분이었다.

최 선생은 다음 드라마를 기획했는데 대학생 여럿이 등장하는 청춘드라마였다. 틀을 짜고 자료를 찾고 시놉시스를 만들었다.

"너 드라마교육원 다닐래? 남성 작가가 없어서 난리인데 공부 제대로 하고 덤벼보지?"

꽤 비싼 비용도 대주겠다고 했지만 드라마에 대한 확신이 없어서 차일피일 대답을 미뤘다.

"시나리오 공모전이라도 준비해봐."

그 와중에 최 선생이 2부작 특집극 제안을 받았다.

"시간 좀 있으니까 네가 써봐. 내가 도와줄게. 걔가 널 잘 봤으니까 잘하면 공모전이고 뭐고 이걸로 입봉할 수도 있어."

'걔'는 최 선생의 전 작품을 연출한 피디다. 열심히 썼다. 시놉시스를 보여 줬고, 원고지 130매 정도로 초고 완성했다.

"이거 되겠네. 그놈 불러 회의 좀 하자. 단독으로 갈지 너와 공동 집필로 갈지는 생각 좀 해보고."

그 얘기 전해 듣고 신이 나서 후배 불러 영화 보고 술 한잔 했다. 열한 시쯤 자취방에 돌아왔는데 배가 살살 아프더니 온몸에 기운이 쏙 빠졌다. 땀이 비 오듯 쏟아졌고 급기야는 사지를 움직일 수도 없었다. 의식은 멀쩡했다. 누구에게라도 전화를 해야 하겠는데 전화기가 멀었다. 소리를 질러보려고 했지만 목소리가 나오지 않았다.

새벽 3시쯤 술 냄새 풍기며 김이 들어왔다. 김은 침묵시위 건으로 고3때 퇴학당한 친구다. 서울대 재학 중

운동 열심히 하다가 또 퇴학당했고 지금도 수배 상태로 내 방에 숨어 지내는 중이었다. 불도 안 켜진 방 한쪽 구석에 웅크리고 있는 나를 보지 못한 김은 욕실로 들어가 씻고 나왔다.

"어, 너 뭐야?"

그때서야 땀으로 온몸이 젖은 채 바들바들 떨고 있는 나를 김이 발견했다. 김이 나를 업고 달려 나가 택시를 잡았다.

"가장 가까운, 가장 큰 병원으로 가 주세요."

대방동 성애병원 응급실에 도착했다. 의사가 어디가 아프냐고 물었지만 여전히 목소리가 나오지 않아 입만 움찔거렸다. 아프면 눈을 깜박이라고 했는데 오른쪽 배를 만질 때 심한 통증이 느껴졌다. 이놈 저놈이 교대로 주물렀고 나는 까무러쳤다.

아침에 깼더니 주사바늘 꼽은 채 병실로 옮겨져 있는데 중년의 의사가 젊은 의사들 '쪼인트'를 까고 있었다.

"미련한 새끼들아. 주물러 터뜨린 줄도 모르고…."

김은 안 보였고 잠시 후 놀란 부모님이 병실로 들어왔다. 수배 중인 김이 자기 이름으로 무슨 수속도 할 수 없어 새벽에 부모님에게 전화하고 사라진 것이다. 맹장이 터져 복막염이 됐고 오전 내내 수술했다. 나야 마취 상태여서 위험한지 어떤지 몰랐지만 맹장수술은 쉽고 간단하다는 말을 들었던 부모님은 마음을 많이 졸였다. 최 선생에게 수술 후 전화할 생각이었지만 전화번호가 생각나지 않았다. 열흘쯤 입원했다가 시골집으로 퇴원해 한 달간 요양했다. 나중에 전화로 최 선생에게 자초지종을 설명했다.

"얼마나 찾은 줄 아니? 너 개가 여의도에 얼씬도 하지 말래. 얼굴을 갈아버린다나 어쩐다나."

얼렁뚱땅 드라마작가가 되나 했지만 거기까지였다.

공장, 연재소설

맹장을 떼어내고 시골에 가서는 몇 년 전 암 수술한 아버지 방식으로 개소주를 먹으며 요양했다. 시골사람들은 보양식이라면 개를 얼른 떠올리는데 서울대학병원에서 아버지 수술을 집도한 주치의가 퇴원할 때, 개고기 드실 줄 알면 그게 최고라고 했단다. 전통적 믿음에 의사의 조언을 더했으니 따지고 자시고 할 것도 없었다.

한 달 만에 62킬로그램이던 몸무게가 72킬로그램이되었다. 자취하면서 술을 많이 마셨고 밥 때를 잘 챙기지 않다가 어머니가 해준 삼시세끼에 개도 고아먹었으니 몸무게가 늘지 않을 도리가 없었을 것이다.

개고기로 말할 것 같으면 내가 태어나 처음 먹어본

고기였을 것이다. 집에서 닭을 키웠으니 닭고기가 먼저일 수도 있겠지만 시골에서 애완견이니 반려견이니 모르던 시절에 개고기는 여름에 먹는 보양식이었다. 집을 지키는 목적도 있었다지만 아이들에게나 위협적이지 어른이 마음먹으면 개 무서워 도둑질을 포기하지는 않았다. 그러니까 개를 키우는 용도가 식용이었던 것이다.

집에서 키우던 개를 잡는다고 하면 마음 여린 아이들은 엉엉 울었고 취식을 거부했다.

"사내새끼가 그까짓 일로 울면 크게 못 된다. 뚝 그치고 먹어보라."

그래도 못 먹는 아이는 바보 취급을 받았다. 사내다우려면 개고기든 뭐든 가리는 게 없어야 했다. 그러나 중학교 때쯤부터는 생각이 달라졌다. 개고기 먹는 풍속에 대해 듣는 얘기가 생겼고 촌사람들이나 '야만적으로' 키우던 개를 잡아먹는다고 생각하게 돼 멀리 하였다. 집에서 나와 자취하고 있으니 개고기 먹을 일도 없었다. 어른이 돼 서양인들에게 개고기 먹는 민족이라고 비웃음을 살 때는 짜증났다. 그러나 맹장 떼어내고는 어른들 말씀대로 약이라고 여기고 먹었다. 한약재를 넣

고 중탕한 즙을 마시는 거여서 개고기를 먹는다는 느
낌도 없었다.

튼튼하고 건강해져 서울로 돌아왔다. 부천의 연마기
공장에 취직했다. 내가 뭐가 될지, 뭐가 되고 싶은지는
생각해 보지 않았고 마침 자리가 있다기에 찾아갔다.
학교 같이 다니던 친구들 여럿이 소위 현장 투신 중이
어서 나도 조금 당당해지는 느낌이었을 것이다. 조금 큰
대장간 같은 공장인데 내가 맡겨진 일은 주물이 나오면
표면을 매끄럽게 하는 사포질이었다. 허술한 마스크 쓰
고 하루 종일 문질렀는데 꽤 고된 일이어서 아침에 일
어날 때마다 쌍코피를 흘렸다.

"너 학출이지? 그건 상관없는데 안 되겠다. 운전 배
워 자재나 해. 싫으면 그만두고."

운전학원에 등록했으나 너무 피곤해 서너 번인가 출
석하고 면허시험을 봐 필기시험 포함 세 번 떨어진 뒤
면허증을 땄다. 면허를 땄지만 초보에게 자재를 맡기지
도 않아 비실비실 출근해 일하고 돌아와 쓰러져 자는
생활이 6개월쯤 됐을 때 공장장이 따로 불러 소주를
사주면서 한마디 했다.

"너 그만둬라. 뭐 하던 놈인지는 모르겠지만 그만두고 여기 오기 전에 하던 거 해."

너무 힘들어 울고 싶은데 뺨 때려준 격이었다. 노동운동은커녕 내 한 몸 건사하지도 못한 공장생활이었다. 가까운 몇 말고는 공장생활을 알리지도 않았다. 적응한 뒤 조직과 연계해볼 생각이었지만 실패했다. 부끄러웠다.

남영동 ㅅ출판사에서 편집자를 찾는다고 해 ㅍ출판사 10개월 이력으로 찾아갔다. 공장 갈 때 대학이나 출판사 얘기 안 쓴 것처럼 공장 얘기는 굳이 쓰지 않았다. 30대 후반 사장과 동갑내기 영업부장만 출판사를 지키고 있었다.

"아무도 없는데 편집장 명함 찍어 주십시오."

사장은 흔쾌하게 그러마고 했다. 편집장이 됐지만 직원이 없어 청소를 비롯해 편집부에서 일어나는 모든 일을 해야 하는 사환이 되었다. 무슨 책을 낼 것인지 기획을 해 저자를 섭외하고, 원고를 수정하고 교정을 봤으며 표지디자인도 했다. 표지디자인이라니? 요즘 편집자라면 고개를 갸우뚱할 것이다. 그러나 그 이전은 말할 것도 없고 90년대 초까지도 일부 출판사 표지디자인은 편집장 몫이었다. 파란색, 노란색, 붉은색, 검정색을 더하거나 덜하는 방식으로 색지시를 하면, 인쇄소에서 물감을 섞어 인쇄했는데 의도와는 다른 엉뚱한 표지가 나오기 일쑤였다. 그 무렵 출판업계에도 디자이너가 본격적으로 진출해, 내가 표지디자인에 익숙해지기도 전에 전문디자이너에게 의뢰했다.

인쇄소, 제본소 관리하는 제작도 했다. 책 낼 원고가 없으면 직접 쓰거나 후배들을 불러 공동집필해 필명으로 출간했다. 이 무렵 중동에서 난리가 나 사담 후세인과 중동에 관한 책을 내기도 했고, 영화 보고 영화소설을 쓰기도 했는데 부끄러운 일이었다. 스물여덟 살에 출판에서 경험할 수 있는 일은 뭐든지 해봤다. 편집자라기보다 전천후 출판인으로 실력이 쑥쑥 느는 걸 느꼈다. 정도는 아니었다. 편법과 융통성으로 무장한 '노가다' 편집장이 됐다. 그때 무슨 책을 냈느냐고 물으면 부끄러워 대답하지 못하겠다.

ㅅ출판사를 그만두고 졸지에 소설가가 됐다. ㅅ출판사 시절 저자이기도 한 지방 ㅈ일보 문화부장이 연재소설을 제안해 온 것이다. 당시 일간지는 현대소설과 역사

소설 두 편을 매일 연재하는 게 유행이었는데 내게 역사소설을 쓰라고 해 들어앉아 연재소설을 썼다. 원고를 일주일치씩 송고했는데 컴퓨터는 사용했으나 이메일은 안 쓰던 시절이어서 팩시밀리부터 구입했다.

당시 황석영이 한국일보에 《장길산》 연재하면서 원고료 500만 원 받는다고 소문났는데 나는 60만 원을 받았고, 그중에 매달 10만 원씩 공제했는데 문화부 회식비라고 했다. 벼룩 간을 내먹는 치들. 2년 계약을 했으나 1년 반 만에 그마저도 잘렸다.

"연재소설은 일주일에 한 번은 남녀상열지사가 나와야 해."

문화부장에게 그런 지적을 수없이 받았는데 결국 그게 밥줄을 끊었다. 기생열전도 아니고 홍의 입고 의령 일대 전장에서 동에 번쩍 서에 번쩍했다는 사나이 곽재우를 그리는데 어디 비집고 들어갈 틈이 있겠나.

아버지는 아들이 출판사 다니는 줄만 알았다. 나도 굳이 연재소설 운운하지 않았다. 친척 중 누가 우연히 그 지방신문을 보게 돼 아버지에게 가져다준 모양이다. 어느 날 시골집에 갔더니 그 신문이 아버지 앞에 놓여 있었다. 신문에 아들 이름이 한자로 딱 박혀 있으니 소설가로 크게 성공한 줄 아셨을 것이다. 그 신문은 꽤 오래 거실 텔레비전 옆자리를 차지했고 손님이 올 때마다 아버지는 슬그머니 손님 앞에 밀어놓았다.

"큰애가 이런 걸 쓰나보이."

어머니와 아내

서른 살이 저물던 1992년 12월에 결혼했다. 은행원으로 일하던 누나가 오래 봐온, 공기업에 근무하던 아내를 그해 8월 15일 대학로 학전다방에서 만났다. 연재소설을 쓰고 있다지만 알량한 원고료 수입이 전부인 처지에 결혼은 언감생심이었는데 그날로 결혼을 결심했다.

"나 안 나가도 되지? 니들끼리 만나봐."

소설 쓴다고 자취방에서 밖에 안 나온 지 한참이어서 한여름에 입을 옷도 없어 긴팔 남방 소매 걷어 입고 나갔다. 지갑에는 왕복 차비와 커피 값 정도가 전부였다. 나는 누나가 어렵게 만들어준 자리이니 차 한잔이나 하고 말 생각이었다.

다 그렇듯 어색한 만남인데 아내는 밝았다.

"글 쓰신다면서요?"

호기심 가득한 눈을 빛내며 묻는데 나는 초를 쳤다.

"돈은 못 벌어요."

아내는 까르르 웃더니 문학이 어쩌고저쩌고 소설이 어쩌고저쩌고 쉴 새 없이 물었고, 나는 온갖 잘난 체를 하며 대답했을 것이다. 여상을 나와 방송대 재학 중이면서 공기업 재무팀 근무 중인, 전혀 다른 환경에 사는 아내는 진지하게 경청했다. 얘기를 많이 한 탓에 밖은 벌써 어둑해졌다.

"밥 먹으러 가요. 뭐 좋아하세요?"

당황했다. 내게는 밥값이 없다. 분식집 라면 정도는 먹을 수 있겠지만 첫 만남에 그건 아니잖나. 내 사정을 알 리 없는 아내는 저녁 먹는 게 당연하지 않느냐는 태도였고, 나는 아무 대책도 강구하지 못한 채 커피 값을 계산했다.

"생각나는 거 없으시면 제가 맛있는 집 안내할게요. 방송대 뒷골목에 된장찌개 잘하는 집 있어요. 찻값 내셨으니까 저녁은 제가 사요."

내가 밥값을 내도 될 만한 분식집이었다. 된장찌개를

맛있게 먹고 마로니에 공원에 앉아 조금 더 이야기하다가 차 태워 보냈다. 집에 돌아오면서 이 여자와 결혼해야겠다고 생각했다.

보름 후 두 번째 만났다. 휴대폰은커녕 삐삐도 없던 시절이어서 회사나 집으로 전화해야 했는데 퇴근하면 대학로 학교에서 공부하고 막차로 집에 가니 밤늦게 전화하기 어려웠고, 회사도 잘 연결되지 않아 내 전화를 피하나 싶을 정도였다.

"결혼합시다."

아내는 입을 딱 벌리고 말을 잇지 못했다.

"먼저 말해둘 것은 장남이어서 나중에 부모님을 모시고 살아야 할 거고, 평생 가난한 소설가로 살게 될 수도 있다는 겁니다."

저 말은 반은 진심이고 반은 해보는 소리였다. 부모님 모실 생각은 당연히 했지만 소설가로 가난하게 살 생각은 없었다. 소설가가 모두 가난하라는 법은 없으니까. 그 무렵 모 출판사로부터 소설 집필 제안을 받고 계약도 했으니 내 미래는 승승장구로 찬란하게 이어질 터였다.

생각해보겠다더니 며칠 뒤 전화 왔다.

"아버지가 좀 보자고 하시네요."

"찾아뵙겠습니다."

삼양동 향어횟집. 요즘은 없어졌지만 그때는 저가의 향어회가 크게 유행했다.

장인은 고향 함양에서 고등학교를 마치고 육군 사병으로 군에 입대했다가 보병학교를 거쳐 갑종장교로 임관했다. 대위 계급으로 공병대 중대장으로 근무할 때 트럭 전복사고로 사병이 여럿 숨진 사고의 책임을 지고 불명예 제대했다. 예비군 중대장으로 오래 일했고 세탁업, 건축업 등의 일을 했으나 퇴직군인의 돈은 먼저 보는 놈이 임자라는 속설대로 몇 차례 곤욕을 치르고 택시기사가 되었다. 박정희 뒤를 이어 군인정치를 하던 전두환이 군 출신에게 개인택시 면허를 대량으로 내줄 때 개인택시 면허를 받았다.

술을 즐기지 않는 양반이 술집에서 만나자고 한 뜻은 사위짜리가 술 잘 마신다는 얘기를 들어서였다. 수인사 나누고 어색하게 한잔씩 마신 뒤 장인이 말했다.

"내 딸에게 하자가 있네."

그 말을 듣자 나는 받아놓은 술을 훌쩍 마시고 말았다.

"네, 무슨 말씀?"

"하자가 좀 있어."

무슨 물건도 아니고 아무렇지도 않게 하자라니. 잠시
동안 오만가지 생각이 들었다. 아이가 있나, 이혼녀인가,
지병이 있다는 건가? 나도 모르게 내 잔에 술을 따라
한잔 더 마셨다. 장인이 당신 오른쪽 눈 밑 뺨에 손가락
을 갖다 댔다.

"여기에 손톱만 한 푸른 점이 있어."

겨우 점을 가지고 하자 운운하다니.

"아, 그래서 화장이 진했던 거군요. 그까짓 점 좀 있
으면 어떻습니까? 하자보수를 안 해주셨으니 제가 고쳐
가면서 살겠습니다."

중학교 때 점이 생기더니 점점 커지더라는 것이다. 그
걸 감추기 위해 화장을 진하게 했던 것이다. 장인은 그
때서야 안도했다는 듯 껄껄 웃더니 벌떡 일어났다.

"집으로 가세. 다들 기다리고 있을 거야."

집에 삼촌이며 처이모며 친척들이 다 모여 있었다. 그
날로 공식적으로 예비사위가 됐다. 곧 아내와 시골집에
갔다.

"밀양 박씨라고? 됐다."

아버지는 허허 웃으면서 말했다. 아버지다웠다. 한참 뒤의 일이지만 같은 동네 사는 내 친구가 나이 사십이 넘어 결혼하기로 약속한 여성을 시골집에 데려왔다. 친구 아버지는 며느릿감 밀양 박씨 아무개에게 아버지와 할아버지 이름을 한자로 써보라고 했다. 며느릿감이 당황하다 못해 눈물을 흘렸다. 친구 아버지도 당황했다. 서울로 돌아오자마자 그 결혼은 없던 이야기가 됐다. 내 아버지는 그 정도는 아니었다.

일사천리로 결혼준비를 했고, 진눈깨비 내리는 날 결혼했다. 결혼하자마자 가장 먼저 피부과에 갔다. 시인 강 선배가 소개한 시인 의사 나 선배가 그쪽 전문의였다. '오타씨반점'이라고 부르는 푸른 점은 장인이 말한 손톱크기보다 두 배 이상 더 컸다. 일주일에 한 번씩 꽤 오래 다니면서 그때 한국에 막 도입된 레이저시술을 통해 점을 없앴다.

아내는 큰아이를 낳고도 직장에 계속 나갔고, 아이는 장모가 돌봤으며, 나는 집에 틀어박혀 소설을 썼다. 아이가 백일 조금 지났을 때 경미한 화상을 입었는데 놀란 아내는 직장을 그만뒀다. 동시에 나는 소설가 생활은 밤으로 미루고 다시 출판사에 취직했다. 처가 옆집에 살던 우리는 불광동으로 이사했다가 1996년에 고양시에 자리 잡았고 이어 네 살 터울로 작은아이가 태어났다. 큰아이는 디자인을 공부했고 작은아이는 건축학도가 됐다.

1984년에 위암수술을 받은 아버지는 감기만 걸려도 재발한 것이 아닌가 하는 걱정이 이만저만이 아니었다. 평소 성격이 예민한 탓이다. 5년이 지나 의사가 걱정 말라고 해도 당신 스스로 나았다고 여기지 않았다. 아버지 수발뿐만 아니라 농사일도 어머니 몫이었다. 경기상고 나온 신랑 덕에 농사는 짓지 않을 줄 알고 시집온 어머니였다. 아홉 살 때부터 아픈 외할머니를 대신해 부엌살림을 도맡다시피 하고 외할아버지의 인삼농사를 거들어왔으며 전쟁이 나자 피난 나와 1956년 결혼 전까지 남의 집에 품 팔러 다닌 어머니였다. 지긋지긋했을 것이다.

아버지는 중고등학교 때 고학생이었으며 인민의용군에 끌려갔고 거제도 포로수용소에서 생지옥 같은 고초를 겪었지만 부엌에는 들어가지 않았다. 당신이 밥을 차려먹는 일이 없었고 라면도 끓여보지 않았다. 그러므로 어머니는 밭에서 일하다가도 장보러 읍내에 나갔다가도 밥 때는 어김없이 부엌에 있어야 했다. 삼시세끼 따뜻한 밥을 지었고 국을 끓여야 했다.

그걸 보고 자란 나도 다르지 않았다. 나이가 적잖게 들어서야 겨우 설거지도 하고 내 끼니는 직접 챙겨보려고 시늉을 한다.

"나는 남이 해주는 밥이 가장 맛있다."

지금도 며느리가 밥상을 차려내면 어머니는 어김없이 한마디 하신다. 장모 역시 삼시세끼 남편과 자식을 위해 상을 차려왔다. 아내는 결혼 전까지 직장 다니면서 방송대 영문과에서 공부했다. 퇴근하면 학교에 가자정 가까이까지 공부하다가 집에 갔으므로 장모에게 음식을 배울 기회를 놓쳤고 결혼 후 시어머니 손맛을 배웠다.

"내 집에서 먹는 거나 느이 집에서 먹는 거나 어째 맛이 똑같으냐?"

아버지 생신을 우리 집에서 차렸을 때 아버지가 칭찬

322

으로 한 얘기다. 가정의 평화, 고부간의 평화는 이렇게 유지되지만 여성들에게 몹시 불리한 구조다. 아버지도 알고 나도 안다.

아버지는 부엌에 얼씬도 하지 않았지만 식재료를 다듬으라는 어머니 지시에 절대 순종해왔다. 마늘을 깐다거나 파를 다듬는다거나 호박잎, 고구마줄기 껍질을 벗기라는 지시에 고분고분 따른다. 지시가 없어도 알아서 한다.

"엄마 힘들어."

어머니에게는 절대 했을 것 같지 않은 얘기를 내게 했고 나도 아버지 옆에서 채소를 다듬고 씻는 일이 익숙해졌다. 아버지와 똑같은 얘기를 내 아이에게 한 적도 있다. 만두를 빚거나 송편 빚는 일도 우리 집 남자들은 척척 잘한다. 김장할 때는 양념 배합하는 것 말고는 뽑고 절이고 씻고 건져 싸는 일까지 남자들이 다 전문가다.

창훈이 형

90년대 중반에 일한 ㅎ출판사 사장은 대학가에서 사회과학서점을 운영하다가 출판에 뛰어들었다. 문학 지망생이던 사장은 잡지나 피시통신에서 유행하는 공포유머를 채집한 원고로 첫 책을 냈고 밀리언셀러가 됐다.

어느 날 사장이 '경부선출장'을 함께 가자고 했다. '경부선'은 대전, 대구, 부산 등 경부선이 지나는 도시를 가리키는 영업자의 언어였다. 특별히 울산에 들러 1박하면서 문화문고 이창훈 총무를 만나는 일도 일정에 포함됐다. 서점에 찾아가 이 총무를 만났으나 기다리는 사람도 많았고, 향응 초대도 거절당했다. 난 그가 누구인지 잘 몰랐고 '엄청 잘난 척, 바쁜 척하네.' 정도의 감상이 남았다.

ㅎ출판사는 사장 욕심이 지나쳤다. 오로지 사장 개인기에 의지했던 ㅎ출판사는 100만 부짜리 베스트셀러도 터뜨렸지만 영화를 만들겠다고 영화사를 차렸다가 IMF를 맞아 흔적도 없이 사라졌다. 나는 ㅎ출판사가 부도 나기 전 사표를 냈다. 부도날 것을 예상한 것은 아니었다. 회사 확장 차원에서 기획 부서를 신설하고 편집장급 기획자 6명을 충원하겠다는 사장의 포부를 듣고 난 뒤였다.

"우 부장은 편집주간이나 부사장으로 승진하고."

달콤한 제안이었지만 분야별 기획자 6명을 이끌고 일해 나갈 자신이 없었다.

"저는 출판사가 구멍가게 수준에서 노력하면 슈퍼마켓 정도가 최선이지 백화점이 될 수는 없다고 생각합니다."

그러기에는 여러모로 출판업의 체질이 약하다고 믿었다. 사실은 내 담력 혹은 실력이 그 정도였을 것이다. 사장은 여러 번 만류했지만 나는 고집 부렸고 하는 수 없이 조건부 사퇴가 결정되었다. 새로 뽑을 기획자 면접을 같이 한 뒤에 그만두라는 것. 책은 문화상품으로 여겨 광고비가 상대적으로 저렴해 일간지에도 곧잘 광고를 냈지만 사원모집광고는 감히 내지 못하던 시절 유력 일간지에 모집광고를 냈다. 반응은 어마어마했다. 프랑스 유학파, 서울대 박사과정 수료, 유력 잡지사 편집장 등 수백 명의 지원자가 몰렸다. 1년쯤 뒤 닥칠 IMF 앞두고 경기가 어렵던 시절이다. 서류심사, 면접 등을 거쳐 정치사회경제, 과학, 인문 등 6개 분야 기획자 1명씩을 선발했다.

그 일이 끝나고 한참 지나서야 사장이 내 후임 편집장을 초빙해왔다.

"인수인계가 시간 좀 걸리지? 석 달 정도 해서 완벽하게 합시다."

무슨 인수인계를 석 달씩이나. 나를 꿇어앉히려는 사장의 귀여운 음모가 도사린 발언이었다. 그때 만난 후임 편집장 이 선생은 고양시 일산에 살았다. 내 집도 일산이다. 강남구 신사동 사무실까지 함께 출퇴근하면서 친해졌다.

"이보우. 당신 출근하지 마. 이 집 아무리 봐도 어려워. 영화사도 차린다고 하잖아."

친구가 된 이 선생에게 인수인계하는 처지도 잊고 내가 말했다.

"내가 봐도 수상하기는 한데 그래도 1년은 버텨봐야지. 소개해 준 분 체면도 생각해야 하고."

이 선생은 1년 넘게 버티면서 사장 보증을 섰고, 큰 곤욕을 치렀다. 더 적극적으로 말리지 못한 내 잘못이다. 그러거나 말거나 나는 늘 허허 웃는 낙관주의자 좋은 친구 이 선생을 얻었다. 40대 때 10여 년 나를 등산으로 이끌었고, 마라톤 완주를 여러 차례 했으며 검도에 입문해 4단으로 검도사범 자격도 얻은 이 선생은 늘 그리운 벗이다.

그 뒤 유 대표와 저술가 이 선생을 만나 형, 동생이 되었다. 이 무렵 다시 만난, 서점 북마스터이자 출판기획자로 이름을 날리던 두 살 위 이창훈을 잊을 수 없다. ㅎ출판사 그만두고 몇 달 뒤 마포 ㅁ출판사 편집장이 됐는데 그 출판사 사장과 의형제라고 했다.

사장은 이창훈의 절대 신봉자였고, 사장뿐 아니라 많은 영업자들이 출장길에 기획안, 표지시안 들고 울산에 가 결재 받는 이창훈 신도들이었다. ㅎ출판사 사장이 그를 찾아간 것이 그때서야 이해됐다. 그만큼 이창훈의 감은 뛰어났지만, 모방이나 표절 의심을 아슬아슬하게 피했다.

내가 ㅁ에 출근한 지 얼마 안 돼 만난 이창훈과 많은 얘기를 나눴다.

"우리가 왜 이제야 만난 거니?"

두 해 전에 갔을 때는 수인사도 없었으므로 이창훈은 나를 기억하지 못했다. 약간 여성스러운 말투의 이창훈과 의기투합했다. 그의 기획은 2등 전략. 트렌드를 분석해 2등으로 따라가자는 것이다. 신생출판사가 안전하게 가는 방법이다. 성장소설이 대세를 이루면 새 저자를 물색해 성장소설을, 대중역사서 반응이 좋으면 대중역사서를 내는 식이다. 거기까지는 좋았다.

울산의 서점에 근무하던 이창훈은 토요일 서점 근무가 끝난 시간에 비행기 타고 서울에 올라왔다. 사무실에서 기다려 만날 때도 있지만 그렇지 못할 때도 있다. 문제는 내가 없을 때 진행해놓은 표지 등을 디자이너 불러 다시 뒤집는 일이 빈번했다는 것이다. 충정이었지만 일하는 방식이 서툴렀다. 편집장인 내가 골날 수밖에 없었다.

어느 날 퇴근 후 돼지껍데기 안주에 소주를 마시다
가 분통을 터뜨렸다. 상대는 저술가 이 선생이었다. 한
참 듣던 이 선생이 나를 끌고 일어섰다.

"여기서 분통 터뜨려봐야 소용 없잖아. 지금 가면 울
산 가는 비행기 있을 거야. 만나서 일하는 방식을 개선
하자고 하고 술 한잔 하면서 풀어."

울산에 내려 전화했다. 이창훈은 내가 결투 신청하러
간 줄 모르고 반갑게 맞았다.

"끝나려면 조금 더 있어야 하니 태화강 포장마차에
가서 한잔하고 계셔."

그날 밤 혼자 사는 이창훈 집에 가서 맥주 마시면서
서너 시간 얘기했다.

"직원과 토론하고 디자이너와 고민해서 만든 걸 갑
자기 판형까지 바꿔 버리면 어쩌자는 겁니까. 텍스트를
읽어봐요. 형은 판형에 목숨 거는데 에세이라면 모를까
이 장르는 길쭉한 판형이 우스워요."

"실험적으로 해보는 거지. 네가 정한 게 나쁘다는 게
아냐."

"나쁘지도 않은데 왜 기분 따라 바꾸느냐고."

주장도 아니고 다만 의견인 것을 가지고 밤새 평행선을 달렸다. 사장은 이창훈이 '바꾸면 어떨까?' 하면 '바꿔야지.' 하는 사람이니 편집장 따위는 심부름이나 하란 말인가.

"형 앞으로 올라오지 마슈. 한 달에 한 번이나 오던가. 형 계속 이렇게 할 거면 내가 그만둘게."

"야야. 별일도 아닌 걸 가지고 지랄이다. 난 매주 올라갈 거고 너도 그만둘 수 없어. 텍스트는 네가 책임져야 해."

주먹다짐을 할 것도 아니어서 일어나 나왔다. 비가 부슬부슬 내리는 새벽 4시. 어찌어찌 공항 가 첫 비행기 타고 서울 사무실에 갔더니 사장이 기다리고 있다. 이미 이창훈과 전화통화가 됐을 것이다.

"그만둡니다."

얼굴 안 본 지 몇 년 후 이창훈이 내가 일하는 사무실에 찾아왔다. 그때 이창훈은 서점을 그만두고 출판사를 내 독립했다.

"사과할게. 내가 해보니 그렇게 하는 게 아니었어."

여린 사람이다. 그 뒤 자주 만나 술 마셨다. 그걸로
된 줄 알았더니 2004년 3월 심근경색으로 사망하고 말
았다. 겨우 마흔세 살이었다.

메이저 출판사

애초 '문화운동 투신'으로 출판업계에 들어왔지만 그 뒤 무슨 운동을 해본 적 없이 '편집자'로 직장인이 됐다. 출판문화운동이 민주화운동의 일부라고 여겼으나 '넥타이부대'의 일원 정도 역할 외에는 상업출판의 현장에 있었을 뿐이다.

지금은 성인이 된 내 아이들에게 나는 어떤 아버지였을까. 큰아이가 초등학교 입학하자 내 아이들에게 읽히고 싶은 어린이책을 썼다. 동화, 역사교양서, 만화시나리오까지 꽤 여러 권이다. 초등학교 저학년이던 아이가 학교 도서관에서 내 책을 발견하고 담임선생님에게 자랑하더라는 얘기를 전해들은 적 있다.

부모와의 관계는 어땠을까? 더 어려서는 기억나는 게

별로 없고, 중학교 때부터 부모 곁을 떠나 살아서 아버지에게 훈육을 받을 기회가 없었다. 중학교 때는 누나와 외할머니와 함께 지낸 시간이 많아 그들의 보살핌을 받았을 것이다. 공부를 열심히 하라든지 친구를 잘 사귀어야 한다는 등의 얘기는 들은 기억 없다.

고등학교 시절은 어두울 뿐이다. 대학생활은 사이비 운동권 흉내였다. 그러나 그 시절 먹은 마음, 그러니까 정의라거나 상식 같은 것에 방점을 두는 사고방식을 유지하려고 애썼다. 과연 그랬는지는 모르겠다. 지조 있게 살자는 생각은 늘 하고 있지만.

ㅇ출판사를 그만두고 메이저 ㅂ출판사 사장에게 무작정 메일을 보냈더니 즉각 답이 왔다. 사장은 본부장을 만나보라고 했고 마침 면식이 있는 임 선배가 그 출판사 본부장이었다. 임 선배는 내가 어린이책 몇 권 쓴 걸 알고 있어서 아동물 본부장에게 데리고 갔다.

"저는 어린이책을 만들어본 적이 없습니다. 인문서라면 모를까."

서로 당황했다. 사장 지시였는지 어쨌는지는 모르지만 임 선배는 나를 그 출판사에 취직시킬 생각이었다.

그 출판사가 일하는 방식에 대해 자세하게 설명했고 나는 선배 얘기가 끝나기 전에 일어났다.

"하이고 제 자리가 아닌 것 같습니다."

매주 성과 보고를 해야 한다는 거고, 기획부터 편집, 마케팅에 이르기까지 엑셀 자료를 만들어 공유해야 했으며 담당직원을 수시로 닦달해야 하는 구조였다. 해본 적도 없거니와 직원을 부품으로 대해야 하는 것이 마땅치 않았다. 선배도 갑자기 훅 들어온 내가 포기해 다행으로 여겼을 것이다.

몇 달 뒤 역시 메이저 츳출판사에서 인문팀장으로 일해보자는 제안을 받았고 출근을 시작했다. 연봉이 상당했지만 경제경영서를 주로 내는 출판사여서 내 기획은 석 달 동안 한 건도 성사되지 못하고 까였다. 사표와 함께 마지막이라고 여기고 들이민 역사교양서 기획을 사장은 마지못해 받았다. 팀원으로 합류한 잡지 기자 출신 노 선생이 원고를 말끔하게 다듬으면서 기존 역사교양서와는 다른 편집을 시도했다. 책을 냈다. 그러나 책은 한 달간 열 권도 팔리지 않았다.

사표를 만지작거리며 그때 포털사이트에 막 유행하

기 시작한 블로그를 개설하고 책의 내용을 소개했다.

"블로그 담당자 아무개입니다."

일주일쯤 지나 포털사이트에서 전화가 왔다.

"너무 책 홍보 티 내지 마시고요. 재미있거나 잘 알려지지 않은 내용을 선별해 너무 길지 않게 올리세요."

조언해 준 대로 내용을 다시 정선해 올렸더니 담당자가 내 블로그를 메인에 소개했고, 지난 일주일간 50여 명에 불과하던 방문자가 5만여 명으로 늘었다. 다음 날은 8만여 명. 책 주문도 하루 수백 부씩 쏟아졌다. 결과적으로 책은 10만 부 이상 팔렸다.

이 출판사는 파주출판도시에 사옥을 지어놓고 입주 시기를 저울질하고 있었다. 내 집은 파주 사옥에서 가까운 고양시다.

"파주 사옥 관리인으로 보내주십시오."

"화단에 물도 잘 주고 잡초도 뽑아야 해."

사장은 허허 웃으면서 나와 노 선생 등 인문팀을 파주로 보내줬다. 일주일에 한 번, 월요일 주간회의에 참석하는 조건이었다. 감시자 없는 파주에 와서도 인문팀 매출은 줄지 않았다. 몇 달 후 설 연휴 전날 퇴근시간

임박해서 서울 강남 본사로부터 긴급 호출이 왔다. 투덜거리면서 남들 퇴근하는 시간에 서울로 갔다.

"왜 얼굴이 부었어?"

"무슨 보너스를 주시려고 설 연휴 전날에…"

농담은 거기까지고 사장 얼굴이 심각해졌다.

"당신이 편집주간을 맡아야겠어."

현 편집주간이 이직을 하게 됐고, 나를 뺀 5개 편집팀장에게 편집주간 후보를 물색하라고 했더니 한 명 빼고 다 나를 언급하더라는 것. 약간 놀랐다.

"싫습니다. 파주에서 평화롭게 일하게 해주세요."

이번에는 사장이 놀랐다. 내가 거절할 것이라고는 생각 못했을 것이다. 화도 내다가 웃다가 진지하게 지루한 얘기가 이어졌다. 사장은 경청했고 참았다. 나는 하고 싶은 얘기를 다 했다. 두어 시간 만에 사장이 손을 들었다.

"알았어. 당신 하고 싶은 거 다해."

어차피 회사 입장에서도 당장 시행할 예정이었던 것들, 주5일 근무제(당시는 격주 토요 휴무였다), 연차제도 확립, 6개월 안에 파주사옥으로 이전 등등.

인문팀장에서 승진, 총괄 편집주간이 됐다. 이 회사

의 주간은 편집자거나 기획자가 아니라 관리자다. 6개 편집팀과 매일 돌아가면서 회의해 매출을 '조져야' 하는 역할이다. 40명 가까운 직원들 마음을 들여다보고 토닥여 주는 역할은 업무 매뉴얼에 없다. 오로지 매출! 인간적으로도 경제적으로도 자본주의는 악마였다.

다른 곳은 모르겠으나 내가 근무한 출판사 직원은 주로 20대와 30대 여성들이다. 명랑 쾌활해야 할 젊은 이들이었으나 우울했다. 고학력 인재들이었지만 스스로 업무 만족도는 높지 않았다. 책을 만든다는 자부심은 하늘을 찔렀지만 낮은 임금, 잦은 이직 등 불안정한 고용구조로 인해 자존감은 허약하기 이를 데 없었다. 직원들의 업무와 마음에 공감하려고 애썼으나 그들도 그렇게 느낄 수 있었는지는 모르겠다.

매출이 떨어지면서 구조조정 지시가 내려왔고 일시적 현상이니 기다려 달라고 통사정했으나 요지부동이어서 한 6개월 버티다가 내 이름도 함께 써 넣고 퇴사했다. 열 명 이상 자르면서 남아 있을 용기가 없었다.

"직장생활 그렇게 하는 거 아니에요. 버틸 수 있을 때까지 버티셔야지."

새카만 후배에게 이런 조언을 듣고 허허 웃었다.

내 아이들은 중학생, 고등학생이 되었고 밖은 추웠다. 다시 취직하려고 했지만 실력에 비해 나이도 경력도 많아져 받아주는 곳은 없었다. 이후 프리랜서 기획자로, 대필작가로 지냈다. 짧게는 10년, 길게는 20년 차이 나는 전 동료들이 가끔 자리를 마련해 위로를 받았다. 얼마 뒤 파주 ㅎ출판사에서 비상임으로 일을 시작했다.

아버지에게 내 취업이나 실업을 알려드린 적 없다. 고만고만한 출판사에서 일하거나 글 쓰는 게 생업이었고, 이리저리 옮겨 다니는 걸 알게 되면 걱정이나 하실 터였다. 실업 상태에서도 출근만 안했을 뿐이지 일은 계속했으므로 보고할 필요를 느끼지 않았다. 생활비 도와달라고 할 것도 아니고.

아버지 돌아가신다

아버지 고통은 점점 심해졌다. 복용하는 진통제 개수도 늘어났다. 나는 다니던 출판사를 그만두고 더 자주 아버지에게 갔다. 아버지에게 아버지를 묻기 위해서였다. 그러나 아버지는 말하는 것조차 힘들었다.

2009년 5월 15일 금요일 새벽 4시 30분에 어머니에게 전화 왔다.

"아버지가 몹시 아프다고 해 구급차 불러놨어. 나는 모내야 하니 네가 파주병원 가봐."

"구급차 타고 같이 나오세요. 아버지 상태 보고 같이 들어가면 되지요."

"바빠서 안 돼. 네가 병원에 들러 와."

아버지는 평소 엄살이 심한 편이어서 아프다고 해도 가족이 그리 신뢰하지 않았다. 이번에도 별거 아닐 거라는 어머니 확신. 병원에 갔더니 아버지는 응급실에서 수액을 맞고 계셨는데 배가 몹시 아프더니 통증이 가라앉았다고 모내러 가겠다고 의사, 간호사와 실랑이 중이었다.

"할아버지. 두 시간은 맞으셔야 해요."

"모내야 한다니까. 어서 빼줘."

내가 버럭 소리 질렀다.

"이 영감님에게 수면제 좀 놔 주세요. 푹 주무시게! 바쁜 구급차 불러 난리 치고 왔으면 병원에서 뭐라도 하고 가야 할 거 아니냐고요!"

나는 돌아보지도 않고 시골집으로 갔다. 어머니 혼자 못자리에서 모판을 꺼내고 있다. 조카 이앙기가 오기 전에 모판을 다 꺼내야 한다. 함께 모판을 다 꺼내놓았더니 오전 7시가 되었고 곧 이앙기가 털털거리며 우리 논으로 들어왔다. 어머니는 곁두리 준비한다며 들어가셨고 나는 모판을 이앙기에 실어주었다. 10시쯤 아버지가 경운기 몰고 오셨다.

"다 맞고 왔어. 괜찮대."

그날 모내기 마치고 집으로 돌아와 잘 자고 났는데 아침 9시에 어머니 전화가 왔다.

"아버지가 진짜 아프신가 보다. 큰 병원 가야 한대."

지난 밤 12시에 또 복통이 와 파주병원 왔다가 3시에 돌아왔는데 아침 8시에 또 병원에 왔다는 것이다. 파주병원 구급차가 아버지를 일산 백병원 응급실로 모셔왔고 나도 곧 병원에 도착했다. 7시간 동안 각종 검사가 지루하게 이어졌다.

"담낭에 염증이 보이고 담석이 생겼습니다. 담석제거 수술을 해야 하니 입원해서 치료받으셔야 합니다."

"수술은 언제?"

"담당 선생님이 안 계셔서 월요일에 결정합니다."

아버지 통증은 계속되었다. 주말에는 아프지도 말아야 한다. 주말을 보내고도 며칠 지난 5월 21일 8시 30분으로 수술이 잡혔다. 간단한 복강경 수술이라고 했다. 아버지는 이른 아침부터 수술복으로 갈아입고 기다렸다. 9시 42분이 되어서야 수술실에 들어갔다. 40분 뒤 수술실에서 보호자를 호출했다. 우주복처럼 생긴 가벼운 살균복에 모자와 마스크까지 씌우고 수술대로 데려가 복강경으로 아버지 뱃속을 보여주었다.

"1984년에 위암 수술 하셨잖아요. 그 여파로 장 유착이 심해 담낭을 찾을 수가 없어요. 개복하는 수밖에 없어요."

복강경으로 1시간이면 끝날 것이 개복하느라 4시간이 걸렸다. 복강경은 이틀 후 퇴원할 수 있지만 개복은 보름간 입원상태에서 지켜봐야 한다고. 수술을 통해 밤톨만 한 담석을 꺼냈다. 그게 다가 아니었다. 이상 징후가 보여 조직검사를 했다. 이틀 뒤 주치의가 조용히 불렀다.

"검사 결과가 나왔습니다."

주치의 얼굴이 어두웠고 나는 긴장했다.

"담낭암입니다. 암세포가 퍼져서 수술은 불가능합니다. 마음의 준비 단단하게 하셔야 합니다."

청천벽력이다. 목소리가 떨려나왔다.

"그럼 얼마나?"

"길게 봐 6주입니다."

아, 아버지. 눈물은 나지 않았지만 목이 잠겼다. 내가

342

정신을 수습하는 동안 의사는 아무 말 없이 기다려 주었다.

"당분간 환자에게도 어머니에게도 비밀로 해주세요. 제가 기회 봐 말씀드리겠습니다."

"빨리 말씀드리는 것이 좋습니다. 환자가 자신의 상태를 알고 마지막을 준비할 수 있게요."

아버지 병실로 돌아오는 길에 간호사실에 들러 아버지와 내 가족들에게 비밀을 지켜줄 것을 당부했다.

"무슨 얘기가 이렇게 길었어?"

아버지도 조직검사 한다는 사실은 알고 있었으니 일말의 불안감이 있었을 것이다.

"별거 없대요. 이거 떼어냈으니 오래 사신답니다."

내가 밤톨만 한 담석을 만지작거리며 말했고, 아버지 얼굴이 환해졌다. 그때 꽤 단단한 줄 알았던 담석이 내 손에서 바스러졌다. 내가 놀라 아버지 얼굴을 쳐다봤으나 아버지는 막 문병 온 숙부를 맞느라 보지 못했다.

아버지는 20여 일 만에 퇴원했다. 의사 말대로라면 20여 일 후에 돌아가실 테지만 통증은 없었고 의사는 갸우뚱했다. 의사는 여러 차례 아버지에게 사실을 말씀드리라고 채근했다. 집에 돌아온 아버지는 일상으로 돌아갔다. 퇴원 두 달쯤 지나서는 아버지와 소주도 한잔 했다. 시한부선고도 잊었다.

6주 시한부선고를 받은 지 1년 3개월 뒤인 2010년 7월 10일, 어머니에게 전화 왔다.

"파주병원이야. 어서 와봐. 의사가 아빠를 찾아."

달려갔다. 밤새 토하다가 새벽에 응급실에 오셨다. 이런저런 검사를 한 모양인데 통증 원인을 알 수 없다는 것이다.

"아버지는 모르고 계시지만 작년 5월에 담낭암 판정을 받았습니다."

그때서야 의사가 모든 게 파악된다는 듯 어서 백병원으로 모시고 가라고 했다. 백병원 주치의는 깜짝 놀랐다.

"여태 생존해 계셨다는 말입니까? 환자는 당신 상태를 아시나요?"

"모르십니다."

의사가 혀를 끌끌 찼다. 몇 가지 검사를 했고, 암세포가 온몸에 퍼졌다고 했다.

"집에 모시고 가서 말씀드리세요. 더 손 쓸 방법은 없

344

습니다."

아버지 시간이 한 달 남짓 남았을 때에서야 아버지가 궁금해졌다. 어떤 삶을 살아오셨을까? 묻기 시작했다. 그러나 아버지는 너무 아팠다. 게다가 전쟁에 끌려나가 포로가 된 얘기, 거제도 포로수용소 생활을 물을 때는 눈물만 흘리셨다. 띄엄띄엄 들은 얘기로 아버지 행장을 썼다. 돌아가시기 보름 전이다.

"막상 일 당하면 경황이 없을 테니 이걸 출력해서 장례식장에 가져다주시오."

가까이 지내는 저술가 이 선생에게 메일을 보내 부탁했다. 아버지는 마약성 진통제로 통증을 참아내다가 8월 17일 파주병원에 입원했다.

"어떤 치료를 원하세요?"

"저희 가족은 아버지가 통증 없이 편안하시기를 바랍니다."

"무슨 말씀인지 알겠습니다. 환자가 최대한 편안하도록 돌봐드리겠습니다."

2010년 8월 22일. 어머니는 병원 아버지 곁에 계시고, 누나와 매형 등 형제들은 시골에서 팥을 따고 고추를 땄다. 저녁을 지어먹고도 고추를 씻느라 밤 10시나 되어서야 일을 끝내고 병원에 누워계신 아버지에게 갈 수 있었다. 잠든 아버지 얼굴 보고 각자 집으로 돌아가 씻고 막 잠들었을까 새벽 1시에 어머니가 전화했다.

"아버지 돌아가신다."

나와 아우 내외는 30분도 안 돼 병원에 도착했고 서울 사는 누나 부부도 1시간 만에 왔다. 아버지 의식이 잠깐씩 돌아올 때마다 형제들이 번갈아 아버지와 눈을 맞추며 마지막인사를 했다. 누나가 많이 울었다. 가족과 함께 아버지를 지켜보던 젊은 의사가 시계를 보며 말했다.

"8월 23일 오전 6시 5분에 운명하셨습니다."

두어 시간 기다렸다가 친척들에게 알리고 이 선생에게 부탁하여 빈소에 행장 100여 장을 올려놓았다. 친척들이 깜짝 놀랐다. 치부를 왜 드러내느냐고 타박하는 분도 있었다. 국가에 버림받은 기록이 치부일 리 없다.